HEYNE
HARDCORE

Zum Buch

Monica ist jung – schön – und eine Psychopathin. Sie genießt es, ihre Opfer leiden zu sehen, sie genießt das Morden. In einem Heim für schwer erziehbare Mädchen findet sie Kelly, die ihre Schülerin in der Kunst des Tötens wird. Beide ziehen eine blutige Spur durch das Land. Monica wir getrieben von der Gier nach Rache – Rache an Domino, der einst ihren Vater tötete und jetzt Bodyguard der Familie Lambert ist, mit der Monica ein böses Spiel getrieben hat. Doch dieses Spiel ist noch nicht beendet. Im Gegenteil: Es beginnt erst …

Zum Autor

Jeff Menapace, geboren in Philadelphia, verbringt seine meiste Zeit damit, Bücher zu schreiben und sich Horrorfilme anzusehen. Mit seiner Spiel-Trilogie wird er in Amerika als neuer Stern am Horror-Himmel gefeiert. Er liebt Martial Arts, die 3 Stooges und ist überzeugt davon, dass »The Texas Chainsaw Massacre« von 1974 der größte Film aller Zeiten ist.

Lieferbare Titel

Das Spiel – Opfer
Das Spiel – Rache

JEFF MENAPACE

DAS SPIEL

TOD

THRILLER

Aus dem Amerikanischen von
Sven-Eric Wehmeyer

WILHELM HEYNE VERLAG
MÜNCHEN

Die Originalausgabe BAD GAMES: HELLBENT
erschien bei Mind Mess Press

Unter www.heyne-hardcore.de finden Sie das komplette Hardcore-Programm, den monatlichen Newsletter sowie alles rund um das Hardcore-Universum.

Weitere News unter www.heyne-hardcore.de/facebook

Der Verlag weist ausdrücklich darauf hin, dass im Text enthaltene externe Links vom Verlag nur bis zum Zeitpunkt der Buchveröffentlichung eingesehen werden konnten. Auf spätere Veränderungen hat der Verlag keinerlei Einfluss. Eine Haftung des Verlags ist daher ausgeschlossen.

FSC
www.fsc.org
MIX
Papier aus verantwortungsvollen Quellen
FSC® C014496

Verlagsgruppe Random House FSC® N001967

Redaktion: Kristof Kurz
Printed in Germany
Umschlagillustration: Hauptmann & Kompanie Werbeagentur, Zürich, unter Verwendung eines Fotos von © plainpicture / Anja Weber-Decker
Satz: Schaber Datentechnik, Austria
Druck und Bindung: GGP Media GmbH, Pößneck

ISBN: 978-3-453-67709-8

www.heyne-hardcore.de

1

Die Pine Barrens, im Süden von New Jersey

Sommer 2010

Stan und Josephine Barr waren auf dem Weg zurück in die Pines, als sie die Frau im Graben sahen.

Sie hatten sich an diesem Tag hinausgewagt, um ihre Vorräte aufzustocken, eine Fahrt, die erfolgreich, wenn auch nicht anstrengungsfrei verlaufen war. Als junges Ehepaar, damals in Hoboken, waren sie überall zu Fuß hingegangen. Was nahegelegen hatte – schließlich war dort alles, was man brauchte, nur einen Steinwurf entfernt. Als sie das Stadtleben gegen die von ihnen inzwischen bevorzugte abgeschiedene Existenz in den Pines eingetauscht hatten, war die Anschaffung eines Fahrzeugs mehr oder weniger unumgänglich gewesen, denn hier wurden Entfernungen nicht in Steinwürfen, sondern in Fahrtstunden gemessen – eine Tatsache, die sie nicht nur zu akzeptieren, sondern durchaus zu schätzen gelernt hatten.

Von daher war die Frau im Graben umso verstörender: Stan konnte sich nicht erinnern, an einem liegen gebliebenen Fahrzeug vorbeigekommen zu sein. Auch in der unmittelbaren Umgebung war kein Auto zu sehen.

Nur wenige Augenblicke zuvor hatte Josephine ihren Kopf gegen Stans Schulter gelehnt und die Augen geschlossen. Da war es laut Armaturenbrettuhr halb neun Uhr abends gewesen. Das Tageslicht schwand allmählich, und Stan wusste, dass die sie umgebenden dichten Wälder auch den letzten verbliebenen Rest an Helligkeit schlucken würden.

Halb neun. Ihr Ausflug hatte länger gedauert, als er beabsichtigt hatte, und es lag noch ein ganzes Stück Weg vor ihnen. Er hatte gehofft, spätestens um neun zu Hause anzukommen, den Wagen zu entladen und ins Bett gehen zu können. Jetzt sah es eher nach zehn Uhr aus – für die beiden war das reichlich spät.

Stan hatte überlegt, das Radio einzuschalten, zur Zerstreuung und um seinen Augenlidern ein wenig von ihrer Schwere zu nehmen. Das hätte jedoch zweifellos den gleichen Effekt auf Jos Lider gehabt, und es war ihm weitaus wichtiger gewesen, dass seine Frau ein bisschen Ruhe bekam.

Pfeifen? Er hatte stumm den Kopf geschüttelt. Macht keinen Unterschied zum Radiolärm, Dummkopf.

Und dann war die ultimative Ablenkung aufgetaucht, allerdings keine, für die er besonders dankbar gewesen wäre.

Die Frau im Graben.

»Jo«, sagte er. »Jo, wach auf, Schatz.«

Josephine setzte sich auf, gähnte und rieb sich den Schlaf aus den Augen. »Was ist los?«

Stan drosselte das Tempo des Lasters und hielt am Straßenrand an.

»Was ist los?«, fragte Jo erneut. »Warum hältst du?«

Stan zeigte auf das, was von den Frontscheinwerfern in helles Licht getaucht wurde: eine Frau in einem Graben neben der Landstraße, den Körper in Fötusstellung zusammengerollt. »Gleich da drüben.«

Josephine kniff die Augen zusammen und lehnte sich vor. Als sie sah, was dort lag, war ihre Müdigkeit mit einem Schlag verschwunden. »Oh mein Gott.«

Stan nickte. »Was sollen wir machen?«

Josephine deutete auf Stans Handy, das auf dem Armaturenbrett lag. »Hilfe rufen?«

Stan griff sich das Mobiltelefon. »Und wie lange wird es dauern, bis die eintrifft? Erinnerst du dich an Jack Logan? Als sie endlich kamen, war er schon tot.«

»Das war mitten in den Pines, Stan. Sie konnten ihn erst gar nicht finden.« Josephine drehte den Kopf und spähte in sämtliche Richtungen. »Wir sind ja noch relativ weit draußen. Sie würden rechtzeitig hier sein.«

»Rechtzeitig wozu?«, erwiderte Stan. »Wir wissen nicht, ob die Frau tot ist oder …«

Die Frau bewegte sich. Langsam entrollte sie sich aus ihrer Embryonalhaltung, wollte sich zitternd aufrichten und schlug sofort wieder der Länge nach hin.

Stan und Josephine sprangen gleichzeitig aus dem Lastwagen und eilten zu der Frau hinüber. Josephine ließ sich auf ein Knie nieder, während Stan sich über sie beugte. Die Frau stöhnte und versuchte, sich aufzusetzen. Josephine legte ihr eine Hand auf den Rücken, um ihr Halt zu geben.

Stan musterte die Frau von oben bis unten. Sie schien Ende zwanzig, braunes Haar, sehr schlank. Derangiert, aber attraktiv. Sie trug Jeans und T-Shirt. Neben ihr lag eine graue Damenhandtasche. Blutspuren konnte er nirgends erkennen.

»Schätzchen?«, sprach Josephine die junge Frau an. »Schätzchen, können Sie mich hören?«

Die Frau sah Josephine mit leerem Blick an. Dann schaute sie zu Stan auf. Ihre braunen Augen waren geweitet und glasig. Stan vermutete, dass sie unter Schock stand.

»Schätzchen?«, versuchte Josephine es wieder. »Schätzchen, sind Sie verletzt? Können Sie sprechen? Was ist passiert?«

Die Frau versuchte erneut, auf die Beine zu kommen. Stan und Josephine halfen ihr, indem sie jeweils einen ihrer Arme nahmen.

Jetzt schien die Frau ein wenig standfester zu sein. Sie sah sich um. »Wo?«, fragte sie.

»Sie sind im Süden von New Jersey. In den Pine Barrens«, klärte Stan sie auf. »Was um Himmels willen treiben Sie ganz alleine hier draußen? Noch dazu *zu Fuß*?«

»Die Pine ...?«

»Barrens«, ergänzte Stan. »Ein stark bewaldetes Gebiet, das sich über mehr als *sieben* Bezirke erstreckt. Wie zum Geier sind Sie ohne Auto überhaupt so weit gekommen?«

»Was führt *Sie* her?«, wollte die Frau wissen.

Stan und Josephine wechselten einen Blick. Unter den gegebenen Umständen kam ihnen die Frage ziemlich überflüssig vor.

»Wir wohnen hier draußen«, sagte Stan. »Wir haben eine kleine Farm. Und außerdem einen *Laster*«, meinte er nachdrücklich und gestikulierte in Richtung des nach wie vor im Leerlauf tuckernden Fahrzeugs.

»Stan«, sagte Josephine.

Stan hob abwehrend eine Hand und bestätigte die unausgesprochene Bitte seiner Frau um mehr Diskretion mit einem Nicken.

Josephine wandte ihre Aufmerksamkeit wieder der jungen Frau zu. »Wie heißen Sie?«

Sie blinzelte. »Ich weiß es nicht.«

»Sind Sie verletzt?«, fragte Stan.

Die Frau ließ ihren Blick kurz über ihren Körper schweifen. »Ich weiß es nicht.«

»Was ist das Letzte, an das Sie sich erinnern?«, fragte Josephine.

»Ich weiß es …« Die junge Frau ließ den Kopf sinken.

Josephine rieb ihr sanft über den Rücken und schaute Stan hilfesuchend an.

»Klingt nach schockbedingtem Gedächtnisverlust«, sagte Stan. »Irgendwer hat sie offenbar einfach am Straßenrand liegen lassen.«

»Du solltest jetzt besser Hilfe rufen«, riet Josephine.

Stan nickte. »Lass sie uns erst mal in den Wagen schaffen. Miss? Meinen Sie, Sie schaffen es, sich in unseren Truck zu setzen? Machen Sie es sich bequem, bis Hilfe eintrifft. Jo?«

Josephine nickte ihrerseits, führte die Frau zur Beifahrerseite des Lasters und flüsterte auf dem Weg beruhigend auf sie ein.

Stan bemerkte die zurückgelassene Handtasche der Frau. Er nahm sie auf und hielt sie seiner Frau hin. »Jo?«

Josephine ergriff die Tasche und geleitete die Frau weiter zum Wagen.

»Halt«, rief Stan ihnen nach und kam sich dämlich vor, nicht früher daran gedacht zu haben. »Sie soll mal einen Blick reinwerfen.«

»Was?«

»In die Tasche. Vielleicht ist ihr Ausweis drin. Der könnte ihrem Gedächtnis auf die Sprünge helfen.«

»Klar«, sagte Josephine mit plötzlichem Eifer. »Klar«, wiederholte sie und übergab der Frau mit Dankbarkeit heischender Miene die Tasche.

Die Frau nahm die Tasche, zögerte jedoch, sie zu öffnen. Stan überlegte, ob die Frau Angst davor hatte, dass der Inhalt der Tasche ihr Erinnerungsvermögen tatsächlich wieder in Gang setzte und ihr die schrecklichen Einzelheiten dessen, was ihr zugestoßen war, ins Gedächtnis rief.

Augenscheinlich teilte Josephine die Befürchtungen ihres Ehemannes. »Soll ich für Sie nachschauen, Schätzchen?«, fragte sie sanft.

Die Frau schüttelte den Kopf. »Nein, schon in Ordnung.« Sie öffnete die Tasche und sah hinein. Dann runzelte sie die Stirn. Dann zog sie eine Pistole daraus hervor.

Josephine trat unwillkürlich einen Schritt zurück. Stan sprang seiner Frau hastig zur Seite.

Die Frau drehte die Pistole wie einen Zauberwürfel hin und her. Sie sah mit verängstigtem Blick zu Stan und Josephine auf. »Warum habe ich eine Pistole bei mir?«

Stan schob seine Frau behutsam hinter seinen Rücken, um sie vor der Frau und der Waffe abzuschirmen. Er wusste nicht das Geringste über diese junge Lady, und zweifellos schien sie mindestens ebenso verwirrt wie seine Frau und er zu sein. Nichtsdestotrotz hielt sie eine Waffe in der Hand. Und Stan würde todsicher nicht zulassen, dass Josephine sich eine Kugel einfing – auch keine, die versehentlich abgefeuert wurde.

»Warum legen Sie die Pistole nicht weg, meine Liebe?«, sagte Stan. »Wir wollen doch nicht, dass sie unbeabsichtigt losgeht, oder? Legen Sie die Waffe nieder, und suchen Sie nach einem Ausweis oder so. Einverstanden?«

Die Frau, die offenbar noch immer nicht ganz bei sich war, nickte und setzte die Durchsuchung ihrer Tasche fort. Allerdings legte sie die Pistole nicht wie von Stan gefordert auf den Boden.

»Miss?«, sagte Stan.

Die Frau beachtete Stan nicht. Sie durchwühlte weiterhin mit einer Hand die Tasche und hielt währenddessen mit der anderen die Pistole fest. Hin und wieder zuckte der Lauf an Stan und Josephine vorbei, worauf Stan jedes Mal zusammenfuhr und sich noch breiter vor seine Frau stellte. Es dauerte nicht lange, bis Josephine gänzlich hinter ihrem Mann verschwunden war und nur noch über seine Schulter spähen konnte.

»Miss?«

»Hab sie!«, rief die Frau aus, riss eine Geldbörse heraus und ließ die Handtasche zu Boden plumpsen. Die Pistole verblieb in ihrem Griff.

»Und?«, fragte Stan.

Die Frau brachte die Brieftasche näher an die Scheinwerfer des Trucks und durchwühlte die Brieftasche. Sie hielt inne und fixierte etwas mit zusammengekniffenen Augen. »Monica Kemp. Hier steht, dass mein Name *Monica Kemp* lautet.«

Es herrschte einen Augenblick lang Stille – Stan und Josephine warteten unruhig auf eine weitere Reaktion der Frau, während diese in aller Ruhe ihren Personalausweis studierte.

»Klingelt bei dem Namen irgendwas bei Ihnen?«, fragte Stan schließlich.

Die Frau starrte weiter auf den Ausweis.

Stan ließ ein demonstratives Räuspern hören. Endlich sah die junge Frau zu ihm auf. »Klingelt bei dem Namen was?«, fragte Stan erneut.

Die Frau schmunzelte. Lächelte. Grinste breit. »Oh ja, und zwar ganz laut«, sagte sie und richtete die Pistole auf das Paar.

Sofort flogen Stans Hände in die Luft. Josephine, die nach wie vor hinter ihrem Mann stand, klammerte sich panisch an dessen Schultern fest.

»Meine blöde Karre ist vor anderthalb Kilometern verreckt«, sagte die junge Frau. »Rückblickend war das wohl meine eigene Schuld; ich hatte extrem viel zu tun und habe es vernachlässigt, das verdammte Ding zu warten. Wahrscheinlich war's der Keilriemen.« Sie zuckte die Achseln. »War sowieso eine Schrottlaube.«

Stan wies mit erhobenen Händen in Richtung Laster. »Nehmen Sie den Truck. Nehmen Sie ihn einfach, und verschwinden Sie.«

Das Mädchen schürzte die Lippen, legte die Stirn in Falten und zog eine *Ach-nee!*-Miene. »Nichts anderes hatte ich vor, Stan. Meinst du, ich habe mich zum Spaß in den Graben gelegt? Herrgott, ich muss fast eine ganze bekackte Stunde darin verbracht haben.«

»Nehmen Sie ihn, und verschwinden Sie.«

Die Frau ignorierte ihn und erging sich in scheinbar sinnlosen Abschweifungen. »Ich habe mich *sehr* lange hier draußen von allem abgeschottet. Ich will mich ja nicht beschweren oder so; das war unvermeidlich. Aber dennoch ... *sehr* lange. Es kommt mir wie eine Ewigkeit vor, dass ich das letzte Mal jemanden umgebracht habe.«

Josephine keuchte und umklammerte Stan noch fester. Stan breitete die Arme aus, um ihre Deckung zu vergrößern. »Bitte«, flehte er. »Bitte, nehmen Sie einfach den Truck, und lassen Sie uns in Ruhe.«

Die Frau musterte die Pistole in ihrer Hand. »*Sehr* lange«, sagte sie.

»Bitte«, sagte Stan. »Wir wollten Ihnen helfen.«

»Für eure Dummheit kann ich nichts.«

Die Frau schoss Stan ins Knie. Stan schrie auf und stürzte zu Boden. Josephine kreischte.

Die Frau gab einen einzigen Schuss auf Josephine ab. In den Kopf. Zwischen die Augen. Josephines Körper brach zusammen und verfiel in Todeszuckungen.

Die Frau musterte erstaunt ihre Waffe. »Sehr lange und trotzdem treffsicher. Ich überrasche mich immer wieder selbst.«

Stan schleppte sich trotz der unerträglichen Schmerzen in seinem Knie zu seiner toten Frau hinüber. Er warf sich über sie, wollte die sterblichen Überreste seiner geliebten Jo schützen, obwohl er wusste, dass sie von ihm gegangen war. Er weinte hemmungslos.

Die Frau beugte sich vor und hob ihre Handtasche auf. Sie entnahm ihr eine Schachtel Zigaretten, zündete sich eine an und knüllte die leere Packung zusammen, bevor sie sie Richtung Straßenrand warf. Dann näherte sie sich Stan und seiner Frau.

Irgendwann sah Stan zu ihr auf, die Augen rot von Tränen und unermesslicher Trauer. Seine Jo war nicht mehr. »Töte mich«, sagte er. *»Töte mich …«*

Die Frau ließ die Schultern hängen. Sie seufzte. »Du verdirbst mir den ganzen Spaß.«

Stan flehte sie weiter mit seinen Blicken an.

»Na schön«, sagte sie. »Aber nur, weil ich es kaum erwarten kann, wieder in das Spiel einzusteigen.«

Sie schoss Stan in Kopf und Brust, und sein lebloser Leib landete auf dem seiner Frau, als wollte er sie ein letztes Mal in die Arme schließen. Das war auch Monica Kemp nicht entgangen. Sie gab ein lang gezogenes »Ooooh …« von sich und ging zurück zum Laster.

Bevor Monica einstieg, zog sie ein letztes Mal an ihrer Zigarette und schnippte sie dann auf die toten Eheleute. Der Stummel schlug Funken auf Stans Rücken. »Danke

für die Mitfahrgelegenheit, ihr barmherzigen Samariter. Ich haue jetzt ab, denn ich muss mich mit einem großen schwarzen Kerl treffen, der wie ein Gesellschaftsspiel heißt.«
Als sie losfuhr, fügte sie mit leiser, fast wollüstiger Stimme hinzu: »Wir beide haben eine Menge zu klären.«

2

Paoli, Pennsylvania

Domino Taylor wachte auf, als er jemanden im ersten Stock weinen hörte. Er rollte sich unverzüglich vom Sofa und eilte zur Treppe.

Carrie und Caleb Lambert saßen nebeneinander auf dem oberen Absatz. Auf Carries Schlafanzug war Hello Kitty abgebildet, auf Calebs Iron Man.

»Wir glauben, Mommy weint«, sagte Carrie.

Domino ging in die erzieherische Offensive. »Warum seid ihr Frechdachse nicht in euren Betten?«

Beide zuckten mit den Schultern, was die für ein achtjähriges Mädchen und einen sechsjährigen Jungen einzig adäquate Antwort auf diese Frage darstellte.

Domino trat auf die vorletzte Stufe und bedeckte ihre Köpfe mit den Flächen seiner riesigen Hände. »Zurück ins Bett mit euch.«

»Redest du mit Mommy?«, wollte Carrie wissen.

Domino stand bereits vor Amy Lamberts Tür. Statt den Kindern zu antworten, legte er einen zur Stille mahnenden Finger auf die Lippen und scheuchte sie dann in ihre Zimmer.

Carrie und Caleb verschwanden. Domino klopfte sacht an Amys Tür.

»Amy?«

Schweigen, dann eine Stimme, die sich hörbar Mühe gab, ganz normal zu klingen. »Ja?«

»Bist du okay?«

»Alles bestens. Komm rein.«

Domino öffnete die Tür. Amy saß aufrecht im Bett. Ihre braunen Augen waren nicht von Schlaf, sondern von Tränen verquollen. Ihr Lächeln war eher ein Grimassieren. Neben ihr lag eine Fernbedienung.

»Mir brauchst du nichts vorzumachen«, sagte Domino und wies auf die Fernbedienung.

Amy griff danach, richtete sie auf den Fernseher am Fußende ihres Bettes und drückte einen Knopf. Auf dem fast stumm gestellten Gerät erschien ein Film von Amy und Patrick am Strand: Patrick, der sich die protestierende Amy über die Schulter warf, losrannte und mit ihr ins Meer eintauchte. Amy, die wieder an die Oberfläche kam, sich Wasser aus den Augen wischte und blindlings nach ihrem Ehemann schlug. Ein lachender Patrick, der in Deckung ging, sich ein paar Hiebe an der Schulter einfing und Amy dann für einen zweiten Tauchgang bis über seinen Kopf hob.

Es tat weh, diese Bilder zu sehen, aber Domino zwang sich zu einem Lächeln. »Wo wart ihr da?«

»Avalon.«

»Wer hat das gefilmt?«

»Die Browns – Jamie und Alexis. Du kennst die beiden ja.«

Domino nickte. »Wann war das?«

»2006. Die Kinder hatten wir übers Wochenende bei Patricks Eltern untergebracht.« Amy schaltete ab, als ihr jüngeres Selbst kurz davorstand, den dritten unfreiwilligen Kopfsprung zu absolvieren.

»Mir brauchst du nichts vorzumachen«, sagte Domino erneut.

Amy bedeutete Domino, sich zu setzen, indem sie mit der Hand leicht auf die Bettkante klopfte. »Mir geht's gut. Was machst du eigentlich hier? Bist du über Nacht geblieben?«

Domino nickte.

Amy warf ihm einen tadelnden Seitenblick zu. »Domino ...«

»Ich hatte keine Lust heimzufahren.«

»Lügner. Ich sollte Miete von dir kassieren.«

Er lächelte. »Was verlangst du üblicherweise für ein Sofa im Wohnzimmer?«

»So langsam bin ich diejenige, die *dir* was bezahlen müsste.«

Domino verzog das Gesicht.

Amy wischte sich eine verirrte Träne ab. »Sie sind tot. Alle sind tot. Wir brauchen keinen Leibwächter mehr.«

Domino nahm die Hand von ihrem Knie und wandte den Blick ab. »Es verschafft mir Seelenfrieden.«

»Es verschafft dir Rückenschmerzen. Dieses Sofa kann auf Dauer nicht gemütlich sein.«

»Ich habe schon an weitaus ungemütlicheren Orten geschlafen. Abgesehen davon glaube ich, dass es Patrick glücklich macht, wenn ich ab und an nach dir sehe.«

Amy nahm Dominos Hand und drückte sie. »Nur dass du nicht ab und an nach mir siehst, sondern praktisch hier wohnst und versuchst, mich in eine verdammte *G.I. Jane* zu verwandeln. Du lässt mich andauernd auf diesen Schaufensterpuppen-Sandsack eintreten und einschlagen, den du mir gekauft hast und der mich, wie ich hinzufügen möchte, jedes Mal, wenn ich irgendwas aus dem Keller hole, zu Tode erschreckt.«

Domino gluckste.

»Früher habe ich Schusswaffen *gehasst.* Jetzt fällt mir jeder diesbezügliche Fehler in einer Krimiserie sofort auf. Dabei hab ich mir diese Serien echt gerne angesehen.«

Wieder kicherte er. »Eigentlich sollte ich *dich* trösten.«

Amy lächelte. Diesmal sah es nicht wie eine Grimasse aus. »Vielleicht tröstet es mich, dich zu trösten.«

Dominos Lächeln verblasste. »Mir ist klar, dass ich versagt habe. Und ich weiß auch, dass man einen Mann danach beurteilt, wie er sich nach einem solchen Scheitern wieder aufrappelt ...« Er sah Amy mit traurigen Augen an. »Ich weiß nicht, ob ich mich davon je wieder erholen werde.«

»Ich lebe noch, Domino. Meine *Kinder* leben noch. Patrick hätte tausendmal sein Leben dafür gegeben.«

Domino senkte den Kopf und nickte.

Für einen Moment saßen sie schweigend da. Amy schniefte ein paarmal und tilgte die letzten Tränenspuren von ihrem Gesicht. »Ich habe dich im Flur gehört«, meinte sie. »Die Kinder sind doch nicht etwa aufgewacht?«

»Sie haben dich weinen gehört.«

»Oh, gottverdammt noch mal.«

»Es ist nichts Schlimmes daran, wenn man weint.«

»Wenn es deine Kinder aufweckt, ist es sehr wohl schlimm. Ich muss stark sein. Für sie.«

»Du bist auch nur ein Mensch.«

Sie seufzte. »Tagsüber kriege ich es ziemlich gut hin. Das neue Haus macht es mir leichter. Und die Beschäftigung. Aber nachts ...« Sie nahm einen tiefen Atemzug, um sich zu beruhigen. »Ich denke immer noch, dass ich mich im Bett umdrehe und ihn sehe. Ihn spüre. Ich weiß, er ist fort – auf einer bewussten Ebene weiß ich das. Doch es ist, als würde mein Unterbewusstsein mich verhöhnen und quälen, indem es mir immer dann, wenn ich besonders verletzbar bin, irgendwie vorgaukelt, er wäre noch da.«

»Macht der Gewohnheit«, sagte Domino.

»Hä?«

»Hast du schon mal was in der Küche umgestellt, was seit Ewigkeiten am selben Ort war? Wie oft greift man an der alten Stelle danach, obwohl man genau weiß, dass es nicht mehr dort steht? Und was ist mit dem ›Schaufensterpuppen-Sandsack‹, den ich dir gekauft habe? Du weißt seit beinahe einem Jahr, dass das Ding im Keller steht. Dennoch erschreckt es dich jedes Mal, wenn du runtergehst.«

Amy nickte und ließ dann den Kopf hängen. Als sie wieder aufsah, sagte sie: »Oder vielleicht ist er *wirklich* bei mir.«

Domino hätte sich für seine gefühlskalte und der Situation komplett unangemessene Analogie ohrfeigen können. »Ja, der Gedanke gefällt mir viel besser«, sagte er rasch.

Amy schenkte ihm ein schmallippiges Lächeln.

Domino drückte ihre Hand. »Du darfst nicht aufhören, deinen Mann zu lieben. Lass den Tränen freien Lauf. Nur dreh die Lautstärke ein bisschen runter.« Er zwinkerte.

Sie kicherte und nickte.

»Ich habe eine Idee«, hob Domino an. »Wie wäre es, wenn ich dich und die Kinder zum Frühstück ausführe? Danach setzen wir die Kids bei Patricks Eltern ab, und wir besuchen Patrick. Nur wir beide. Du kannst weinen, so laut du willst.«

Amy kicherte abermals.

»Was hältst du davon?«

Sie nickte. Domino tätschelte ihr Knie und stand auf. »Na schön. Schlaf ein wenig.«

»Manchmal frage ich mich, wen es schlimmer getroffen hat«, sagte sie, als Domino auf dem Weg zur Tür war.

Domino drehte sich um. »Was meinst du?«

»Wen hat es härter erwischt? Mich oder Monica?«

Dominos Augenbrauen fuhren in die Höhe. »Sie ist tot, und du lebst. Ich nehme an, dass die meisten Leute der Meinung wären, dass sie schlechter dabei weggekommen ist.« Dann überdachte Domino ihre Frage und verfluchte sich neuerlich dafür, in einer Welt der Grauzonen allzu schwarz-weiß zu denken. »Du sprichst von der Last, mit der Tatsache leben zu müssen, dass du jemanden getötet hast«, sagte er.

»Nein. Nein, ich bin froh darüber, dass ich das Miststück erschossen und meinen Mann gerächt habe. Ich bedauere lediglich, dass wir nicht die Zeit hatten, ihr beim Verbluten zuzuschauen.«

Domino verkniff sich ein Feixen. Er wusste, dass Amy nicht einfach nur harte Sprüche klopfte. Amy *war* hart. Den Heldentaten dieser Frau war es zu verdanken, dass ihre Familie das erste Zusammentreffen mit den Fannelli-Brüdern am Crescent Lake überlebt hatte. Amy hatte sich zum Schein einer potenziellen Vergewaltigung gefügt, um sich schließlich eine große metallene Nagelfeile zu greifen und sie einem der Brüder in die blanken Eier zu rammen. Danach hatte sie ihn mit einer Lampe bewusstlos geschlagen. *Beinhart* war das erste Wort gewesen, das Domino eingefallen war, nachdem Patrick ihm davon erzählt hatte.

»Was meinst du dann?«, fragte er.

»Sie ist tot. Damit hat sich's für sie. Ich? Ich muss ohne Patrick weiterleben.«

»Nun ja, wie du gesagt hast: Deine Kinder sind am Leben. Sie sind ein Teil von ihm. Und du hast nach wie vor die

Möglichkeit, nach vorne zu schauen. Du wirst Patrick nie vergessen, und ich würde mir auch niemals erlauben, dir das Gegenteil zu raten, aber du hast die Chance, in seinem Sinne weiterzumachen. Eure Kinder aufwachsen zu sehen. Ein neues Leben aufzubauen.

Es ist eine Wahrheit, die niemand in einer solchen Situation hören will, aber die Zeit heilt tatsächlich alle Wunden. Und du hast noch das ganze Leben vor dir. Das Einzige, was die durchgeknallte Schlampe vor sich hat, sind knappe zwei Meter Erde.«

Amy stieß den Atem aus und nickte. Dann hielt sie inne und warf Domino einen Seitenblick zu. »Versuch mal, das den Bullen zu verklickern.«

Domino ächzte. »Ja – ich schätze, ich bin offiziell von ihrer Weihnachtskarten-Empfängerliste gestrichen.«

»Glaubst du, sie suchen noch nach ihr?«

»Ein überlebendes Mitglied des berüchtigten Fannelli-Clans? Landesweit wegen mehrfachen Mordes an sowohl Zivilisten als auch Staatsbeamten gesucht? Ja, meiner Ansicht nach steht sie immer noch auf der Top Ten der meistgesuchten Verbrecher.«

»Ich wünschte, wir könnten es ihnen sagen.«

»Geht mir genauso. Ich gebe die Hoffnung nicht auf, dass eines Tages irgendwer in Italien eins und eins zusammenzählt und das Ergebnis in die Staaten versendet. Bis dahin …« Er zog einen imaginären Reißverschluss zwischen seinen Lippen zu.

Amy nickte. »Hauptsache, sie ist tot – alles andere ist mir egal.«

»Genau meine Meinung.«

3

Monica Kemp fuhr mit dem Truck des toten Ehepaars durch die ländliche Umgebung, bis die ersten Gebäude auftauchten. Sie entdeckte einen bescheidenen, durchgehend geöffneten Gemischtwarenladen, stellte den Laster mit laufendem Motor davor ab und beobachtete die Kunden, die das Geschäft betraten oder verließen. Den Frauen schenkte sie keinerlei Beachtung, sondern konzentrierte sich ganz auf die Männer.

Als Monica den richtigen gefunden hatte, stieg sie aus dem Truck, prüfte ihr Äußeres kurz im Seitenspiegel, betrat dann den Laden und ging zur Theke. »Ein Prepaid-Handy und eine Schachtel Parliament Lights.«

Der Angestellte, ein Mann mit schütterem Haar, der aussah, als würde er außerhalb seiner Arbeitszeiten im Keller seiner Mutter Videospiele zocken, grinste anzüglich. »Streichhölzer?«

Monika verneinte, bezahlte und entfernte sich, ohne sich zu bedanken, von der Ladentheke. Statt das Geschäft zu verlassen, näherte sie sich jedoch einer Regalreihe mit Knabberzeug. Ein junger Mann, offenbar geplagt von einer cannabisinduzierten Heißhungerattacke, musterte die Auswahl mit ermatteten und geröteten Augen.

Monica lief direkt in den Jungen hinein, entschuldigte sich unverzüglich und ließ ein Lächeln aufblitzen, bei dem dieser sofort rot anlief.

Monica verließ den Laden in der Gewissheit, dass die Blicke des Jungen und des Angestellten bei ihrem Abgang auf ihren Hintern geheftet waren. Aus eben diesem Grund wartete sie eine Minute, bevor sie den Wagen des Jungen stahl. Der Preis für auserlesene Schönheit, dachte sie.

Als der richtige Moment gekommen war, ging Monica zum Toyota des Jungen, sperrte ihn mit dem Schlüssel auf, den sie ihm abgenommen hatte, fuhr los und ließ den Truck auf dem Parkplatz des Gemischtwarenladens zurück. Bis irgendjemand darauf kommen würde, den geklauten Toyota mit dem Laster in Verbindung zu bringen, war Monica längst dort, wo auch das dämliche Ehepaar war, das ihretwegen angehalten hatte: ganz weit weg.

Monica kurvte durch das südliche New Jersey, das Prepaid-Handy aufgeklappt in der Hand. Sie wusste, dass sie nach dem Diebstahl des Toyotas nicht viel Zeit hatte; der Wagen würde früher oder später als gestohlen gemeldet werden. Eher später. Die Polizei um Hilfe zu bitten, wenn man aussah, als hätte man soeben eine Drei-Meter-Bong leer geraucht, war ein Risiko, das der Typ selbst in seinem Zustand nicht eingehen würde. Aus diesem Grund hatte Monica ihn ja auch ausgewählt.

Dennoch würde er es irgendwann melden. Daher musste sie das Fahrzeug wechseln. Sie war dazu ausgebildet worden, so oft wie möglich die Fahrzeuge und Richtungen zu wechseln. Je spontaner und willkürlicher diese Wechsel vonstattengingen, desto unsichtbarer war die von ihr hinterlassene Spur.

Allerdings kamen minderwertige Klapperkisten von jetzt an nicht mehr infrage. Davon hatte sie während des vergangenen Jahres mehr als genug gehabt. Sie war zurück im Spiel. Es wurde höchste Zeit für etwas Besseres.

Monica drückte eine Ziffernfolge auf dem Handy – eine Nummer, die sie seit Ewigkeiten nicht gewählt hatte.

Nach dem ersten Freizeichen ertönte eine Männerstimme. »Kennwort?«

»Neco. 8122765«, sagte Monica.

»Sprachauthentifizierung läuft ... identifiziert – halt. Dieser Posten war seit über einem Jahr nicht mehr aktiv. Mutmaßlich verstorben.«

»Und mit wem, meinen Sie, sprechen Sie gerade, Sie Trottel?«

»Identitätskontrolle. Kennwort: *eisern.*«

»Antwort: *Dobermann.*«

»Sprachauthentifizierung läuft ... identifiziert. Was kann ich für Sie tun?«

»Ich benötige ein Fahrzeug und eine abhörsichere Leitung.«

»Augenblick ... alles klar, wir haben Sie. Südliches New Jersey?«

»Richtig.«

»Spezifische Angaben zum Transportmittel folgen per SMS. Ist die Agentin bereit für einen neuen Auftrag?«

»Nein.« Monica balancierte beim Fahren das Mobiltelefon zwischen Schulter und Kinn, während sie, die Folie von der Zigarettenschachtel riss. »Ich werde die nächste Zeit nicht arbeiten. Ich muss mich um eine persönliche Angelegenheit kümmern.«

»Haben Sie das offiziell abgeklärt?«

»Was gibt's da abzuklären? Ich arbeite nicht, also bekomme ich auch kein Geld.« Sie zupfte mit den Fingernägeln eine Zigarette aus der Packung und schob sie sich zwischen die Lippen, wo sie unangezündet hin und her baumelte. »Ich brauche Informationen, die nicht gerade einfach zu bekommen sind.«

»Geheimdienstinformationen sind Agentinnen und Agenten im Einsatz vorbehalten.«

Monica zündete die Zigarette an und inhalierte tief. »Dann schulde ich Ihnen was. Die nächsten fünf gehen auf meine Rechnung.«

»Die Agentin bestätigt die Durchführung der fünf folgenden Aufträge ohne Bezahlung?«

»Für Informationen *und* Geld bis zum Abschluss meiner Mission – ja.«

»Informationsgesuch bewilligt. Ressourcen-Zugriff wird in Abhängigkeit von der Komplexität der jeweiligen Anfrage gewährt.«

Monica verdrehte die Augen. »Oh, ich bitte Sie ...«

»Da die Agentin seit mehr als einem Jahr kein Lebenszeichen von sich gegeben hat, schlage ich der Agentin vor, dankbar für die zugesagten Sicherheitsvorkehrungen und das Transportmittel zu sein.«

Monica schluckte die ihr bereits auf der Zunge liegenden Obszönitäten herunter und zog heftig an ihrer Zigarette. »Na schön. Dann fangen wir mit den Informationen an. Domino Taylor – T-a-y-l-o-r. Letzter bekannter Aufenthaltsort – sowohl beruflich als auch privat – war New York City. Könnte kürzlich umgezogen sein. Möglicherweise Ost-Pennsylvania. Suchen Sie Verbindungen zu einer gewissen Amy Lambert – L-a-m-b-e-r-t. Auch sie ist möglicherweise vor Kurzem umgezogen.«

»Alles klar. Ich werde die Informationen so bald wie möglich über eine Ihrer verschlüsselten Verbindungen schicken.«

Monica beendete das Gespräch, murmelte »Arschloch« und schmiss das Prepaid-Handy dann auf den Beifahrersitz. Wenige Sekunden später piepte es. Sie schnappte es sich und las die Textbotschaft durch. Sie wusste genau, wo das Auto zu finden war. Monica klemmte sich die Zigarette in den Mund und hielt das Steuer mit einem Handgelenk, während sie das Telefon mit beiden Händen in zwei Teile zerbrach. Daraufhin nahm sie einen letzten Zug von ihrer Zigarette und schnippte sie zusammen mit dem kaputten Mobiltelefon aus dem Fenster.

»Okay«, sagte sie zu sich selbst und rutschte etwas tiefer in ihren Sitz. Sie dachte an ihren Vater. Dann an Domino, den Mann, der ihren Vater getötet hatte. Alles andere als eine einfache Sache. Einen Mann, der das Zeug dazu hatte, ihren Vater umzubringen, durfte man auf gar keinen Fall unterschätzen. Über seine überdurchschnittlichen physischen Eigenschaften hinaus war Domino verdammt schlau. Er hatte sie in Italien aufgespürt. Im Rückblick betrachtet, trug sie selbst die Schuld daran – es war dumm gewesen, vor ihrer Flucht mit Patricks Blut *ciao* an die Wand zu schreiben. Seinerzeit hatte sie allerdings einfach nicht widerstehen können.

Doch auch wenn die in Blut gekritzelte Anspielung auf Italien zugegebenermaßen auf ihre Kappe ging – Domino war ein erfahrener Profi, mit Muskeln *und* Grips im Kopf. Ein Frontalangriff kam nicht infrage. Sie würde sich ihm hinterrücks nähern müssen.

Nachdem sie in dem Krankenhaus in Italien das Bewusstsein wiedererlangt hatte, war es kein Problem gewesen, ihre Spuren zu verwischen, obwohl die italienischen Ärzte und Justizbeamten ihren Preis gehabt hatten. Die blonde Frau, die in einem Café von einem unbekannten Angreifer niedergeschossen worden war, hatte man offiziell als eine kurz nach ihrer Einreise für tot erklärte anonyme Touristin zu den Akten gelegt. Monica hatte sich in einen lebenden Leichnam verwandelt, was den scheinbar unbezahlbaren Vorteil mit sich gebracht hatte, unbehelligt herumspazieren zu können, wo und wie es ihr gefiel.

Darauf hatte sich Monica nicht verlassen.

Selbst nach Italien hätte Domino ihrer starken Vermutung nach die Tatsache, dass sie tot war, nicht einfach so akzeptiert. Er war der Typ, der allem auf den Grund ging. Prüfte. Die Augen offen hielt.

Deshalb hatte Monica sämtliche Kontakte abbrechen müssen. Der Rückzug in die Pine Barrens hatte ihr erlaubt, in einer der entlegensten Gegenden des Landes ungestört alle Vorbereitungen zu treffen, ihr Meisterwerk zu vollenden – ein Projekt, das in jenem Moment Gestalt angenommen hatte, in dem sie in Florenz angekommen war – einige Tage nachdem ihr Vater und ihr Bruder bei jener kolossalen Sauerei im Westen Pennsylvanias getötet worden waren.

Und nun, ein Jahr später, war ihr Meisterstück vollendet – das Fundament dafür bildete ein altes Gebäude in den Resten einer verlassenen, am Reißbrett entworfenen Arbeiterstadt, die bis zum Unabhängigkeitskrieg zurückdatierte. Eine von vielen Geisterstädten tief im Herzen der Pine Barrens, und obwohl die Wahrscheinlichkeit, in einer solchen Umgebung Aufsehen zu erregen oder gestört zu werden, gegen null tendierte, hatte Monica kaum Probleme gehabt, Arbeiter zu finden, die Nachtschichten schoben, den Mund hielten und, was das Allerwichtigste war, dem allmächtigen Dollar mehr Wertschätzung entgegenbrachten als moralischen Bedenken, wenn es darum ging, das Gebäude gemäß Monicas bizarren Wünschen und Bedürfnissen zu renovieren.

Das Endresultat übertraf ihre kühnsten Erwartungen. Sie hatte sogar ein paar Typen engagiert, die während ihrer Abwesenheit gelegentlich ein Auge darauf warfen. Der Handel war dadurch besiegelt worden, dass sie allen dreien einen geblasen sowie entsprechende Zugaben nach ihrer Rückkehr versprochen hatte.

Monica war offiziell startklar – und sie wollte jeden nur erdenklichen Vorteil ausnutzen, um ihren Plan zu verwirklichen. Obwohl es eigentlich nicht ihrem Stil entsprach, hatte sie vor, einen Helfer anzuwerben. Keinen Profi ihrer Zunft. Einen Handlanger. Jemanden, der ähnlich tickte wie sie, von ähnlichen Impulsen angetrieben wurde, sich jedoch mühelos manipulieren ließ. Zwar waren alle Geheiminformationen, zu denen sie jetzt (wenn auch unter Vorbehalt – blöde Arschgeigen) Zugang hatte, nur einen Telefonanruf entfernt. Doch der menschliche Faktor in Form eines Begleiters, eines willigen Assistenten, eines potenziellen Maulwurfs, eines potenziellen *Was-auch-immer* war der letzte Spritzer Schmieröl im Getriebe, der die Maschinerie sehr viel reibungsloser laufen ließ. Was sich besonders dann bewahrheiten würde, wenn Domino in der Zwischenzeit seinerseits neue Helfer angeworben hatte.

Monica lächelte und schwelgte in der Erinnerung, wie sie Briggs und Allan, Dominos beste Männer, getötet hatte …

Und dann schwand ihr Lächeln, als sie erneut an ihren Vater denken musste. Daran dachte, wie sie seine Gegenwart immer noch gespürt hatte, als sie vor mehr als einem Jahr vor ihrem Exil in New Jersey endgültig von seiner Hütte in Alaska Abschied genommen hatte. Die Erinnerung daran, wie sie sich in jener Hütte erstmals zusammengesetzt und besprochen hatten, wie sie ihren überlebenden Bruder aus dem Gefängnis befreien und gemeinsam furchtbares Unheil über die Lamberts bringen wollten, war extrem lebhaft.

Seinerzeit hatte sie noch nicht die geringste Ahnung von Dominos Existenz gehabt. Er war erst später dazugestoßen, um den Lamberts zu helfen.

Domino. Domino. *Domino.* Ihre Besessenheit wuchs mit jedem Mal, mit dem der Name in ihrem Kopf auftauchte.

Monica interessierte sich nicht mehr für Amy Lambert und ihre dämliche Brut. Sie hatte ihnen den Ehemann und Vater geraubt. Es käme einem Gnadenakt gleich, sie umzubringen. Nein, sie sollten ruhig weiterleben und leiden.

Domino hingegen? Ihn würde sie so langsam wie möglich zu Tode foltern, auf die entsetzlichste und qualvollste Art, die sich ihr in dieser Hinsicht hochkreativer Geist auszudenken imstande war – das vergangene Jahr hatte sie nicht zuletzt damit verbracht, einige diesbezügliche Ideen auszuarbeiten.

4

Domino geleitete alle zu einer freien Nische im hinteren Bereich des Restaurants. Es war eines der Stammlokale von Amy und den Kids – nicht weit von ihrem Haus entfernt und kinderfreundlich.

Sie nahmen in der Sitzecke Platz, Amy und Caleb auf der einen, Carrie und Domino auf der anderen Seite. Domino saß an der Ecke des Tisches und platzierte ein Bein im Gang.

»Also, was lohnt sich hier?«, fragte Domino. »Wer nimmt was?«

»Ich esse immer die Blaubeerpfannkuchen«, sagte Carrie. »Die sind *so gut.* Ich nehme die Blaubeerpfannkuchen. Mom, ich will die Blaubeerpfannkuchen.«

»Ja, Schatz, ich hab's verstanden.«

Domino kicherte und sah Caleb an. »Und was ist mit dir, kleiner Mann?«

»Eier Benedict.«

Domino zog eine Augenbraue hoch. »Echt jetzt?«

Amy strich mit einer liebevollen Geste durch Calebs kurzes dunkles Haar. »Das Lieblingsfrühstück seines Vaters.«

Domino lächelte und schwieg.

»Er mag sie nicht mal«, meinte Carrie. »Er isst nur den Schinken runter.«

»Carrie.«

Carrie schaute ihre Mutter an. »Was? Stimmt doch.«

»Es reicht.«

Unbeeindruckt verkündete Carrie ein weiteres Mal, Blaubeerpfannkuchen bestellen zu wollen.

Die Kellnerin räumte gerade die Teller ab, als Carrie die Bombe platzen ließ.

»Wirst du Mommy heiraten?«

Domino Taylor konnte all die Männer, die er über die Jahre hinweg im Kampf getötet hatte, längst nicht mehr zählen, ebenso wenig wie die Gräueltaten und Abscheulichkeiten, die er aus bester Logenplatzperspektive hatte mitansehen müssen. Er hatte überlebt. Er war nicht daran zerbrochen. Der Mann war die Verkörperung der sprichwörtlichen Katze: Er hatte den Großteil seiner neun Leben verbraucht, war allerdings immer wieder auf die Füße gefallen.

Doch bei dieser simplen Frage, gestellt von einem achtjährigen Mädchen, fühlte er sich komplett hilflos und überfordert.

Amy rettete ihn. »Mommy und Domino sind bloß Freunde, Schätzchen. Einfach nur Freunde.«

Domino konnte nur zustimmend nicken. Die richtigen Worte waren ihm nach wie vor so zugänglich wie höhere Mathematik.

»Warum übernachtet er dann immer bei uns?«

»*Deine* Freundinnen übernachten auch bei uns oder du bei ihnen, nicht wahr?«, sagte Amy.

Carrie runzelte ratlos die Stirn. »Ja …«

»Tja, und darf Mommy etwa keine Übernachtungsgäste einladen?«

»Schätze schon ...«

Amy warf Domino einen kurzen Blick zu, und ihre Miene erinnerte ihn an die Unterhaltung vom vorigen Abend.

Domino erwiderte den Blick mit einem raschen unsicheren Grinsen.

5

Carrie und Caleb waren vor über einer Stunde in die Obhut ihrer Großeltern väterlicherseits übergeben worden. Jetzt standen Domino und Amy alleine vor Patricks Grab.

Amy hatte die alten Blumen von letzter Woche entsorgt und durch frische ersetzt. Domino gegenüber witzelte sie, dass Patrick statt Blumen lieber ein Steak und eine Flasche Scotch gehabt hätte. Domino lachte und meinte, Patricks Grab würde, falls sie das zur Gewohnheit werden ließ, von Obdachlosen überschwemmt.

Amy erwiderte das Lachen, das wie so oft die Dämme brechen ließ. Domino hielt sie fest in den Armen, während sie weinte. Auch in seinen Augen standen Tränen.

Als ihre Trauer langsam abklang, setzten sie sich auf eine Bank in der Nähe, von wo aus sie einen guten Blick auf Patricks Grabstein hatten.

Liebevoller Ehemann, Vater, Sohn und Retter stand darauf zu lesen.

Amy hatte diese Worte selbst ausgewählt. Mit dem *Retter* hatte sie gezögert in der Befürchtung, er würde ihnen dauerhaft ihr grauenhaftes Martyrium ins Gedächtnis rufen. Es war Domino gewesen, der sie schließlich mit dem Argument überzeugt hatte, der Begriff würdige den mutigen Mann, dessen Frau sie gewesen war – ein Mann, der sein Leben geopfert hatte, um seine Familie zu retten. Amy hatte weniger als eine Minute über das von Domino Gesagte nachdenken müssen; kurz darauf war ihr Ehemann als Retter in Stein verewigt.

»Was ist heute da oben los?«, fragte Domino und wies auf Amys Kopf.

Amy lehnte ihren Kopf gegen Dominos Schulter. »Das Gleiche wie immer, schätze ich. Jedenfalls das, was mir immer durch den Kopf geht, wenn ich hierherkomme.«

»Kannst du die guten Erinnerungen schon zulassen?«

»Natürlich.«

»Was ich meine, ist, ob die guten die schlechten überwiegen.«

Amy zögerte einen Moment und dachte darüber nach. »Hier machen mir die schlechten Erinnerungen so gut wie nichts aus. Das mag an einem solchen Ort seltsam klingen, aber hier finde ich meinen Frieden.«

»Das ist nicht ungewöhnlich«, sagte Domino. »Dies ist ja auch ein Ort der Ruhe und des Friedens.«

Amy nickte gegen seine Schulter. »Stimmt.«

»Was du letzten Abend gesagt hast, war dein Ernst«, fuhr Domino fort.

»Was meinst du?«

»Darüber, dass es dich nicht im Geringsten belastet, Monica getötet zu haben.«

Amy setzte sich aufrecht hin und sah Domino an. »Das ist auch die verdammte Wahrheit.«

Domino gab dem Grinsen nach, das er am Abend zuvor unterdrückt hatte. Es erlosch jedoch schon bald, und Domino starrte in ein augenscheinlich unerfreuliches Nichts.

»Was ist?«, wollte Amy wissen.

Domino schüttelte den Kopf. »Nichts, kein Problem. Es war das Mindeste, was ich tun konnte.«

»Was meinst du?«

»Dich dieses Miststück töten zu lassen.« Danach wurde er still und heftete den Blick seiner starren Augen zurück auf das böse Irgendwo.

Amy lehnte sich auf der Bank zurück und wandte sich Domino zu. »Genau darum ging es mir gestern Abend. Du hast gehört, was Carrie beim Frühstück gesagt hat. Meine Familie hat weniger Probleme als du, mit dem, was geschehen ist, endlich abzuschließen. Du kannst dich nicht auf ewig für alles verantwortlich fühlen, Domino. Verdammt noch mal, wenn du unbedingt jemandem etwas vorwerfen willst, dann mir. Ich war diejenige, die auf Teufel komm raus zu ihrer blöden Massage wollte und den ganzen Ärger verursacht hat.«

»Und ich war derjenige, der es dir erlaubt hat.«

Amy setzte ein schmales Lächeln auf. »Wenn du nein gesagt hättest, hätte ich so lange auf dich eingeredet, bis du klein beigegeben hättest. Wenn Patrick hier wäre, würde er das bestätigen.«

Domino erwiderte das Lächeln nicht. »Er ist aber nicht hier.«

Amy schüttelte den Kopf, als wäre sie enttäuscht. »Hör mal, du hast letzten Abend so überzeugend und leidenschaftlich davon geredet, nach vorne zu schauen, ein neues Leben aufzubauen, in Patricks Sinn zu handeln. Warum hörst du nicht mal hin und wieder auf deine eigenen Ratschläge? Mach deinen Frieden damit.«

»Wie kannst du so etwas sagen? Wie kannst du von mir erwarten, das zu vergessen?«

»Ich habe nicht gesagt, du sollst es vergessen – ich habe gesagt, du sollst deinen Frieden damit machen. Das ist ein Unterschied.«

Domino grummelte etwas Unverständliches.

»Hast du nicht ähnliche Dinge während deiner Zeit bei den Marines erlebt? Patrick hat mir von deinen Taten erzählt. Du hast mehr als einmal Männer verloren.«

»Das waren andere Umstände.«

»Inwiefern?«

»Krieg bedeutet Chaos. Man kann gegen das Chaos ankämpfen, aber man kann es niemals unter Kontrolle bringen. Es war meine Aufgabe, eure Situation unter Kontrolle zu halten.«

»Tja, wer weiß, ob die Situation, in der ich mich befand, nicht auch das reinste Chaos war? Wer weiß, ob diese Arschlöcher nicht einen anderen Weg gefunden hätten, wenn ich nicht zu dieser Massage gegangen wäre? Einen *schlimmeren* Weg? Einen Weg, der möglicherweise dafür gesorgt hätte, dass wir jetzt nicht hier sitzen und diese Unterhaltung führen würden?«

»Und wer weiß, ob ich ihnen nicht zuvorgekommen wäre, wenn ich dir den Massage-Ausflug verboten hätte? Jedem einzelnen dieser Scheißer das Licht ausgeblasen hätte, ohne dass Patrick auch nur ein Haar gekrümmt worden wäre?«

Amy schlug die Hände über dem Kopf zusammen. »Klar, wer weiß das schon? Antwort: Niemand. Weißt du, warum? Weil es vorbei ist. Es ist erledigt. Willst du dich wirklich derart von der Tatsache fertigmachen lassen, dass man hinterher immer schlauer ist? Ich dachte, du wärst ein großer böser Wolf. Im Moment führst du dich auf wie ein kleines verschüchtertes Lamm.«

Domino warf den Kopf in den Nacken und lachte bellend. »Gottverflucht, du bist wirklich einmalig.« Er nickte. »Ja ... ja, jetzt bin ich davon überzeugt, dass du mich *tat-*

sächlich so lange bearbeitet hättest, bis du auf welche Weise auch immer zu deiner Massage gekommen wärst.«

Amy stimmte in sein Lachen ein. Eine Schweigeminute folgte.

»Es ist an der Zeit, es gut sein zu lassen, Domino. Es geht mir nicht ums Vergessen. Es geht mir darum, es hinter sich zu lassen, sich selbst zu vergeben. *Glaub mir*, das ist der einzige Weg, um nicht verrückt zu werden.« Sie hielt einen Augenblick lang inne, damit ihre Worte die entsprechende Wirkung entfalten konnten. »Außerdem bist du verdammt noch mal viel zu groß für mein Sofa – ich werde ein neues kaufen müssen.«

Domino gab ein emotionsloses Höflichkeitskichern von sich.

»Warum machst du dich nicht wieder an die Arbeit? Mir jedenfalls hilft die Arbeit, harte Zeiten durchzustehen«, sagte Amy, als eine weitere Reaktion ausblieb.

Er schüttelte den Kopf. »Momentan bin ich zu nichts zu gebrauchen.«

»Wie wär's dann mit Urlaub? Du könntest deine Familie in Tallahassee besuchen.«

Domino nahm ihren Vorschlag schweigend und mit ähnlich düsterer Miene wie vorhin zur Kenntnis.

Jetzt zeigte Amy mit ihrem Finger in Richtung seines Kopfes. »Was ist da oben los?«

Er blinzelte. »Mir gefällt die Vorstellung, nach Hause zu fahren ... ich weiß nur nicht genau, ob ich schon bereit dafür bin, dich und die Kinder allein zu lassen.«

»Und was hast du vor? Weiterhin auf meinem leidgeprüften Sofa schlafen? In den übrigen Nächten dein Geld für ein Hotelzimmer verschwenden? Du kannst deine New Yorker Bude weiterhin untervermieten, wenn du willst, aber

Gott im Himmel, Domino, du musst irgendwas unternehmen. Die Kinder und ich werden schon klarkommen. Ich bezweifle sehr, dass noch mehr Mitglieder dieser Familie von Wahnsinnigen auftauchen ...« Sie grinste und boxte gegen seinen Arm. »Wir haben sie alle plattgemacht.«

Dominos Lippen verzogen sich zu einem gezwungenen Lächeln. »Jawohl.«

6

Domino bestellte den achten Bourbon des Abends. Jack Daniel's, pur. In seiner linken Hand befand sich ein Glas Yeungling-Lager, und seine rechte streckte sich gierig nach dem Schnaps aus.

Der Barmann kam mit seinem Drink zu ihm herüber. »Alles im Lack, Dom?«

Domino war in Vici's Bar and Grille so etwas wie ein Stammgast, seit er das letzte vergangene Jahr seines Lebens ganz dem Schutz von Amy und den Kindern gewidmet hatte. Der Laden war nicht weit von Amys neuem Zuhause entfernt und genau die Art von Spelunke, in der Domino sich mit nichts als Jogginghose und T-Shirt in eine dunkle Ecke pflanzen und ganz in Ruhe seine Medizin einnehmen konnte.

»Mir geht's gut«, informierte er Sam.

Sam klopfte mit den Knöcheln auf den Tresen und lächelte. »Wenn du was brauchst, lass es mich wissen.«

Domino nickte und nahm einen amtlichen Schluck von dem warmen Jack, den er mit dem eiskalten Yeungling runterspülte. Er rülpste und sah in die Runde. Seine Sicht begann sich allmählich zu trüben.

Er entdeckte eine Gruppe junger Kerle am Ende der Bartheke, allesamt in den Mittzwanzigern. Einer von ihnen trug ein T-Shirt, das eine Nummer zu klein ausfiel und die massige Brust sowie die muskulösen Arme des Jungen betonte – es war nicht die Statur eines Kämpfers, sondern die eines Bodybuilders. Der Mucki-Mann hatte zwei Kumpels bei sich, die zwar kleiner und schmächtiger waren als er, dies jedoch durch eine außergewöhnlich große Trottel-Aura kompensierten – Leidtragender dieser Tatsache war ein kleiner und schmaler vierter Typ, der offenkundig für sich bleiben wollte.

Von seinem Platz aus konnte Domino nicht verstehen, was gesagt wurde, aber die Körpersprache der drei Kerle war unmissverständlich: Sie drangsalierten den Kleinen wegen dessen unerhörter Dreistigkeit, seine Ruhe haben zu wollen. Drangsalierten ihn so lange, bis es die unvermeidlichen ersten Hiebe setzte, entweder hier in der Kneipe oder draußen, wenn sie ihm zu seinem Auto folgten. Domino hatte so etwas schon unzählige Male miterlebt.

An diesem Abend machte es ihn zorniger als je zuvor.

Er leerte seinen Jack, kippte den letzten Schluck Bier hinterher und ging dann den Tresen hinunter.

Die drei Deppen registrierten Dominos Erscheinen, taten aber so, als bemerkten sie ihn nicht.

Feiglinge. War ja klar.

»Wie läuft's?«, fragte Domino.

Einer der Deppen – nicht der Mucki-Mann – nickte. »Gut.«

»Mit dir hat keiner gesprochen«, erwiderte Domino.

Die drei Deppen tauschten Blicke aus.

Domino sah das Opfer an. »Wie läuft's?«

Das nervöse Opfer, unsicher und um eine Antwort verlegen, brachte ein gemurmeltes »Alles klar« zustande.

Und dann fielen Ostern und Weihnachten auf einen Tag, weil der Mucki-Mann das Wort erhob.

»Hast du ein Problem, Alter?«

»Ihr spielt gerne Spielchen, stimmt's?«, sagte Domino.

Wieder wechselten alle drei Deppen Blicke.

»Wisst ihr, was ich gerne mache?«, fragte Domino. »Ich spiele gerne Spielchen mit Schlappschwänzen, die gerne Spielchen spielen.«

»Wen zum Teufel nennst du hier einen ...«

Domino versetzte Mucki-Manns Kiefer einen linken Haken.

Die Kinnspitze von Trottel Nummer zwei fing sich eine rechte Gerade ein.

Trottel Nummer drei wurde am Kragen gepackt und bekam einen Kopfstoß verpasst, der sein Gesicht in Matsch verwandelte.

Nach wenigen Sekunden lagen alle drei Männer in tiefem, wenngleich keineswegs erholsamem Schlaf auf dem Boden.

Mucki-Mann zuckte. Trottel Nummer zwei schnarchte unglaublicherweise. Das Gesicht von Trottel Nummer drei sah stark eingedrückt aus, und Blut suppte aus den Überresten seiner Nase.

Bis auf Shania Twain, die sich darüber ausließ, was es bedeutete, sich wie eine Frau zu fühlen, war nichts zu hören. Niemand sonst wagte es, etwas zu sagen oder sich zu rühren. Wie Zeugen eines Mordes vermieden alle Anwesenden jedweden Augenkontakt – nicht zuletzt, weil der Mörder sich noch immer im Raum befand und anscheinend keinerlei Anstalten machte, den Tatort zu verlassen. Erst wenn er ging, würde es aufgeregtes Plappern und Glotzen geben. Wenn.

Domino tätschelte dem Opfer den Rücken. Das Opfer fuhr zusammen.

Domino trat gemächlich zurück zu seinem Hocker am anderen Ende der Bar. Er wies auf seine leeren Gläser. »Bitte nachtanken, Sam.«

Sam hob die Hände, als wäre eine Schusswaffe auf ihn gerichtet. »Ich finde, du solltest lieber aufbrechen, Dom.«

»Weswegen? Die Wichser haben Spielchen gespielt.« Er zeigte auf das Opfer am gegenüberliegenden Tresenende. »Ich hab meinen Jungen beschützt, oder? Ich hab dich beschützt, nicht wahr?«

Das Opfer nickte hastig und völlig verängstigt.

Domino nickte seinerseits. »Ich hab ihn vor Leuten beschützt, die Spielchen spielen.« Er schwankte und hielt sein Bourbon-Glas in die Höhe. »Sam?«

Sam deutete mit noch immer erhobenen Händen über Dominos Schulter hinweg.

Domino drehte sich um und sah sich drei Polizeibeamten gegenüber.

7

Domino saß alleine in der Zelle, hatte die Ellenbogen auf die Knie gestützt, hielt den Kopf gesenkt und nuschelte leise vor sich hin.

Das Tredyffrin Township Police Department kannte Domino, wusste um seine Reputation und behandelte ihn mit beträchtlichem Respekt. Die Beamten hatten sich einverstanden erklärt, ihn in Amys Obhut zu entlassen, statt ihn bis zum Morgen in der Ausnüchterungszelle schmoren zu lassen. Sie hatten ihn weder mit Handschellen an die Zellenpritsche gefesselt noch die Schnürsenkel weggenommen.

Zuerst vernahm Domino, wie Amy mit einem der diensthabenden Beamten sprach und sich von ihm die Ereignisse des letzten Abends schildern ließ. Dann hörte er, wie sie sich näherte – nicht mit eiligen oder wütend stampfenden Schritten, sondern, seltsam genug, entspannt schlendernd. Es waren die Schritte einer Person, die sich alle Zeit der Welt nehmen konnte, das unvermeidliche »Ich hab's ja gesagt« vorzubringen.

Was auch ihr gutes Recht war. Aber in diesem Augenblick wünschte er sich nichts sehnlicher, als kein einziges Wort in dieser Richtung vernehmen zu müssen. Das und einen weiteren Drink. Er fürchtete den drohenden Kater beinahe so sehr wie Amys unbarmherzigen Blick, den er jetzt auf sich ruhen fühlte. Zu seiner freudigen Überraschung war ihr Gesichtsausdruck jedoch kein vorwurfsvoller. Sie sah keineswegs so aus, als wollte sie ihn zusammenstauchen. Stattdessen lag Traurigkeit in ihrer Miene. Und Domino fragte sich, ob ihm eine Gardinenpredigt nicht doch lieber wäre. Zur Strafe den Hintern versohlt zu bekommen und die Sache damit erledigt zu wissen war besser, als mit Schuldgefühlen und Enttäuschung umgehen zu müssen.

»Hi«, sagte sie.

Domino stand auf und geriet ins Taumeln. Sein massiger Körper ließ ihn betrunkener aussehen, als er war. »Hi.«

»Hätte nicht gedacht, dich jemals betrunken zu sehen«, meinte sie.

»Ich bin auch nur ein Mensch wie alle anderen«, antwortete er.

»Du bist ganz und gar nicht wie alle anderen.«

»Darf ein Mann etwa keinen heben?«

»Doch, natürlich darf er das. Drei Typen ins Krankenhaus befördern? Das darf er eher nicht.«

Domino fiel wieder auf die Pritsche zurück und ließ erneut den Kopf hängen. »Wie schlimm ist es?«, wollte er wissen.

»Anscheinend hat einer einen gebrochenen Kiefer; ein anderer sieht aus, als hätte er mit achtzig Sachen eine Mauer geküsst.«

Domino gluckste.

»Freut mich, dass du das komisch findest. Ihre Anwälte wetzen vermutlich in genau diesem Moment die Klingen.«

Domino nickte, den Kopf noch immer gesenkt haltend.

»Also, lass mich raten«, begann Amy, »drei Kerle fangen an, einen kleinen Kerl zu schikanieren, die Situation eskaliert – wozu es nicht viel gebraucht hat –, und du hast rotgesehen.«

Domino hob den Kopf.

»Welche Gesichter hattest du vor dir, als du zugeschlagen hast?«, fragte Amy. »Artys? Das des Vaters? Monicas? Oder waren es vielleicht alle zusammen?«

Domino zuckte mit seinen mächtigen Schultern.

»Was hast du vor? Willst du der erste schwarze Batman werden? Des Nachts Bösewichte jagen, um die Leere zu füllen, die Patricks Tod in dir hinterlassen hat?«

Domino kicherte leise und senkte aufs Neue den Kopf.

»Lach nur weiter, Domino. Sei froh, dass du keinen der drei getötet hast.«

»Ich ...« Er sah auf und versuchte, ein Grinsen zu unterdrücken. »Ich lache nicht.«

»Jetzt fängst du langsam an, meine Intelligenz zu beleidigen.«

Domino hob eine Hand und schüttelte den Kopf, um wenigstens einen Teil seines Rausches hinauszutreiben. »*Nein* – tut mir leid.«

Eine Minute Schweigen. Domino tat sich mit Augenkontakt schwer. Der von Amy brach nicht eine Sekunde lang ab.

»Erzähl mir nicht, dass es dir leidtut«, sagte sie. »Das weiß ich bereits.«

Domino erhob sich und trat an die Gitterstäbe. Amy schob eine Hand hindurch, und Domino ergriff sie.

»Und ich weiß auch, dass du glaubst, uns zu helfen – den Kindern und mir. Aber du tust dir selbst weh. Jedes Mal, wenn du dich auf meine Couch legst, gehst du freiwillig zwei Schritte rückwärts. Ich verlange ja nicht von dir, dass du aufhörst, dich um uns zu kümmern, aber ich *bitte* dich, etwas zu bedenken: Wenn du diesen Weg weitergehst, wird er dich an einen dunklen Ort führen. Einen bösen Ort.« Sie drückte seine Hand. »Und wie würde uns das weiterhelfen?«

Der böse Ort. Dort war er schon mal gewesen, aber nur auf Stippvisite, zu flüchtigen Besuchen. Wie lange würde es dauern, bis er sich endgültig dort niederließ?

Dominos Pranken umschlossen Amys Hand. »Ich werde dich und die Kinder immer lieben.«

»Und wir werden dich immer lieben.«

»Aber ich muss es hinter mir lassen.« Es klang mehr wie eine Frage als nach einer Feststellung.

»Ja.«

»Ich werde nie vergessen können.«

Amy zuckte die Achseln. »Wie auch?«

Domino seufzte. »Und was jetzt?«

»Wie gesagt, mach Urlaub. Obwohl die Folgekosten des Schlamassels, das du heute Abend angerichtet hast, deine finanziellen Mittel erheblich schrumpfen lassen dürften.«

»Ich habe Geld.«

»Okay, du Krösus, dann formuliere ich es so: Nach dem Schlamassel, den du heute Abend angerichtet hast, hilft dir dein Geld auch nicht weiter, wenn du im Knast sitzt.«

»Ich werde mit einem blauen Auge davonkommen.«

»Ich wünschte, ich könnte deinen Optimismus teilen.«

»In letzter Zeit fühle ich mich alles andere als optimistisch.«

Amy lächelte verständnisvoll. »Bist du zum Aufbruch bereit?«

»Bring mich zu meinem Hotel. Ich will nicht, dass die Kinder mich besoffen sehen.«

»Sie sind bei den Lamberts.«

»*Scheiße.* Was mögen sie bloß von mir denken?«

Amy drückte seine Hand. »Ich habe ihnen nichts erzählt.«

Dennoch schüttelte Domino den Kopf.

Amy rief den Polizeibeamten.

8

Stratton-Grove-Mädcheninternat, Drayton, Virginia

Monica Kemp fuhr mit einem brandneuen Lexus über die nicht enden wollende Kiesauffahrt, die zu einem Internat für Mädchen namens Stratton Grove Ranch führte. Riesige, kerngesunde Kiefern säumten dicht an dicht den Straßenrand und gewährten nur flüchtige Blicke auf das, was dahinter lag. Erwartungsvolle Eltern ließen sich ohne Zweifel von den schier unendlichen Baumreihen beeindrucken und von ihrer Schönheit willkommen heißen. Bestimmt glaubten sie, dass die Kraft der Natur einen nicht unerheblichen Teil dazu beitragen konnte, ihre Problemkinder wieder auf den rechten Weg zu bringen.

Monica betrachtete die Kiefern als das, was sie waren: Wachposten.

Heute würde Monica als Belinda Cole auftreten, eine Journalistin, die an einer Reportage über auf schwer erziehbare Mädchen im Teenageralter ausgerichtete ländliche Internate arbeitete. Belinda Cole hatte rotes Haar und grüne Augen sowie sämtliche Referenzen und Beglaubigungsschreiben, die von der Heimleitung beim gestrigen Verabredungsgespräch eingefordert worden waren.

Allerdings rechnete Monica nicht mit einer eingehenden Prüfung seitens der Ranch. Die Einrichtung war relativ jung und dementsprechend begierig darauf, sich einen guten Namen zu machen. Stephanie Sands, die stellvertretende Vorsitzende des Aufsichtsgremiums, hatte im Gespräch mit Monica äußerst kooperativ geklungen. Dieser Eindruck wurde nun dadurch bestätigt, dass sie Monica persönlich in Empfang nahm.

Monica entstieg ihrem Lexus und unterzog die sich nähernde stellvertretende Vorsitzende einer raschen Musterung. Sie überlegte, wohin wohl mehr Geld geflossen sein mochte, in die Ranch oder auf das Konto von Stephanie Sands' Schönheitschirurgen. Ein maßgeschneiderter Hosenanzug, der höchstwahrscheinlich zum allerersten Mal das Tageslicht erblickte, kaschierte alle Problemzonen mehr als zuverlässig.

»Mrs. Cole?«, fragte Stephanie Sands, und trotz des breiten Lächelns zeigte sich nicht die winzigste Falte in der schlagzeugfellstraffen Haut um ihre blauen Augen.

Monica hängte sich die Handtasche über die linke Schulter und schüttelte Stephanie die Hand. »*Miss* Cole«, sagte Monica lächelnd.

»Oh, bitte verzeihen Sie mir.«

Monica winkte ab. »Kein Problem. Ich warte immer noch auf den Richtigen.«

Das gekünstelte Lachen, in das sie gemeinsam verfielen, verursachte bei Monica eine Gänsehaut. Am liebsten hätte sie die Frau erschossen, ihre Leiche in den Lexus verfrachtet und sich auf den Weg zum nächsten Internat auf ihrer Liste begeben.

»*Sie* allerdings sind eine Mrs., nicht wahr?«, sagte Monica. »Ihr Mann ist Jacob Sands? Der Vorsitzende dieser Einrichtung?«

»Wie ich sehe, haben Sie Ihre Hausaufgaben gemacht. Was mir meine Arbeit stark erleichtern wird.«

Monica schwang sich die Tasche zurück auf die rechte Schulter. »Nun, ich würde gerne sofort anfangen, falls Ihnen das recht ist, Stephanie.«

»Sehr. Doch ich muss darauf bestehen, dass Sie mich vor den Schülerinnen Mrs. Sands nennen. Wir hier in Stratton Grove legen sehr großen Wert auf Respekt, und wir halten es für das Beste, immer mit gutem Beispiel voranzugehen.«

Später komme ich zurück und ritze ihr Stephanie *in die Stirn.*

»Selbstverständlich«, gab Monica zurück.

Stephanie Sands lächelte und deutete mit einer juwelenbesetzten Hand in Richtung der Einrichtung. »Super. Folgen Sie mir.«

Stephanie Sands unternahm mit Monica eine komplette Besichtigung des Stratton-Grove-Mädcheninternats. Monica fand, dass es Ähnlichkeit mit einem Sommerferienlager aufwies, das sie einmal im Fernsehen gesehen hatte. Jedes Gebäude, jede Hütte wies eine rustikale Fassade auf, auch wenn sie modern eingerichtet waren. Das war beabsichtigt, dachte Monica. Wie die Kiefern-Wachposten längs der Auffahrt. Es hing ganz davon ab, aus welchem Blickwinkel man die Dinge betrachtete. Hoffnungsvolle Eltern sahen das Urige und Bäuerliche und damit die ideale Umgebung, um ihren Kindern Struktur und Disziplin zu vermitteln. Die jungen Menschen sahen das Urige und Bäuerliche und damit die Verheißung auf ein Leben am Arsch der Welt.

»Hatten Sie schon Gelegenheit, drei Ihrer Schülerinnen auszuwählen?«, fragte Monica Stephanie, als sie an einem der Verwaltungsgebäude vorbeischlenderten.

Stephanie blieb stehen. »Hatte ich. Wenngleich ich diesbezüglich noch ein paar Punkte klären möchte, falls es Ihnen nichts ausmacht.«

Monica zog eine Augenbraue hoch. »Ja?«

Stephanie nickte nachdrücklich. »Ich würde Ihnen vorschlagen, den Schwerpunkt Ihrer Berichterstattung auf unsere Erfolgsgeschichten zu setzen. Auf die Schülerinnen, die hier in Stratton Grove regelrecht aufgeblüht sind.«

Monica erwiderte nichts.

»Worauf ich hinauswill: Ihre Bitte, unsere schwierigsten Fälle kennenzulernen, könnte – und ich sage das nur ungern – auf lange Sicht in Enttäuschung münden.«

Jawohl – der Fotze liegt weit mehr an der kostbaren Reputation dieses Dreckslochess als daran, auch nur einem einzigen Kind zu helfen.

»Ich bezweifle, dass dies der Fall sein wird, Stephanie.« Ein Kind war in Hörweite. Monica genoss Stephanies sichtlichen Unwillen darüber, mit ihrem Vornamen angesprochen zu werden. »Verzeihung – Mrs. Sands.«

Stephanie Sands präsentierte ein kurzes gezwungenes Lächeln. Sie war verärgert, aber unvermindert erpicht darauf, ihr Anliegen vorzubringen. »Schon gut. Wie ich gerade sagte, wir haben hier in Stratton Grove etliche Schülerinnen, die die Erwartungen weit ...«

»Wir reden aneinander vorbei, Mrs. Sands. Ich bin sicher, dass Stratton Grove ein vorbildliches Institut ist und dass viele Kinder hier diese Tatsache aufs Schönste belegen. Mich interessiert aber nicht ausschließlich das Danach. Mich interessiert das Davor *und* Danach.«

»Die erwähnten Schülerinnen, diejenigen, die sich prächtig entwickelt haben – ich kann Ihnen alle ›Davor‹-Informationen besorgen.«

Monica gab beim Sprechen vor, etwas in ihrer Handtasche zu suchen. – als gäbe es Einrichtungen wie Stephanies geliebtes Stratton Grove wie Sand am Meer und sie würde dem Laden einen Gefallen tun. Darin lag schließlich auch mehr als nur ein Körnchen Wahrheit – Einrichtungen wie Stratton Grove *gab* es wie Sand am Meer. Die Ironie, die Monica so ausnehmend amüsant fand, lag darin, dass es, wenn sie hier erst mal fertig war, *keine* Gefälligkeit oder Unterstützung mehr für den Laden geben würde. Sondern lediglich einen beschissenen Skandal.

»Vielleicht bin ich am falschen Ort«, sagte Monica und kramte noch immer in ihrer Tasche herum. Dabei erblickte sie ihre Zigaretten, und das heftige Verlangen nach Nikotin verstärkte ihr Bedürfnis, die Frau so richtig in die Mangel zu nehmen.

»*Nein.* Nein, nein – Sie sind hier goldrichtig.« Stephanie ließ erneut ihr PR-Lächeln aufblitzen und sprach hastig wie ein Vertreter, dem ein Geschäft durch die Lappen zu gehen droht. »Ich dachte nur, ich könnte Ihnen die Sache einfacher machen. Das ist alles, mehr nicht.«

Endlich ließ Monica von ihrer Tasche ab und sah auf. Sie lächelte Stephanie an. »Das weiß ich zu schätzen. Aber, wie gesagt, ich will über das Davor *und* das Danach berichten. Aus erster Hand.«

»Ja, ja – ich sehe, dass Sie Ihr Handwerk sehr ernst nehmen.«

Monica nickte. »Vielen Dank. Kann ich jetzt mit den drei Schülerinnen sprechen?«

Stephanie seufzte und nickte. »Ja. Dennoch fühle ich mich angehalten, Sie daran zu erinnern, Miss Cole: Sie haben sich unsere schwierigsten Schülerinnen ausgesucht.«

»Das ist mir sehr wohl bewusst.«

»Ich möchte nur nicht, dass irgendetwas von dem, was Sie gleich hören werden, aus der Fassung bringt oder erschreckt.«

Monica lächelte. »Mich erschreckt man nicht so leicht.«

9

Das rechteckige Zimmer ähnelte einem Verhörraum. Ein Einwegspiegel zog sich über die gesamte Wandbreite. In einer der kürzeren Wände befand sich ein Notausgang, die Tür in der anderen führte in den Flur.

Monica Kemp alias Belinda Cole, Journalistin, saß mitten an einem großen Tisch. Ihr direkt gegenüber stand ein leerer Stuhl und wartete auf die erste Kandidatin zur »Vernehmung«.

Auf dem Tisch lagen drei Akten, eine für jede der drei jungen Frauen, die Monica sprechen wollte. Stephanie Sands hatte sehr zu Monicas Vergnügen bei der Übergabe der Akten auf deren Dicke hingewiesen – womöglich in einem letzten subtilen Versuch, ihre Meinung zu ändern.

Die Tür zu Monicas Rechten öffnete sich. Ein afroamerikanisches Mädchen in blauem Jogginganzug wurde von einem Mitarbeiter hereingeführt. Die Heranwachsende war groß und dick und sah aus, als hätte sie noch nie in ihrem Leben gelächelt.

»Das ist Charlotte Wilkins«, sagte der Mann.

Monica wies mit einer Hand einladend auf den leeren Stuhl. »Hi, Charlotte. Bitte nimm Platz.« Monica bedachte den Angestellten mit einem Lächeln, das *Sie können jetzt gehen* bedeutete. »Danke schön«, sagte sie.

Der Mann runzelte die Stirn. »Ich wurde angewiesen dabeizubleiben.«

Monicas erotische Anziehungskraft war dann am stärksten, wenn das natürliche Dunkel ihrer Haare und Augen von keinen Perücken oder farbigen Kontaktlinsen verdeckt wurde, aber die Belinda-Cole-Aufmachung mit den roten Haaren und den grünen Augen reichte immer noch mehr als aus, Schweißausbrüche zu provozieren. Ein Lächeln aus ihrem reichhaltigen schauspielerischen Arsenal genügte, um ihn um den kleinen Finger zu wickeln. »Wir kommen klar, herzlichen Dank. Sie können draußen warten oder« – Monica warf einen kurzen Blick über die Schulter zum Einwegspiegel – »Mrs. Sands dort drin Gesellschaft leisten. Sie hat bestimmt nichts dagegen.« Monica glaubte beinahe, Stephanie Sands durch das Glas empört schnauben zu hören.

Der Mann nickte, lächelte zurück und zog leise die Tür hinter sich zu.

Charlotte saß auf dem Stuhl, als wäre er ihr Eigentum. Monica schlug die Akte auf. »Puh ... du bist ein ganz schön ungezogenes Mädchen, was?«, sagte Monica.

Charlotte legte die Stirn in Falten. »Was?«

Monica zog ein Foto hervor und schob es über den Tisch. »Was ist da passiert?«

Charlotte blickte auf das Foto herab, bevor sie die Augen aufwärtsrichtete und schließlich abwandte. »Die Schlampe hatte es nicht anders verdient.«

»Ach ja?« Monica nahm das Foto wieder an sich und überflog den zugehörigen Akteneintrag. »Hier steht, dass sie immer noch im Koma liegt.« Sie entnahm der Mappe ein weiteres Foto und schob auch dieses über den Tisch – eine Nahaufnahme vom Gesicht des Opfers. »Man kann kaum erkennen, ob das ein Mädchen oder ein Junge ist. Man kann kaum erkennen, ob das überhaupt ein *Mensch* ist. Womit hatte sie das verdient?«

Charlotte vermied es, das Bild des übel zugerichteten Mädchens anzuschauen. Sie zuckte bloß mit den Schultern.

»Weißt du es nicht mehr?«

»Ich weiß es noch. Die Schlampe hat mich dumm angemacht.«

Monica tippte mit der Spitze ihres Zeigefingers auf die Akte. »Das Mädchen ist eins sechzig groß. Gute fünfzig Kilo schwer. Wie groß bist du?«

Ein neuerliches Schulterzucken.

»Mir scheint es eher unglaubwürdig, dass ein so kleines Mädchen sich traut, dir dumm zu kommen.«

»Na und? Mir egal, was Sie glauben.«

»Charlotte, wenn du dir von allen Tieren der Welt eines aussuchen könntest, welches wärst du gerne?«

Der Teen runzelte abermals die Stirn. »Hä?«

»Irgendein Tier.«

»Ein Hai. Wie der in *Der weiße Hai.*«

»Warum ein Hai wie der in *Der weiße Hai*?«

»Weil der allen den Arsch aufgerissen hat.«

Monica nickte und strich Charlotte im Geiste von ihrer Liste, womit sie eigentlich schon seit dem ersten Moment, in dem das Mädchen vor ihr erschienen war, gerechnet hatte.

Ein paar Fragen später (sinnlose Lückenfüller, aber nötig, um die Fassade aufrechtzuerhalten) wurde Charlotte Wilkins entlassen, um der nächsten Schülerin Platz zu machen.

Jeanine Marconi ähnelte der Größe und dem Umfang nach Charlotte Wilkins, war allerdings hellhäutig. Aus einer gewissen Entfernung hätte man sie für einen Jungen halten können – nicht zuletzt aufgrund ihrer Größe und ihrer Leibesfülle, doch hauptsächlich wegen ihres geschorenen Schädels.

Monica entnahm Jeanines Akte ein Foto und schob es über den Tisch. Es handelte sich um die Aufnahme vom Kopf eines Teenagers, in dessen Skalp ein softballgroßes Loch rasiert war, um die Wunde besser vernähen zu können. Die Verletzung war so schwer, dass man die Wunde mit Metallklammern hatte schließen müssen. Es sah aus, als wäre dem Opfer ein fünfzehn Zentimeter langer Reißverschluss in die Kopfschwarte getackert worden.

»Was war da los?«, fragte Monica.

Jeanine Marconi sah flüchtig auf die Fotografie und dann weg.

»Jeanine?«

»Sie hat sich über meine Frisur lustig gemacht.«

»Mir gefällt deine Frisur«, sagte Monica.

»Ich hasse sie. Sie erlauben mir keinen Irokesenschnitt.«

Monica scannte Jeanines Akte. »Verstehe – hier steht, dass du dir immer wieder einen wachsen lassen willst und sie dich immer wieder zwingen, ihn abzurasieren. Warum der Irokesenschnitt?«

»Weil ich Indianerin bin.«

»Mit einem Namen wie Marconi?«

Jeanine warf sich mit dem Rücken gegen die Lehne des Stahlstuhls. »Fick dich, du *Schlampe*. Du weißt gar nix über mich.«

Mit ruhiger Stimme las Monica laut aus der Akte des Mädchens vor. »Vater: James Marconi; Mutter: Anna Marconi … Geburtsname *Pellino*? Also bitte, Kleine, du scheißt wahrscheinlich Lasagne.«

Jeanine Marconi stand abrupt auf, was den Stuhl umkippen ließ. Die Tür öffnete sich, und der Angestellte und Stephanie Sands stürzten in den Raum. Der Mann kümmerte sich darum, Jeanine zu beruhigen, während Stephanie Sands Monica zu einem Gespräch in den Flur bat.

»Miss Cole«, begann Stephanie Sands, »allmählich kommen mir Ihre Fragen reichlich unorthodox vor.«

»Sie sind keine Journalistin.«

»Nein, nein, das bin ich nicht. Aber Obszönitäten? Mir kam das beinahe so vor, als hätten Sie Jeanine absichtlich wütend machen wollen.«

»Wollte ich auch.«

Stephanie stieß ein ungläubiges Schnauben aus. »Darf ich erfahren, aus welchem Grund?«

»Zorn trübt das Urteilsvermögen. Hier haben die Mädchen einen Heimvorteil; sie fühlen sich sicher und selbstbewusst. Diesen Vorteil würde ich ihnen gerne nehmen.«

»Warum, in Gottes Namen?«

»Ich bin nicht an der Großmäuligkeit dieser Mädchen interessiert, Mrs. Sands – wer sie zu sein *vorgeben* ist nicht mein Thema.«

»Sie klingen eher wie eine Psychotherapeutin als nach Reporterin.«

»Ich schaue ja auch regelmäßig *Criminal Minds.*«

Stephanie runzelte die Stirn.

Monica lächelte. »Das war ein Scherz, Mrs. Sands. Ich bin in psychologischer Beratung umfassend ausgebildet.«

Stephanie Sands atmete tief ein. »Du meine Güte, Miss Cole. Das alles ist wirklich sehr unkonventionell. Sie hätten soeben ernsthaft verletzt werden können.«

»Das glaube ich nicht.«

»Nun, ich glaube, dass das alles ist, was Sie heute aus Jeanine rausbekommen.«

»Kein Problem«, gab Monica zurück. »Die letzte der drei, die sie ausgewählt haben, finde ich sowieso interessanter. Ihre Akte hat mich neugierig gemacht.«

»Kelly Blaine«, presste Stephanie Sands hervor und hielt dann den Atem an.

10

Bezüglich Kelly Blaine hatte Stephanie Sands kein Wort verloren. Diese Ehre wurde dem Mitarbeiter zuteil, dem Monica bereits begegnet war. Stephanie Sands teilte Monica mit, einer anderen Verpflichtung nachkommen zu müssen und das letzte Interview nicht mitverfolgen zu können. Sie wollte sich aber gleich danach mit ihr treffen und sie zu ihrem Wagen begleiten. Monica fand, dass Stephanie Sands' Angst strenger roch als ihr aufdringliches Parfüm.

Der Angestellte setzte sich auf den Stuhl gegenüber von Monica. Kelly Blaines Auftritt stand noch aus.

»Ich bin übrigens Kevin Lane«, sagte der Mann und streckte die Hand aus. Monica schüttelte sie.

»Belinda Cole.«

»Freut mich, Sie kennenzulernen.«

»Ebenso.«

Kevin Lane sah auf schroffe Art gut aus. Groß und schlank. Dünner Kinnbart. Er trug Jeans und ein weißes Polohemd, auf dessen Herzregion das Schulwappen prangte. Die Armmuskeln zeichneten sich unter den kurzen Ärmeln deutlich ab.

In einem anderen Leben hätte Monica ihn vielleicht attraktiv gefunden. Sie war in der Lage, so etwas wahrzunehmen, fähig, männliche Schönheit zu erkennen und zu würdigen. Ein Penis reichte ihr allerdings nicht. Als Ouvertüre mochte er durchaus brauchbar sein, aber wenn sie so richtig in Fahrt war und von ihrem Verlangen überwältigt wurde, lief es am Ende für gewöhnlich immer aufs Gleiche hinaus: einen allerfeinsten Orgasmus für Monica und den Tod für den bemitleidenswerten Kerl unter ihr. Oftmals behielt sie ihn noch in sich, nachdem sie ihm das Licht ausgeblasen hatte, hielt doch die postmortale Erektion – ein häufig anzutreffendes Phänomen, wie sie herausgefunden hatte – gelegentlich lange genug, um Monica ein zweites Mal kommen zu lassen. Manchmal waren diese Anschlussritte sogar noch besser.

»Also«, fing Kevin Lane an, »sieht so aus, als hätte ich die Ehre.«

»Sieht so aus. Bitte sagen Sie bloß nicht, dass Sie versuchen werden, mir das Interview mit diesem kleinen Mädchen auszureden.«

»Das habe ich nicht vor, nein. Aber es gibt da einige Dinge, die Sie über dieses ›kleine Mädchen‹ wissen sollten.«

Monica hielt Kelly Blaines Akte hoch. »Irgendwas, das hier drin nicht zu finden ist?«

»Ja und nein. In der Akte sind Bilder von Opfern. Und Berichte von Disziplinarmaßnahmen.«

»Aber?«

»Sie werden nichts Handfestes finden.«

»Ich kann Ihnen nicht ganz folgen«, sagte Monica.

»Was sie getan hat – wir hatten nie klare Beweise für ihre Schuld, es gab lediglich Indizien.«

»Und dennoch scheinen Sie sicher zu sein, dass sie verantwortlich ist für …« Monica hob erneut die Akte.

»Nicht alle von der Belegschaft. Nicht die von der Sorte, die in jedem Kind das Gute sehen. Die Sorte, die nicht auf den Kalender schaut, sondern das Horoskop liest. Energiefelder und Chakren und kosmische Mondstrahlung und solche Scheiße. Warum sie hier arbeiten dürfen, werde ich nie kapieren.«

»Wollen Sie damit sagen, dass Sie nicht in jedem Kind das Gute sehen?«

»Ich sehe das *Potenzial* eines Kindes.«

»Und Kelly Blaines Potenzial?«

»Das ist wie bei Suchtkranken. Um von der Sucht loskommen zu können, muss man es auch *wollen*. Ich denke, alle diese Kinder wollen tief in ihrem Innersten, trotz ihrer noch so harten Schale, ein besseres Leben. Sie wollen in Frieden aufwachsen und etwas aus sich machen. Sie wollen aufhören.«

»Und?«

Er zuckte mit den Achseln. »Kelly Blaine wird niemals aufhören. Sie genießt diese Sucht viel zu sehr.«

»Sie haben gewisse Indizien erwähnt.«

»Kelly kam vor fünf Jahren hierher. Da war sie elf Jahre alt. Inzwischen ist sie natürlich etwas größer, aber seinerzeit, bei ihrer Ankunft, war sie noch ein richtiges Küken. Ich denke, ich kann mir sparen, diesen Ort mit einem Haifischbecken zu vergleichen, oder?«

Monica lächelte. »Sie haben es soeben getan.«

Kevin erwiderte das Lächeln. »Da steht also auf einmal dieses kleine Vorstadtmädchen. Ich weiß noch, wie ich ihren Eltern durch die Blume die Frage zu stellen versuchte: *Was zum Teufel denken Sie sich nur dabei?*«

»Wie waren ihre Eltern so?«

»Wohlhabende Vorstädter. Keineswegs unsympathische Leute.«

»Und was haben sie gesagt?«

Kevins Mundwinkel zuckte verächtlich. »Sie haben mir gesagt, was sich bis zum heutigen Tag als gültige Wahrheit erweisen sollte. Das Unglück folgt Kelly auf Schritt und Tritt.«

Monica blätterte Kelly Blaines Akte durch. »Tote Katze ... toter Hund ... Feuer ...«

»All die wundervollen Markenzeichen einer Psychopathin.«

»Angenommen, sie ist schuldig. Wohlhabende Eltern neigen dazu, das Problem mit Geld zu lösen und ihr Kind in andere Hände zu geben. Nicht selten sind Lehrer, Erzieherinnen oder Tagesmütter die wahren Eltern. Wäre es möglich, dass die Blaines in diesem Punkt voreilig gehandelt haben?«

»Wäre möglich.« Kevin griff sich die Akte, blätterte ein paar Seiten um, fand, wonach er suchte, und hielt Monica die entscheidende Seite mit mehreren Fotos hin. Monica richtete den Blick darauf.

»Hoppla ...«

»Genau«, sagte er.

»Sie hat ein Faible für Brände.«

»Unter den Überresten fand die Polizei eine verkohlte Zigarettenschachtel. Letztendlich kamen sie zu der Vermutung, der Junge sei in sein Baumhaus geklettert, um heimlich zu rauchen.«

»Konnten sie ermitteln oder nachweisen, wo Kelly sich zum entsprechenden Zeitpunkt aufhielt?«

»Sie war bei einer Freundin, die aussagte, dass sie die ganze Zeit über zusammen waren. Besonders genau konnte sie sich daran erinnern, um drei Uhr nachmittags mit Kelly ferngesehen zu haben. Den Zeitpunkt des Todes von Kyle Blaine schätzte man auf irgendwann zwischen drei und vier Uhr.«

»Doch die Eltern verdächtigten sie. Die Katze, der Hund, die vorherigen Brände. Ich nehme an, der Tod ihres Sohnes zwang sie gewissermaßen zum Handeln.«

Kevin nickte.

»Hat sie je irgendwas gestanden?«

Kevin schüttelte den Kopf. »Gar nichts. Niemals. Und sie hatte gottverflucht noch mal immer ein wasserdichtes Alibi. Aber ich sehe es. Mögen Sie von mir halten, was Sie wollen, aber ich sehe es. Dieses schwache Funkeln in ihren Augen. Den Hauch eines höhnischen Grinsens. Zum Teufel, ich sehe es.«

Monica musste sich selbst ein Grinsen verbeißen und war froh darüber, dass die grünen Kontaktlinsen das bösartige Funkeln in ihren Augen verbargen. Sie beugte sich erneut über die Akte und fuhr sich mit der Hand durch ihr falsches rotes Haar.

»Seit ihrer Ankunft hier war sie ziemlich fleißig«, sagte sie.

Kevin nickte. »Wie ich schon sagte, als sie ankam, hätte man ihr genauso gut in Großbuchstaben ›Opfer‹ auf den Nacken tätowieren können. Die ersten Wochen waren entsprechend hart für sie – ein blaues Auge hier, eine blutige Nase dort.«

»Was geschah danach?«

»All das hörte auf.«

»Einfach so? Ohne besondere Umstände oder Vorkommnisse?«

»Zunächst gab es keine. Ich hatte sie im Verdacht zu dealen. Ihre Eltern haben Geld, weshalb ich vermutete, dass sie irgendwie Drogen auf die Ranch schmuggelte. Sich ihre Sicherheit erkaufte, wenn Sie so wollen.«

»Aber dem war nicht so?«

»Nö. Wir führten unangekündigte Drogentests durch. Fanden bei ihr ein paar Spuren von Gras, aber das war vernachlässigbar.«

»Wann also hörte es auf?«

Kevin deutete auf eine Stelle in der Akte. »Jenny Holt, 17, wurde ... *gepfählt* aufgefunden?«

»Sie war eines unserer Problemkinder. Versuchte andauernd abzuhauen. Sie machte Kelly, als sie hier ankam, das Leben zur Hölle. Stach ihr sogar während des Unterrichtes einen angespitzten Stock in den Rücken.«

»Demnach lautet Ihre These: Auge um Auge?«

»Kann schon sein. Man fand Jenny in einem Erdloch, weit weg vom Schulgelände. Das Loch war mindestens anderthalb Meter tief und ebenso breit. Wir zählten sechs provisorische Speere, die aus dem Boden des Loches ragten. Jenny war auf dreien von ihnen aufgespießt.«

»Die Falle eines Jägers?«

»Das wäre die nächstliegende Annahme.«

»Klingt sehr wahrscheinlich. Kaum vorstellbar, dass ein elfjähriges Kind eine mehr als zwei Quadratmeter große Grube gräbt, Speere schnitzt und diese dann ins Erdreich steckt – in der Hoffnung, ein anderes Mädchen würde irgendwann hineinfallen.«

In Anbetracht der unangemessenen Anspielung auf das bekannte Sprichwort runzelte Kevin leicht die Stirn. Monicas Schönheit war kein Widerspruch zu dem, was die meisten Menschen als schlechten Geschmack bezeichnen würden.

»Verzeihung, ungünstige Wortwahl.«

Kevin nickte, lächelte und fuhr fort. »Ich konnte es mir ebenfalls nicht vorstellen – eine Elfjährige, die ein Loch schaufelt und so eine Falle aufstellt –, aber es war schon ein verdammt irrer Zufall. Und als die anderen Mädchen davon Wind bekamen – was man nie verhindern kann –, wurde man langsam misstrauisch.«

»Aber damit hörte es nicht auf«, sagte Monica. »Sie meinten, die Tyranneien hätten nach Jenny Holts Tod aufgehört …« Sie schob die Akte wieder zu Kevin hinüber und tippte mit dem Finger auf ihre Fundstelle. »Doch das war nicht der Fall.«

Nur eine Sekunde lang folgte Kevins Blick Monicas Finger, als wäre ihm ihre Entdeckung neu. »Eine Zeit lang war Ruhe. Sämtliche Schülerinnen von Stratton Grove machten unmittelbar danach einen großen Bogen um Kelly.« Kevin hielt inne und schüttelte den Kopf. »Wissen Sie, es ist komisch – sosehr es mich auch schmerzt, das zu sagen, die meisten dieser Kinder liegen weit unterhalb des Notendurchschnitts. Und das hat nichts mit Faulheit, Trotz oder Verweigerung zu tun. Ihnen fehlen schlicht die Voraussetzungen, das Werkzeug; die hat man ihnen nie beigebracht. Die Mädchen haben in ihrem ganzen Leben nichts anderes getan, als ihrem Rückstand hinterherzulaufen. Aber wenn es um Intuition geht? Darum, Gefahren zu meiden? Darin sind sie alle Spezialistinnen mit Doktorgrad. Nach der Sache mit Jenny Holt wussten sie, dass irgendwas gewaltig stank.«

»Typisch Straßenkinder.«

Kevin nickte. »Selbst die berüchtigten Schülerinnen hielten sich von Kelly fern.«

»Aber immer, wenn eine neue Schülerin auftauchte …«

Kevin präsentierte ein ratloses Achselzucken. »… war Kelly das Opfer.«

Monica tippte abermals auf den Aktenausschnitt. »Die Querschnittsgelähmte.«

Er seufzte. »Tja, damals war sie es selbstverständlich noch nicht. Beth Irving. Siebzehn. Kräftiges Mädchen. Klassische Unruhestifterin. Hat Kelly eines Tages eine Treppe runtergestoßen. Kelly hat sich die Schulter ausgerenkt. Raten Sie mal, was eine Woche später passiert ist.«

»Beth purzelte irgendeine Treppe hinunter.«

»Nicht irgendeine Treppe. Die in der Verwaltung. Insgesamt sechzehn Betonstufen. Die Treppe, die Kelly hinuntergestoßen wurde, führt von der Kantine nach draußen. Sechs schmale Holzstufen, und der Rasen dämpfte ihren Sturz. Die Treppe im Verwaltungsgebäude? Da erwartet einen am Ende kalter, steinharter Beton. Es ist ein Wunder, dass das Mädchen überhaupt überlebt hat.«

Worüber Kelly wahrscheinlich hocherfreut war, dachte Monica. Manche Menschen kommen mit dem Tod zu leicht davon.

Kevin nahm seinen Faden wieder auf.

»Wie auch immer, Kelly hatte wie üblich ein hieb- und stichfestes Alibi, und noch dazu behauptete Beth Irving selbst, sie sei gestolpert und deswegen gestürzt. Hat sich in die Verwaltung geschlichen, um eine zu rauchen, und dann das Gleichgewicht verloren.«

»Unglaubwürdig.«

»Extrem unglaubwürdig.«

»Und dann?«, wollte Monica wissen.

»Kelly wurde zum Schreckgespenst. Niemand traute sich in ihre Nähe. Wie gesagt, das Unglück klebte an ihr wie ein Schatten. Auch was Nebensächlichkeiten betraf. Eine der Köchinnen bezichtigte Kelly, sich bei der Ausgabe in der Schlange vorgedrängelt zu haben, und wies sie an, sich wieder am Ende anzustellen. Am nächsten Tag hat sich die Dame eine Lebensmittelvergiftung eingefangen und musste schnellstens in die Notaufnahme. Natürlich hatte Kelly ein Alibi. Und das Entscheidende: Selbst wenn jemand handfeste Beweise für Kellys Schuld hätte vorlegen können, hätte er es nicht getan, das weiß ich. Ich ahne, dass Beth Irving den wahren Ablauf der Geschehnisse sehr gut kennt, aber zu viel Angst hat, etwas zu sagen. Sogar jetzt, wo sie Hunderte von Kilometern entfernt ist.«

Monica zuckte die Schultern. »Tja, hier dominiert der Selbsterhaltungstrieb.«

Kevin nickte widerstrebend. »Ja.«

Monica schloss die Akte, faltete die Hände darauf und lächelte. »Könnte ich jetzt mit Kelly sprechen?«

11

Monica war nicht im Geringsten erschüttert darüber, wie zierlich Kelly Blaine war, als Kevin sie ins Zimmer führte. Darauf hatte man sie bereits hingewiesen. Was sie schockierte, war die Attraktivität des sechzehnjährigen Mädchens. Die tristen Klamotten – kurze Hose und T-Shirt – schlotterten um ihren schmächtigen Körper, die langen dunklen Haare umrahmten das ungeschminkte Gesicht (dessen Ausdruck eine Maske war, die sie Monicas Einschätzung zufolge wahrscheinlich jeder neuen Bekanntschaft gegenüber aufsetzte). Trotz all dieser wenig schmeichelhaften Einzelheiten war unübersehbar, dass Kelly Blaine eine Schönheit war. Eine nützliche Waffe im Arsenal des Mädchens, von der Monica oft Gebrauch machen würde.

»Hi, Kelly«, sagte Monica und reichte ihr die Hand. »Ich bin Belinda Cole. Hat Mr. Lane dir erklärt, was ich hier tue?«

Kelly schüttelte Monicas Hand und nickte.

Monica lächelte und wies zum Tisch hinüber. »Großartig. Nimm Platz.«

Kelly setzte sich auf den Stuhl. Sie schien sich wohlzufühlen – sowohl im Raum als auch in ihrer eigenen Haut. Das genaue Gegenteil der zwei Mädchen vor ihr.

Monica wandte sich Kevin zu. »Danke, Mr. Lane.«

Kevin kicherte. »Ich werde nirgendwohin gehen.«

»Nun, Sie könnten uns wenigstens das Zimmer überlassen, oder?«

Kevin schaute Kelly an und dann zu Monica zurück. »Na schön.« Er zeigte auf den Einwegspiegel, bevor er an Kelly und Monica gleichermaßen gerichtet sagte: »Ich bin gleich auf der anderen Seite.«

»Haben Sie vielen Dank.«

Kevin Lane verließ den Raum.

Monica setzte sich Kelly gegenüber auf den verbleibenden Stuhl. Sie hatte nicht vor, Kelly Blaine lange und ausführlich mit Fragen zu behelligen; der Eindruck, den sie sich von dem Mädchen gemacht hatte, war schon ziemlich vollständig. Sie wollte lediglich, dass die Kleine ein paar Sachen bestätigte, damit sie eine endgültige Entscheidung treffen konnte.

Monica klopfte auf Kellys Akte. »Hier steht, dass du eine Menge übler Dinge getan hast, Kelly.«

Kelly nahm Blickkontakt zu Monica auf. Die Augen des Teenagers waren groß und braun wie bei einem Reh. »Ich weiß.«

»Leugnest du diese Dinge?«

Kelly nickte. »Ich würde niemals jemandem wehtun.«

»Was ist mit den Mädchen, die dich schikaniert haben?«

Kelly schwieg, brach den Augenkontakt jedoch nicht ab.

»Sie wurden verletzt, Kelly. Eine sogar getötet.«

Dieselben Rehaugen, dasselbe unschuldige Gebaren. »Ich weiß.«

»Schräger Zufall, meinst du nicht auch?«

Kelly nickte.

Monica zog die Fotos des verbrannten Baumhauses hervor und schob Kelly dasjenige hinüber, auf dem das Werk der Zerstörung am drastischsten zu sehen war. »Was ist hier passiert? Mit deinem Bruder?«

Kelly warf einen Blick auf die Fotografie. Monica verschob das Bild leicht nach rechts. Kellys Augen folgten ihm. Monica grinste still in sich hinein.

»Mein Bruder hat geraucht«, sagte Kelly schließlich und hob den Kopf, »und er hat einen Unfall gehabt. Rauchen ist ungesund. Davon kann man sterben.«

Monica wäre beinahe in Gelächter ausgebrochen. *Dieses dreiste kleine Miststück.*

»Vermisst du deinen Bruder?«

»Ja.«

»Vermisst du deine Eltern?«

»Ja.«

»Warum haben dich deine Eltern deiner Meinung nach hergeschickt?«

»Sie halten mich für böse.«

»Bist du das?«

Kelly Blaines rehäugiger Blick senkte sich, und sie setzte eine Miene auf, die sie, das wusste Monica sicher, schon unzählige Male vorher aufgesetzt hatte. »Nein.«

»Wenn du dir von allen Tieren auf der Welt eines aussuchen könntest, welches wärst du gerne?«

»Was?«

»Wenn du irgendein Tier auf der Welt sein könntest, welches ...«

»Ein Chamäleon.«

Monica lächelte und schloss Kelly Blaines Akte. »Ich denke, das ist im Augenblick alles.«

12

Stephanie Sands eskortierte Monica wie angekündigt zum Wagen.

»Der Besuch ist kürzer ausgefallen, als ich erwartet hatte«, sagte Stephanie.

»Das war nur die Vorbereitung«, antwortete Monica. »Ich wollte die Mädchen erst mal kennenlernen, Vertrauen aufbauen, ein Fundament schaffen …«

»Ich verstehe. Und Sie wollen nach wie vor mit den drei Mädchen arbeiten? Kann ich Sie nicht dazu bewegen, Ihre Meinung zu ändern? Meinen anderen Vorschlag in Betracht zu ziehen?«

Sie erreichten Monicas Lexus. »Tatsächlich ziehe ich Ihren anderen Vorschlag durchaus in Betracht.«

Stephanies Miene erhellte sich. »Ach?«

»Ja. Aber ich frage mich, ob wir nicht …« Monica ließ den Blick über den langen Zufahrtsweg schweifen, der nach Stratton Grove führte, hin zu den Kiefern, die zu beiden Seiten Wache hielten. »Vielleicht gehen wir ein paar Schritte? Es gibt da einige Details, die ich im Vorfeld gerne klären möchte.«

»Unbedingt, Miss Cole.« Sie gestikulierte Richtung Eingangstor. »Nach Ihnen.«

Sie gingen Seite an Seite. Monica nahm Stephanies zuvor geäußerte Bedenken auf und behauptete, die drei Mädchen seien nicht notwendigerweise unrettbar verloren, doch könne man von ihnen in der kurzen Zeit, die Monica für die Reportage zur Verfügung hatte, keine zeitnahen oder größeren Fortschritte erwarten.

Mit jeder Lüge, die Monica aussprach, schien Stephanies Begeisterung zu wachsen. Inzwischen hatten sie sich sichere fünfzig Meter vom Eingangstor entfernt. Sie waren allein. Nur die Kiefern beobachteten sie. Ihre Funktion als dichte, hoch aufragende Abschirmung von der Außenwelt nahm eine ironische Wendung, als Monica anhielt, sich Stephanie zuwandte und ein Paar Lederhandschuhe überstreifte.

»Das ist weit genug, denke ich«, sagte Monica.

Das Gespräch war zu keiner Art Ende oder Ergebnis gekommen, weshalb die irritierte Stephanie eine fragende Miene aufsetzte. »Weit genug?«

Monica schlug so blitzschnell wie eine Kobra zu. Ihre Faust traf die Vene seitlich an Stephanies Hals. Die Frau sackte schwer auf dem Schotterweg zusammen. Der Hieb war nicht tödlich gemeint – er sollte lediglich für eine sofortige Bewusstlosigkeit sorgen.

Als Monica sich niederkauerte, die erschlaffte Stephanie Sands in Sitzposition brachte, ihren Unterarm um die Kehle der Frau schlang und zuzudrücken begann, war das sehr wohl tödlich gemeint.

Monica war soeben wieder zu ihrem Lexus zurückgekehrt, als Kevin Lane sich näherte. Sie wusste nicht, ob Kevin beobachtet hatte, wie sie und Stephanie die Auffahrt hinaufgegangen waren. Sie war einigermaßen sicher, dass das nicht der Fall war. *Niemand* hatte sie beobachtet, sonst hätte sie den Spaziergang gar nicht erst riskiert. Wie auch immer, Monica spielte weiter ihre Rolle. Sie ging davon aus, dass sie Kevin rasch genug erledigen konnte, falls ihr Schwindel aufgeflogen war; außer ihm war niemand in der Nähe, weder Schülerinnen noch Lehrkräfte.

»Möchten Sie sich verabschieden?«, sagte Monica. Sie schenkte Kevin ein Lächeln, während ihre Hand in ihre Tasche glitt, wie um nach dem Autoschlüssel zu wühlen, stattdessen aber ein fünfzehn Zentimeter langes Stilett umschloss.

Kevin lächelte zurück. »Wie ist es gelaufen?«

Monicas Finger gaben das Stilett frei und zupften dafür die Wagenschlüssel hervor. »Tja, sie hat aufs Neue versucht, mich umzustimmen.«

Furchen gruben sich in Kevins Stirn. »Sie umzustimmen? Mrs. Sands schien mir ihrem Projekt ziemlich enthusiastisch gegenüberzustehen.«

Monica schloss die Fahrertüre auf und bedeutete Kevin dadurch, dass sie keine Lust auf ein längeres Geplauder hatte; die Leiche, die fünfzig Meter entfernt von ihr lag, würde nicht ewig unbemerkt bleiben, herzallerliebsten Dank auch. »Ja, der Reportage an sich gegenüber schon – nicht aber der Art und Weise, wie ich sie schreiben will.«

»Sie sollen wohl eine harmonische Erfolgsgeschichte schreiben und keinen Bericht über die mühsamen Fortschritte bei unseren schwierigen Fällen.«

»Ganz genau.«

»Und was haben Sie dazu gesagt?«

»Ich habe gesagt: Keine Chance.«

»Dann haben Sie meinen Respekt. Ich freue mich schon darauf, den Artikel zu lesen. Wenn ich sonst noch was für Sie tun kann …«

»Es gibt tatsächlich etwas, das Sie für mich tun können. Falls es Ihnen keine Umstände bereitet.«

»Nur raus damit.«

»Mein Gespräch mit Kelly Blaine wurde unterbrochen. Ich hatte mir ein paar weitere Fragen zurechtgelegt, die ich ihr leider nicht stellen konnte.«

»Soll ich sie für Sie holen?«

»Nein, nicht jetzt sofort, ich muss los. Aber ich könnte um vier zurück sein, wenn das passt.«

»Das sollte klappen. Der Unterricht ist bis dahin beendet. Sämtliche Schülerinnen haben danach Hausaufgaben und häusliche Pflichten zu verrichten, aber ich nehme stark an, dass Kelly nichts dagegen haben wird, davon befreit zu werden«, sagte Kevin und fügte ein Lächeln an, das aufgrund seiner Verachtung Kelly Blaine gegenüber jedoch gezwungen wirkte.

»Benötige ich Mrs. Sands' Einwilligung, um später wiederkommen zu können? Wenn es um Kelly ging, schien sie sich äußerst unwohl zu fühlen. Ich fürchte, sie könnte dagegen sein.«

Kevin gluckste. »Was war der entscheidende warnende Hinweis? Die Tatsache, dass sie sich gar nicht schnell genug vom Acker machen konnte, als Kelly beim Interview an die Reihe kam?«

Monica lächelte. »So ungefähr.«

»Nun, dann wird es wohl besser sein, wenn sie nichts davon mitkriegt.«

Monica musste ein Grinsen unterdrücken. *Das ist viel zu einfach, verdammt noch mal.* Sie legte einen Finger auf die Lippen, zwinkerte und sagte: »Das bleibt unser kleines Geheimnis.«

Kevin errötete und verschloss seine Lippen mit Daumen und Zeigefinger.

Monica zwinkerte erneut. »Dann bis um vier.«

Monica brachte ihren Lexus nach einer Fünfzig-Meter-Fahrt auf der Zufahrt zum Stehen, stieg aus, ließ den Kofferraumdeckel hochklappen und sah sich in beide Richtungen um. Niemand.

Sie schritt auf die Stelle zu, die sie unterhalb einer der turmhohen Kiefern markiert hatte. Unter einem Haufen von Kiefernnadeln lag Stephanie Sands' Leichnam. Monica fegte die braunen Nadeln von dem leblosen Körper und zog eine Digitalkamera aus ihrer Handtasche. Sie schoss zehn aussagekräftige Aufnahmen, steckte die Kamera weg, schob ihre Arme unter die Achselhöhlen der Leiche und zerrte sie zum offen stehenden Kofferraum hinüber. Es kostete sie einige Mühe, aber schließlich gelang es ihr, die Leiche hineinzurollen. Sie warf die Klappe zu und schaute sich abermals in östlicher und westlicher Richtung um. Nichts. Monica lächelte, glitt elegant in ihren Lexus und zündete sich die Zigarette an, nach der sie schon den ganzen Tag lechzte. Alles lief bestens.

13

Um fünf Minuten vor vier steuerte Monica den Lexus auf den Parkplatz vor der Stratton Grove Ranch. Kevin Lane erwartete sie bereits.

Monica setzte ein Lächeln auf, als sie aus dem Wagen stieg. »Hallöchen. Sind wir startklar?«

»Wir sind startklar, Miss Cole.«

Monica winkte ab. »Stopp – bitten nennen Sie mich Belinda.«

»Oh, aber Mrs. Sands würde es gar nicht gutheißen, wenn ich Sie vor den Schülerinnen bei Ihrem Vornamen nenne.«

Monica schmunzelte. »Oh, aber mir wurde aus zuverlässiger Quelle – und *vertraulich* – versichert, dass Mrs. Sands nichts von meiner Anwesenheit zwecks eines zweiten Gespräches mit Kelly weiß.«

Kevin lachte und deutete dann auf Stephanie Sands' Mercedes auf dem Parkplatz. »Tja, dann sollten wir uns besser beeilen, damit sie uns nicht ertappt.«

Wohl kaum.

»Wo ist Kelly?«, fragte Monica.

»In ihrer Hütte. Ich habe ihr bereits gesagt, dass Sie sie noch mal sprechen wollen.«

»Werden ihre Mitbewohnerinnen auch anwesend sein?«

»Sie hat keine. Niemand will mit ihr unter einem Dach schlafen.«

»Sie hat eine Hütte ganz für sich alleine?«

Kevin nickte zögerlich. »Lächerlich, wenn Sie mich fragen. Zuerst haben wir den Schülerinnen gesagt, dass sie die Wohnhüttenzuweisung nicht ablehnen dürfen. Das führte jedoch lediglich zu einer höheren Rate von Ausreißversuchen. Manche haben sogar im Wald geschlafen.«

Monica deutete in die dicht bewaldete Ferne. »Sie wollten lieber da draußen schlafen? Da konnten sie ja froh sein, nicht im Bauch irgendeines Tiers aufgewacht zu sein.«

Ein neuerliches zurückhaltendes Nicken von Kevin. »Eine Versammlung des Kollegiums wurde einberufen, wir stimmten ab, und die Mehrheit war dafür, Kelly eine Hütte für sich zuzusprechen. Absurd. Die kleine Verrückte wird auch noch mit einer eigenen Bude belohnt.« Kevin schüttelte den gesenkten Kopf. »Tut mir leid, das hätte ich nicht sagen sollen. Bitte zitieren Sie das nicht.«

Monica grinste. »Ich kann schlecht aus einer Unterhaltung zitieren, die gar nicht stattfand.«

Kevin atmete hörbar auf und lächelte. »Danke.«

»Können wir jetzt zu Kellys Hütte gehen?«

»Selbstverständlich.«

Kevin Lane führte Monica zu Hütte Nummer sechs. Mochte der Standort absichtlich gewählt worden sein oder nicht – jedenfalls stand die Hütte am weitesten von den anderen elf Hütten entfernt.

Als sie klopften und eintraten, empfing sie der starke Geruch nach altem Holz und abgestandenem Zigarettenrauch. Monicas Blick fiel auf einen Tisch, eine Kommode und ein Bett. Die Wände waren nackt. Sie hätte darauf gewettet, dass die anderen Mädchen ihre Wände mit Postern und Bildern gepflastert hatten. An Kelly Blaines

Wänden fand sich lediglich ein einsamer Spiegel. Nichts, was auf persönliche Vorlieben oder materiellen Besitz hinwies. Hier gab es nur sie selbst. Was Monica nicht überraschte.

»Es riecht nach Rauch, Kelly«, sagte Kevin.

Kelly lag auf dem Bett und las. Auf Kevins Anschuldigung erfolgte keinerlei Reaktion.

»Kelly?«, sagte Kevin. »Hallo? Jemand zu Hause?«

Kelly ließ ihr Buch sinken. Sie schaute Kevin an, schwieg jedoch.

»Ist Rauchen in Stratton Grove erlaubt?«, fragte Kevin.

Kelly schüttelte den Kopf.

»Warum stinkt dein Zimmer dann nach kaltem Rauch?«

Kelly zuckte die Schultern.

Kevin ging zum einzigen Fenster des Zimmers hinüber. »Demnach werde ich keine Stummel auf dem Boden vorfinden, wenn ich aus diesem Fenster sehe?«

»Es wäre ziemlich dumm von mir, sie aus meinem Fenster zu werfen, wo jeder sie sehen kann. Nur mal hypothetisch gesprochen.«

»Hypothetisch gesprochen, könnte ich dich zu einem Monat Toilettendienst verdonnern, wenn ich *behaupte*, ich hätte dich beim Rauchen erwischt ... nur mal hypothetisch gesprochen.«

»Das könnten Sie tun«, gab Kelly zurück. »Wenn Sie meinen, auf die Art irgendwas zu erreichen. Es würde allerdings für einen erheblichen Mangel an Charakterstärke sprechen, wenn Sie mich fragen.«

Kevin warf Monica einen vielsagenden Blick zu. »Sie liest gerne. Ab und an gelingt es ihr, eine Redensart oder einen bildlichen Ausdruck korrekt zu verwenden. Sie haben heute großes Glück, Miss Cole.«

Kelly verdrehte die Augen und widmete sich wieder ihrer Lektüre.

Monica fasste Kevin behutsam beim Arm. »Mr. Lane, würde es Ihnen etwas ausmachen, Kelly und mich für ein paar Minuten alleine zu lassen?«

Kevin runzelte die Stirn. »Das halte ich für keine besonders gute Idee.«

Monica schob sich näher an ihn heran und flüsterte ihm ins Ohr: »Sie beide kommen offensichtlich nicht besonders gut miteinander klar. Ich glaube, ich kann mehr aus ihr rausholen, wenn wir unter uns sind. Vielleicht öffnet sie sich mir gegenüber ein wenig mehr.«

Kevin schaute über Monicas Schulter hinweg. Kelly hatte ihre Nase noch immer im Buch vergraben. »Ich mache mir Sorgen um Ihre Sicherheit«, flüsterte Kevin zurück.

»Mir wird nichts passieren, Kevin. Außerdem stehen Sie doch direkt vor der Tür, falls ich Sie brauche, oder?«

Ihn beim Vornamen zu nennen, die Lippen nur wenige Millimeter von seinem Ohr entfernt, seinem Ego zu schmeicheln, indem sie ihn als potenziellen Retter in der Not bezeichnete – das war Manipulation auf höchstem Niveau.

Erneut blickte Kevin über Monicas Schulter. »Ich warte direkt vor der Tür«, mahnte er Kelly.

Kelly ignorierte ihn.

»Ich warte vor der Tür«, wiederholte Kevin, an Monica gewandt. »Geben Sie mir Bescheid, wenn Sie fertig sind.«

Monicas Lächeln war wie ein gehauchter Kuss. »Vielen Dank.«

Kevin trat aus der Hütte.

Monica ging zum Bett. Kelly sah achtsam zu ihr auf. Monica zog ihre Zigaretten aus der Handtasche und bot Kelly eine an.

»Wollen Sie mich in die Falle locken?«, fragte Kelly.

Monica steckte sich selbst eine Zigarette an und inhalierte tief. Wieder hielt sie Kelly die Schachtel entgegen. Kelly nahm sich eine. Monica gab ihr Feuer, langte dann erneut in ihre Tasche und holte ihre Digitalkamera hervor. »Ich möchte dir etwas zeigen, Kelly. Ich denke, es könnte dir gefallen.«

14

Monica kam aus Kelly Blaines Hütte. Kevin Lane ging unverzüglich auf sie zu.

»Alles klar?«

Monica tat so, als sei sie ein wenig aus der Fassung geraten. »Ja«, antwortete sie leise.

»Miss Col... Belinda? Alles in Ordnung?«

Monica nickte viel zu schnell und lächelte beklommen. »Ja, ich bin nur ... nein, schon gut.« Sie machte sich in Richtung Parkplatz auf. Kevin folgte ihr.

»Ist was passiert?«

»Weiß ich nicht genau«, erwiderte Monica und setzte sowohl ihren Weg als auch ihre Darbietung – eingeschüchtert, sprachlos – fort.

»Irgendwas ist passiert«, sagte Kevin, während er versuchte, mit ihr Schritt zu halten.

Monica schüttelte den Kopf. »Nein, eigentlich nicht.«

Sie erreichten Monicas Lexus und sahen einander an.

»Hat sie Sie bedroht? Irgendwas gestanden? Sie können es mir ruhig sagen.«

Monica seufzte und blickte Kevin ernst an. »Um ehrlich zu sein, das, was Sie mir über Kelly erzählt haben – Ihren persönlichen Verdacht –, kam mir zunächst übertrieben vor. Vielleicht dachte ich, Sie wollten einen spannenderen Artikel, keine Ahnung.«

»Und jetzt?«

Monica gab keine direkte Antwort darauf, sondern fuhr damit fort, ihn auf die gewünschte Fährte zu locken. »Als ich heute Morgen zum ersten Mal mit Kelly sprach, sind mir einige Dinge aufgefallen. Ich wusste zunächst nicht, was ich davon halten sollte, schließlich bin ich keine Psychologin, sondern Journalistin.«

»Mrs. Sands meinte, Sie wären in Verhaltenstherapie ausgebildet.«

»Das muss sie falsch verstanden haben. Ich interessiere mich dafür, als Laiin, aber die professionelle Arbeit überlasse ich Leuten wie Ihnen.«

Kevin präsentierte ein bescheidenes Lächeln. »Ich bin kein Profi. Höchstens ein wenig zu einfühlsam und scharfsichtig, als gut für mich ist.«

Monica heuchelte überraschtes Staunen. »Mich haben Sie jedenfalls überzeugt.«

Ein neuerliches Lächeln, diesmal nicht bescheiden, sondern selbstbewusst.

Und damit stelle ich dich auf ein Podest aus Sand und warte auf die Flut.

»Also, was war bei Kellys erstem Interview auffällig?«, fragte Kevin.

»Es hat mit den beiden Mädchen zu tun, mit denen ich mich vor ihr unterhalten habe. Charlotte und Jeanine.«

Kevin nickte.

»Beide waren ganz offensichtlich versessen darauf, mir zu zeigen, wie hart und gefährlich sie sind. Bei Kelly war es das Gegenteil. Sie versuchte, mich davon zu überzeugen, wie *harmlos* sie war. Wie missverstanden sie sich fühlte. Als ich Charlotte und Jeanine Fotos ihrer Opfer zeigte, wandten sie den Blick ab, beinahe so, als könnten sie nicht ertragen, was sie getan haben. Als ich Kelly das Bild der Überreste des Baumhauses zeigte, in dem ihr Bruder den Flammentod starb, konnte sie ihre Augen nicht mehr davon lösen. Ich habe es sogar auf dem Tisch hin und her geschoben. Ihre Augen folgten ihm.«

Kevin nickte. »Das habe ich beobachtet.«

Natürlich hast du das.

»Natürlich haben Sie das. Und als ich Charlotte und Kelly fragte, welches Tier sie gerne wären? Charlotte nannte den Mörderfisch aus *Der weiße Hai.* Kelly nannte ein Chamäleon.« Beinahe hätte sie an dieser Stelle innegehalten, um zu sehen, ob Mr. Allwissend ohne Nachhilfe schlau aus diesem kleinen Rätsel wurde.

Kevin schwieg. Seine Reaktion bestand darin, mit krauser Stirn und zusammengekniffenen Augen fortwährend zu nicken – als hätte ihn die gleiche Erkenntnis wie sie ereilt, nur dass er aus Gründen der Höflichkeit seine Zunge im Zaum halten und damit ihr die Ehre zukommen lassen wollte, sie laut auszusprechen.

Was für ein Windbeutel. Heiße Luft und nichts dahinter. Hat er sich wahrscheinlich unbewusst bei den Mädchen abgeschaut, mit denen er ständig zu tun hat. Ironie vom Feinsten.

Sie erlöste ihn. »Der Hai ist ein gefährliches Raubtier. Ein Wesen, das man fürchtet. Charlotte will gefürchtet werden. Ein Chamäleon ist klein und schwach. Nichts, wovor man sich fürchten müsste. Doch was ermöglicht sein Überleben? Worin liegt seine Stärke?«

»Tarnung«, platzte es ohne Umschweife aus Kevin heraus.

»Genau. Tarnung bedeutet, nie erwischt zu werden. Kelly kümmert es nicht, ob die Leute sie fürchten. Kelly will nicht erwischt werden.«

»Die Leute *fürchten* sie doch schon längst.«

»Ich vermute, dass ihr das klar ist.«

»Warum diese Tierfrage? Die schien mir recht beliebig.«

Monica lächelte. »Ich stelle nur die Fragen, die mein Boss mir gibt.« Und dann fügte sie, um ihm endgültig das Maul zu stopfen, hinzu: »Meiner Ansicht nach lag die Funktion der Frage darin, die Mädchen auf indirekte Art dazu zu bringen, sich zu öffnen, indem man ihnen eine Aussage zu etwas unmittelbar Verständlichem und harmlos Klingendem abverlangt, wobei das unmotiviert erscheinende Auftauchen dieser Frage im Gegenteil sehr bewusst darauf abzielte, eine lockere Plauderatmosphäre statt einer Verhörsituation zu schaffen.«

Das saß. Kevin nickte und schluckte stumm die gewaltige Portion Bockmist, die Monica ihm serviert hatte. Sie war sich nicht einmal sicher, ob sie selbst wusste, was sie von sich gegeben hatte. Auf jeden Fall hatte es sehr elaboriert und tiefsinnig geklungen. Manchmal genügte das völlig.

»Eine Frage hätte ich noch«, sagte Monica.

Damit riss sie Kevin, der augenscheinlich noch immer damit beschäftigt war, Monicas haarsträubenden Unsinn zu verdauen, aus seinen Gedanken. »Was?«

»Wie ist das Verhältnis zwischen Kelly und Mrs. Sands?«

Kevin zuckte mit den Schultern. »Ich hätte gedacht, das wäre inzwischen offensichtlich.«

»Nein, nein – mir ist schon klar, dass Kelly, wie soll ich sagen, keine von Mrs. Sands' Lieblingsschülerinnen ist, aber dieses Gefühl scheint *sehr* stark auf Gegenseitigkeit zu beruhen. Mindestens. Ich habe echten Hass bei Kelly gespürt.«

Kevin schob unsicher die Unterlippe vor. »Kelly *hasst* niemanden wirklich. Und wenn, dann zeigt sie es nicht.

Mir fällt kein Grund ein, warum sie Mrs. Sands hassen sollte. Die Frau geht dem Mädchen aus dem Weg, soweit das möglich ist. Sie haben es ja mitbekommen, als Sie zum ersten Mal mit Kelly gesprochen haben. Diese ›andere Verpflichtung‹, die sie erwähnte? Hat sich höchstwahrscheinlich in ihrem Büro verkrochen, bis die Luft wieder rein war.«

»Was Kellys Kommentare umso merkwürdiger erscheinen lässt«, sagte Monica. »Sie behauptet, Mrs. Sands würde häufig ihre Hütte aufsuchen und ihr permanent mit Strafen drohen. Sie sagt, Mrs. Sands sei gerade erst diesen Morgen in ihre Hütte gekommen und habe ihr von meinem Besuch und dem Artikel erzählt. Ihr Toilettendienst für den Rest des Jahres angedroht, falls sie sich danebenbenähme. Aus Ihrer vorherigen Strafandrohung sowie der von Mrs. Sands schließe ich, dass der Toilettendienst nicht gerade zu den beliebtesten häuslichen Pflichten von Stratton Grove gehört, nicht wahr?«

Kevin nickte langsam und brachte ein gemurmeltes »Die Mädchen hassen den Toilettendienst ...« hervor, verlor sich jedoch in seinen Gedanken, hielt den Blick von Monica abgewandt und kaute auf seinem Daumennagel herum, während er Monicas Bericht verarbeitete.

»Kevin?«

Er zog den Daumen aus dem Mund und sah sie an. »Verzeihung. Es ist nur – das war gelogen. Mrs. Sands hat Angst vor Kelly. Ich kann mir nicht vorstellen, dass sie regelmäßig ihre Hütte aufsucht und ihr mit Strafen droht. Vielleicht heute ... *vielleicht.* Aber selbst das wäre unwahrscheinlich. Sie wollte sich nicht einmal auf der anderen Seite der Glasscheibe aufhalten, als Sie Kelly interviewten, und dennoch kommt sie ständig in ihre Hütte? *Ohne Begleitung?*«

»Ich wiederhole nur, was Kelly mir erzählt hat. Ich wüsste nicht, warum sie mich anlügen sollte. Sie etwa? Was könnte sie damit erreichen wollen?«

»Eventuell sucht sie nach einer Möglichkeit, sich aus dem Staub zu machen. Andauernde Beschwerden über Schikane? Mrs. Sands höchstpersönlich als Täterin? Sie und Ihre Reportage wären das perfekte Sprachrohr.«

»Also sind Sie überzeugt davon, dass Kelly Blaine mich angelogen hat.«

»Ja, das bin ich.«

»Mrs. Sands hat also heute Morgen Kellys Hütte *nicht* betreten und ihr auch *keinen* Toilettendienst angedroht.«

Kevin schüttelte den Kopf. »Das nehme ich doch stark an.«

»Und Mrs. Sands hat Kelly Blaine nicht heimlich schikaniert, seit das Mädchen hier in Stratton Grove ist.«

»Das nehme ich doch *sehr* stark an.«

Monica zog ihr Notizbuch hervor. Sie schlug eine leere Seite auf, hielt sie jedoch so, dass Kevin sie nicht sehen konnte. Deprimiert deutete sie auf die unbeschriebene Seite. »Also war all das hier nichts als Zeitverschwendung?«

Kevin zog eine bekümmerte Miene. »Nun ja, nein ...«

Monica fuhr fort. »Soll ich überhaupt darüber berichten? Müssten wir nicht um Mrs. Sands' Sicherheit fürchten?«

»Selbst Kelly Blaine ist nicht unverfroren genug, um Mrs. Sands etwas zuleide zu tun.«

Monica ließ den Kopf hängen und seufzte.

»Hey«, sagte Kevin.

Monica schaute auf. Er warf ihr ein kokettes Lächeln zu. »Alles kein Problem. Es ist ja sowieso nichts passiert, wissen Sie noch?« Er zwinkerte.

Sie lächelte zurück, bevor sie die leere Seite aus dem Notizbuch riss und zusammenknüllte. »Mag sein. Dachte nur, ich wäre auf was wirklich Pikantes gestoßen.« Sie leckte sich über die Lippen, als hätte sie soeben tatsächlich etwas Pikantes geschmeckt.

»Würden Sie es mir vielleicht irgendwann mal erlauben, Ihre Schmerzen mit einem Drink zu lindern?«, fragte er.

Monica ließ die Enttäuschung in ihrem Gesicht in ein Lächeln hinübergleiten. »Das klingt sehr nett.«

Kevin Lane schien beinahe in Ohnmacht zu fallen. »Wie wäre es mit diesem Wochenende?«

Das Podest, das ich dir errichtet habe, ist jetzt hoch und standfest, nicht wahr? Und du genießt die Aussicht und merkst nicht, dass alles aus und auf Sand gebaut ist. Und die Flut lässt nicht mehr lange auf sich warten ...

»Klingt toll. Ich gebe Ihnen meine Nummer.«

15

Für die wenigen Tage ihres Aufenthalts in Virginia hatte Monica ein kleines Ferienhaus gemietet. Es lag nicht weit von Stratton Grove entfernt und war ebenso wie die Erziehungsanstalt hinter einem natürlichen Sichtschutz aus Bäumen versteckt.

Heute Nacht gab es eine Menge zu erledigen. Das Wichtigste war, Kelly Blaine zur Flucht aus Stratton Grove zu verhelfen. Die anderen Aufgaben, die vor ihr lagen, waren ebenfalls von einiger Bedeutung und mochten sich zum jeweiligen Zeitpunkt als durchaus knifflig erweisen, aber Virginia in der Gesellschaft Kelly Blaines zu verlassen hatte Vorrang. Der Rest würde lediglich das ganze Paket mit einem festen Knoten zusammenschnüren. Und würde darüber hinaus erheblich Spaß machen.

Während ihres vertraulichen Gesprächs hatte Kelly Monica berichtet, dass die Sicherheitsvorkehrungen auf der Ranch ein Witz waren. Drei private Wachleute, wie sie erzählt hatte. Zivilisten in Uniform, mit nichts weiter bewaffnet als Taschenlampen, Pfefferspray und Gummiknüppel. Sie wichen nie von ihrer Routine ab und riskierten während ihrer Patrouillengänge auf dem Internatsgelände nur sehr gelegentlich ein achtsames Auge. Ihr Eifer konzentrierte sich eher darauf, ihre Runden so schnell wie möglich hinter sich zu bringen, die Füße hochzulegen und Zigarettenpausen einzulegen, die sich oftmals auf über eine Stunde erstreckten.

Monica war nicht überrascht, dass Kelly sich die Gewohnheiten der Wachmänner eingeprägt hatte – vielmehr hatte sie damit gerechnet; sie selbst hätte es in einer ähnlichen Situation nicht anders gemacht. Wenn man keine Fluchtmöglichkeit hat, sollte man sich die Abläufe in seinem Gefängnis einprägen und die Schwachstellen aufspüren. Beim Thema Flucht hatte Kelly Monica endgültig für sich eingenommen, indem sie einen ähnlichen Gedanken äußerte: »Wohin denn fliehen?«, hatte Kelly gesagt. »Die anderen Mädchen, die die Flatter machen, sind dämlich. Was zum Teufel wollen sie dort mit sich anfangen, wohin auch immer es sie verschlägt? Lieber ein großer Fisch in einem kleinen Teich aus Scheiße als eine Schiffbrüchige ohne Kompass auf hoher See.«

Eine Schiffbrüchige ohne Kompass auf hoher See. Das war der Schlüsselsatz, der entscheidende Moment, in dem Monica begriff, dass sie Kelly überzeugt hatte. Wenn nicht die Fotos von Stephanie Sands' Leiche ihre Partnerschaft besiegelten, dann definitiv Monicas Angebot, dieser Kompass zu sein.

Offensichtlich stellte auch das übrige Personal kein großes Problem dar; Kelly hatte neun Angestellte gezählt – Küchenhilfen, Hausmeister, Verwaltungsleute. Stephanie Sands' Mercedes hingegen war ein Problem. Der Wagen stand nach wie vor auf dem Parkplatz von Stratton Grove und würde dort auch bleiben, solange Stephanie Sands nicht wieder lebendig wurde, aus dem Keller des Ferienhäuschens kroch und ihn zurückverlangte.

Kevin Lane hatte gesagt, Stephanie Sands würde sich nicht besonders häufig auf dem Schulgelände zeigen. Dafür sprach auch ihre knallige Aufmachung. Wäre es dennoch so auffällig, wenn sie ausnahmsweise einmal etwas länger blieb? Würde es irgendeinen der Angestellten kümmern, wenn ihr Mercedes nach Feierabend noch immer auf dem Parkplatz stand, oder die Wachleute, wenn sie ihre Runden drehten? Nee – was die Frau vom Chef trieb, ging sie nichts an.

Am folgenden Morgen? Jawohl – dann würde die Karre wahrscheinlich Verdacht erregen. Nachforschungen auslösen. Doch bis dahin war alles erledigt. Es spielte keine Rolle mehr.

Monica sprang aus dem Bett und zündete sich eine Zigarette an. Bis zum Sonnenuntergang blieben noch ein paar Stunden. Es war keine Eile geboten.

Monica dachte an Domino und das, was sie in den Pine Barrens für ihn vorbereitet hatte. Sie war in Geduld geübt, aber *das* konnte sie verflucht noch mal kaum erwarten.

16

Monicas Lexus rollte die lange Zufahrt zu Stratton Grove entlang. Auf halber Strecke hielt sie an und machte die Scheinwerfer aus.

Wenn Kelly Blaine sich an ihre Anweisungen gehalten hatte, würde sie jetzt genau an der Stelle warten, an der Monica Stephanie Sands getötet hatte.

Monica stieg aus dem Lexus und steckte sich eine Zigarette an – das vereinbarte Signal für Kelly, aus ihrem Versteck zu kommen.

Ein Rascheln im Dunkel, ungefähr drei Meter entfernt. Monica zog heftig an ihrer Zigarette. Die kleine orangefarbene Glut war Kellys Leuchtfeuer.

Neuerliches Rascheln, dann eine Silhouette. Eine kleine Gestalt war auf vielleicht anderthalb Meter herangekommen.

»Ich hatte gehofft, dass du auftauchst«, sagte Monica.

Kelly Blaine schlich in Sicht. Die Nacht vernebelte genaue Einzelheiten, aber es war deutlich zu erkennen, dass das Mädchen sein langes Haar zu einem Pferdeschwanz zurückgebunden hatte – neben praktischen Gründen der Tatsache geschuldet, dass sie keine Fassade mehr aufrechterhalten musste. Monica wusste, dass sie nie das wahre und volle Vertrauen einer Soziopathin wie Kelly gewinnen konnte. Mehr als einen Blick hinter die Fassade konnte sie nicht erwarten. Es zeigte Monica, dass Kelly ihr zu folgen und zu gehorchen bereit war – fürs Erste jedenfalls.

»Sie haben mich neugierig gemacht«, sagte Kelly.

Monica zog an ihrer Zigarette und blies Rauch in den Nachthimmel. »Du hast *mich* neugierig gemacht. Hattest du bei der Flucht irgendwelche Schwierigkeiten?«

Monica hörte Kelly schnauben. »Ich hätte den gesamten Weg über vor mich hin pfeifen können.«

Monica lächelte. »Na schön. Wollen wir?«

17

Monica bog in die Einfahrt des Ferienhauses. Aus dem Augenwinkel beobachtete sie, wie Kelly einen unsicheren Blick über die idyllische Kulisse schweifen ließ.

»Wo sind wir?«, fragte Kelly.

»Das ist unser vorläufiges Zuhause«, antwortete Monica, bevor sie die Zündung ausschaltete und ausstieg. »Kommst du?«

Langsam kletterte Kelly aus dem Auto, schloss die Beifahrertür und sah sich erneut argwöhnisch und wachsam in alle Richtungen um.

»Alles klar?«, fragte Monica.

Kelly nickte, während sie weiter Ausschau hielt.

Monica kicherte. »Was nun, willst du hier draußen bleiben oder reinkommen?«

Kelly schaute sie mit unruhig flackernden Augen an. »Die Fahrt hat ungefähr zehn Minuten gedauert. Warum so nahe? Sollten wir nicht zusehen, dass wir so weit wie möglich von hier verschwinden?«

»Geduld, Kleines.« Monica ging zum Ferienhaus, schob den Schlüssel in das Schloss der Eingangstür, drehte ihn jedoch nicht herum. Sie blickte zurück zu Kelly, die zögerlich vorwärtsschlich. »Willst du mal was wirklich Cooles sehen?«, fragte Monica mit schiefem Grinsen.

Monica führte Kelly ins Haus und dann zur Tür, durch die man in den Keller gelangte.

»Was ist da unten?«

Monica erwiderte nichts. Sie öffnete die Tür und betätigte einen Schalter an der Wand. Grelles Licht flackerte auf. Sein fluoreszierendes Weiß beleuchtete eine hölzerne Treppe, die mitten in den Keller führte.

Monica vollführte eine einladende Gebärde. »Nach dir.«

»Äh, nach *Ihnen*«, gab Kelly zurück.

Monica lächelte und ging die Stufen bis zum Fuß der Treppe hinunter, wo sie sich umdrehte und Kelly mit einer Geste bedeutete, ihr zu folgen.

Kelly rührte sich nicht.

Monica lächelte abermals. »Kelly, meinst du wirklich, ich hätte mir all die Mühe gemacht, dich aus Stratton Grove rauszuholen, nur um dir hier in diesem Keller was anzutun?«

Kelly dachte über Monicas Worte nach, dann ging sie langsam die Treppe hinab. Monica machte ihr mit einer eleganten Handbewegung am Fuß der Treppe Platz.

Schließlich trat Kelly auf den Kellerboden.

»Hat gar nicht wehgetan, oder?«, fragte Monica.

Kelly schwieg.

Monica schritt zum anderen Ende des Kellers hinüber. In der Ecke brummte eine weiße, geräumige Kühltruhe vor sich hin. Monica sah über die Schulter zu Kelly und trommelte mit den Fingern auf die Oberfläche.

»Was ist das?«, wollte Kelly wissen.

»Wonach sieht es aus?«

»Wie ein auf die Seite gelegter Kühlschrank.«

»Ja – das trifft es ziemlich gut.«

Kelly pirschte neugierig vorwärts. »Was ist da drin?«

»Mach auf und schau nach.« Monica überreichte Kelly den Schlüssel zum großen Vorhängeschloss, das von dem schweren Deckel der Kühltruhe herabhing.

Kelly nahm den Schlüssel, überlegte kurz und machte sich dann am Schloss zu schaffen.

Als sie fertig war, streckte Monica die Hand aus. »Gib es mir.«

Kelly gab Monica das Vorhängeschloss.

»Den Schlüssel ebenfalls.«

Kelly händigte ihr den Schlüssel aus.

Monica verstaute den Schlüssel in ihrer Hosentasche, behielt das Schloss jedoch in der anderen Hand; das zusätzliche Gewicht, das es ihrer Faust verlieh, fühlte sich sehr angenehm an. »Willst du den Deckel nicht öffnen?«, fragte sie.

Kelly wandte sich wieder zur Kühltruhe um. Sie legte ihre Hände auf den Deckel, hielt inne und schielte zurück zu Monica.

»Nur zu.«

Mit beiden Händen öffnete Kelly die Kühlbox. Mit einem Arm hielt sie den Deckel offen und spähte hinein. »Heilige Scheiße. Ist das …?«

Monica rammte Kelly die beschwerte Faust gegen den Kiefer. Der Schlag hätte selbst einen erwachsenen Mann gefällt. Wie von der Kugel eines Heckenschützen getroffen, sackte Kelly zu Boden. Ihre Arme und Beine zuckten, als sie das Bewusstsein verlor.

Monica legte das Vorhängeschloss beiseite, zog beiläufig ein Paar Lederhandschuhe aus ihrer Tasche, streifte sie über, wuchtete Stephanie Sands' Leiche aus der Kühlbox und drapierte sie neben Kelly.

Monica packte Stephanie Sands' Hand fest an drei Fingern und kratzte mit ihnen über Kelly Blaines Arm, bis Blut aus der Haut quoll. Sie wiederholte den Vorgang mit Stephanie Sands' anderer Hand und Kellys anderem Arm. Kelly rührte sich währenddessen kein bisschen.

Monica fesselte Kellys Handgelenke mit Kabelbindern. Dann ging sie in die Hocke, hob Kelly schwungvoll hoch, indem sie das Gewicht auf ihre Beine verlagerte und kräftig die Knie durchdrückte (nach der sehr viel schwereren und weitaus toteren Mrs. Sands war Kelly geradezu ein Leichtgewicht), und legte sie dann in die offene Kühlbox. Sie zog einen Handschuh aus und fühlte den Puls. Er schlug schwach, aber gleichmäßig. Gut.

Monica knallte den Deckel der Kühltruhe zu und befestigte das Vorhängeschloss. Sie bückte sich, zog den Stecker, verschwand in der Ecke des Kellers und kehrte mit einem Elektrobohrer zurück, mit dem sie die Truhe mit zwei Luftlöchern versah.

»Sodann, Euer unwohlgeborene Durchlaucht«, sagte Monica zu Stephanies Leichnam, »startklar für die Rückreise nach Stratton Grove?«

18

Kevin Lane war nicht der erste Mitarbeiter, der am folgenden Morgen auf den Parkplatz der Stratton Grove Ranch für Mädchen fuhr, doch er war der Erste, dem auffiel, dass Stephanie Sands' Mercedes noch immer dort stand.

Sein erster Gedanke – kein unangenehmer, ganz im Gegenteil – war, dass Belinda Cole hier war und mit Mrs. Sands weitere Einzelheiten der Reportage durchging.

Dagegen sprach, dass Kevin nirgendwo auf dem Parkplatz Belindas Lexus entdecken konnte. Damit blieben zwei Möglichkeiten: Entweder war Stephanie Sands über Nacht in Stratton Grove geblieben, oder sie war an diesem Morgen in aller Frühe aufgeschlagen, um sich irgendwelchen Verwaltungsangelegenheiten zu widmen. Beides schien unwahrscheinlich.

Unverzüglich begab sich Kevin auf den Weg zum Lehrerzimmer, wo die Handvoll Lehrkräfte, die vor ihm eingetroffen war, sich mit Kaffee und als Gebäck getarnten Zuckerinfusionen für die bevorstehenden Tagesmühen wappnete.

»Hat jemand Mrs. Sands gesehen?«, fragte er in die Runde.

Alle verneinten.

»Wollte sie heute vorbeikommen?«

Das wusste niemand.

»Ihr Wagen steht auf dem Parkplatz.«

Alle nickten ihm zu.

»Ihr Wagen stand schon da, als ich letzten Abend nach Hause gefahren bin. Hat ihn sonst jemand bemerkt?«

Einige bejahten, andere schwiegen. Es war ihnen egal.

Kevin machte sich eine Tasse Kaffee. Dabei fielen ihm Belinda Coles gestrige Befürchtungen wieder ein, ihre Sorgen bezüglich der Sicherheit von Mrs. Sands. Hatte sie nicht erzählt, dass sie aufrichtigen Hass bei Kelly Blaine gespürt hatte, sobald es um Mrs. Sands ging?

Er hatte diese Bedenken als unbegründet abgetan. Warum?

Weil er wusste, dass Stephanie Sands Angst vor Kelly Blaine hatte?

Weil Kelly Blaine eine pathologische Lügnerin war?

Weil du die ganze verdammte Zeit überlegt hast, wie du Belinda um eine Verabredung bitten sollst?

Kevin seufzte. Das alles traf zu – insbesondere der letzte Teil. Stephanie Sands *hatte* Angst vor Kelly Blaine ...

Kelly Blaine *war* eine pathologische Lügnerin ...

... Er *hatte* sämtliche Bedenken fahren lassen, als sich die Möglichkeit bot, Belinda Cole anzubaggern.

Und es gab noch eine weitere Wahrheit. Eine Wahrheit, die Kevin Lane dazu brachte, seinen Kaffee Kaffee sein zu lassen und sich unverzüglich auf die Suche nach Mrs. Sands zu begeben.

Kelly Blaine *war* Kelly Blaine.

Stephanie Sands' Büro – der erste Ort, an dem Kevin nachschaute – war leer und schien dies auch schon seit geraumer Zeit zu sein. Keine Tee- oder Kaffeetassen standen herum. Ihr Rechner war runtergefahren und kalt. Der Sessel war unter einen Tisch geschoben, auf dem weder Schriftstücke noch offene Akten lagen. Das komplette Büro sah aus, als wäre es seit Tagen nicht genutzt worden, geschweige denn heute Morgen.

Kevins nächstes Ziel ergab sich von selbst. Kelly Blaine.

Kevin klopfte härter als nötig an die Tür von Kelly Blaines Hütte.

Nichts. Er klopfte erneut.

»Kelly? Kelly, mach auf, Mr. Lane hier.«

Er wartete ab. Es war noch immer ziemlich früh. Frühstück gab es erst in einer halben Stunde. In Stratton Grove war es nicht verpflichtend, am Frühstück teilzunehmen. Viele Mädchen schliefen stattdessen lieber aus. Kelly Blaine gehörte nicht selten zu dieser Gruppe.

Kevin klopfte ein drittes Mal, was die Angeln der hölzernen Tür zum Scheppern brachte.

»Kelly!«

Er war stark versucht, den Notfallschlüssel zum Einsatz zu bringen. Wenn er das Mädchen beim Anziehen erwischte, steckte er in der Klemme. Vor allem, wenn es sich um jemanden wie Kelly handelte. Wahrscheinlich stand sie nackt an der Tür und *wartete* nur darauf, dass er sich Einlass verschaffte. In diesem Fall war er am Arsch. Was sollte er zu seiner Entschuldigung vorbringen? Mrs. Sands' Wagen stand auf dem Parkplatz, aber von ihr selbst war keine Spur zu entdecken? Na schön, Mr. Lane, aber was brachte Sie dann dazu, schnurstracks Kelly Blaines Hütte anzusteuern? Verschweigen Sie uns etwas? Etwas, das Kelly Blaine wem auch immer gegenüber erwähnt hat, und zwar *im Vertrauen*?

Kevin knirschte mit den Zähnen und stand kurz davor, zum vierten Mal zu klopfen, als sich eine Schülerin näherte.

»Mr. Lane, ich denke, Sie sollten ...«

Er fiel dem Mädchen ins Wort. »Shannon, hast du Kelly Blaine heute Morgen gesehen? Ist sie beim Frühstück?«

Das Mädchen schüttelte den Kopf. »Nein, aber ...«

»Du hast sie diesen Morgen noch *gar nicht* gesehen?«

»Nein, Mr. Lane, aber ich glaube, Mrs. Sands ist krank.«

»Wie bitte?«

»Ich glaube, Mrs. Sands ist krank. Sie ist schon ziemlich lange in der Schülerinnentoilette.«

Kevin wandte sich von Kellys Hüttentür ab und ging auf das Mädchen zu. »Wovon redest du?«

»Mrs. Sands ist in einer Toilettenkabine. Jenny Archer hat sie als Erste gesehen. Sie war pinkeln und hat Mrs. Sands' schicke Schuhe in der Kabine nebenan bemerkt. Sie fand es ziemlich merkwürdig, dass sie auf unserem Klo ist.«

»Das ist in der Tat merkwürdig.«

»Jenny hat es mir erzählt, als sie rausgekommen ist. Ich hab ihr nicht geglaubt. Wir sind zusammen wieder rein, und ich hab sie selbst gesehen. Wir haben es Lucy Stern erzählt, aber die wollte uns das nicht glauben, sondern auch selber nachschauen. Wir haben gesagt, dass sie wahrscheinlich schon weg ist. Lucy ist trotzdem rein, und Mrs. Sands' Schuhe waren immer noch da. Wir haben dann vor den Toiletten gewartet. Bis jetzt ist sie nicht rausgekommen.«

»Sehen wir nach«, sagte Kevin.

Vor den Haupttoiletten für die Schülerinnen von Stratton Grove hatte sich eine Menge versammelt. Das Gerücht von der möglicherweise erkrankten Mrs. Sands darin hatte sich wie ein Lauffeuer verbreitet.

Tracy Mallin, eine Physiklehrerin, bot sich an, anstelle von Kevin Lane nach dem Rechten zu sehen. Kevin stimmte zu – von wegen Damentoilette und so weiter –, was ihn aber nicht davon abhielt, ihr einzuschärfen, ihn beim leisesten Anflug von Schwierigkeiten herbeizurufen.

Mrs. Mallin rief nicht ausdrücklich nach Kevin, nachdem sie die Räumlichkeiten erkundet hatte, aber sie schrie unüberhörbar, was Kevin veranlasste, durch die Toilettentür zu stürmen. Mrs. Mallin hatte eine Hand über den Mund gelegt und deutete mit dem zitternden Zeigefinger der anderen auf eine offen stehende Kabine.

Kevin schlich vorwärts, erreichte die Kabine, lugte hinein. Stephanie Sands war tatsächlich hier – aufrecht auf der Kloschüssel sitzend, mit aufgerissenen Augen und graugrüner Haut. Sie war tot.

Kevin trat vorsichtig näher und prüfte ihren Puls. Hinter sich hörte er ein geflüstertes »Ist sie …?«, aber er reagierte nicht darauf. Seine volle Aufmerksamkeit galt der Tatsache, dass Stephanie Sands' Rock nicht nur bis auf die Waden herabhing, statt zwecks Toilettenbenutzung hochgezogen zu sein, sondern ihr Hintern darüber hinaus nicht auf der Klobrille, sondern dem Deckel saß.

Kevin glotzte die Leiche wie gelähmt an. Er konnte das Geraune der Schülerinnen im Gang hören, dessen Lautstärke sich nach Mrs. Mallins Schrei deutlich gesteigert hatte. Er drehte den Kopf und sah, dass Mrs. Mallin immer noch am selben Platz stand.

»Gehen Sie raus, und sagen Sie ihnen, sie sollen in ihre Hütten zurückgehen. Dann wählen Sie den Notruf.«

Mrs. Mallin nickte hastig und verschwand. Kevin konnte hören, wie sie die Schülerinnen wegscheuchte, vernahm noch mehr aufgeregtes Geschnatter, bis es schließlich allmählich verklang und er mit Stephanie Sands' Leiche alleine war. Er wollte sie nach irgendetwas Belastendem, nach

Beweismaterial untersuchen, andererseits aber keinesfalls einen möglichen Tatort verunreinigen. Von seiner Position aus konnte er nichts Auffälliges erkennen. Kein Blut, keine Verletzungen.

Hatte Kelly Blaine das getan? Aufgrund seiner Abscheu ihr gegenüber war er automatisch von ihrer Schuld überzeugt – doch dann stellte er sich die naheliegende Frage: *Wie hätte sie das bewerkstelligen sollen?*

Sein Verstand arbeitete auf Hochtouren. Er trat einen Schritt von der Leiche zurück. Nahm das ganze Bild in sich auf. Zwei Möglichkeiten: Irgendwann letzte Nacht (obwohl es auch, wie er annahm, heute Morgen hätte sein können, doch wäre ihre Haut dann bereits derart grau?) hatte Stephanie Sands sich unwohl gefühlt (aus welchem Grund auch immer), die Schülerinnen- statt der Lehrertoilette aufgesucht, eventuell einen Schwächeanfall erlitten, sich rasch hingesetzt (was den geschlossenen Klodeckel erklären würde) und war aus irgendeinem unbekannten Grund gestorben. Vielleicht Herzversagen.

Dann gab es noch eine zweite Möglichkeit.

Kelly Blaine hatte sie umgebracht. Die Leiche so in Szene gesetzt, dass es nach ... tja, nach was aussah? Einem Unfall? Wie bei all den anderen? Das hier sah so gar nicht nach einem Unfall aus. Stephanie Sands' Pose wirkte wie ... ausgestellt ... *inszeniert.* Kelly Blaine wäre, wenn sie es denn getan hatte, nie so offensiv und unverfroren zu Werke gegangen. Es ergab einfach keinen Sinn.

Aber eines ergab sehr wohl Sinn. Toilettendienst. Belinda hatte gesagt, Mrs. Sands hätte Kelly mit Toilettendienst für den Rest des Jahres gedroht, einer Strafe von solcher Härte, dass sie während Kevins Amtszeit in Stratton Grove noch nie an einer Schülerin vollstreckt worden war.

Das alles kam ihm fürchterlich bekannt vor. Sämtliche »Unfälle«, in die Kelly Blaine verwickelt gewesen war, hatten immer in einer direkten Beziehung zu einem jeweils vorangegangenen Ereignis gestanden. Es leuchtete ein, dass Kelly für Stephanie Sands' Drohung an eben jenem Ort Rache genommen hatte, an dem sie sich für den Rest des Jahres mit dreckiger Sklavenarbeit hätte abquälen müssen.

Und das hier sah nicht nach einem Unfall aus. Kevin war sich nicht ganz sicher, wonach es eigentlich aussah, aber eines wusste er: Sobald Hilfe eintraf, würde er zu Kelly Blaines Hütte eilen und sich mit dem gottverdammten Notschlüssel Zugang verschaffen. Er war mehr als bereit, jedes Risiko einzugehen.

19

Kelly Blaine saß, mit dem Rücken an die Wand gelehnt, auf dem Kellerfußboden. Sie starrte Monica wütend an, während sie sich ihre schmerzenden, jedoch nicht länger gefesselten Handgelenke rieb.

Monica saß mit entspannter Miene Kelly direkt gegenüber auf einem Stuhl. Jetzt war es allmählich an der Zeit, endgültig zur Sache zu kommen. Ein wie auch immer geartetes Vertrauensverhältnis aufzubauen – angesichts der jüngsten Ereignisse sowie der Tatsache, dass Kelly Blaine eine Soziopathin und ihr als solcher das Konzept des Vertrauens unbekannt war, ein auf den ersten Blick geradezu lachhaftes Ansinnen. Monica hatte sich darauf eingestellt. Alles, was sie benötigte, war ein ausreichend großer und schmackhafter Köder, den sie dem Mädchen unter die Nase halten konnte, um ihr Interesse zu wecken. Einen Köder, mit dem sie schon in Stratton Grove einigermaßen erfolgreich gewesen war.

Dieser Köder hatte allerdings etwas an Wirkung verloren, nachdem Monica Kelly niedergeschlagen hatte. Sie musste einen frischen auslegen. Kellys junges Alter von sechzehn Jahren kam Monica dabei sehr entgegen. Die Gefühlsregungen und Verhaltensweisen von Soziopathen waren bloße Nachahmungen dessen, was ihnen in der Welt um sie herum begegnete. Mit sechzehn war Kelly Blaine erst wenigen Erfahrungen ausgesetzt gewesen, nicht zuletzt deshalb, weil sie die letzten fünf Jahre ihres Lebens zusammen mit anderen Verhaltensgestörten in einem Internat am Ende der Welt verbracht hatte. Kelly Blaine brauchte, ob es ihr bewusst war oder nicht, Hege und Pflege. Die Anlage war da, das war aber auch schon alles. Monica musste die junge Frau davon überzeugen, dass sie die Richtige dafür war, sie zu formen und ihr die unbegrenzten Möglichkeiten aufzuzeigen, die ihr unter fachkundiger Anleitung offenstanden.

»Du bist wütend«, sagte Monica.

»Das war nicht nötig.«

»Irgendetwas sagt mir, dass du an meiner Stelle das Gleiche getan hättest.«

»An *Ihrer* Stelle?«

»Ja. Ich musste mich absichern, falls du auf dumme Gedanken gekommen wärst.«

»Ich habe Ihnen doch schon gesagt, dass ich dabei bin und Ihnen helfen will.«

Monica lächelte. »Lippenbekenntnisse. Du wirst nie so werden wie ich, wenn du dich auf bloße Sprüche verlässt.«

»So werden wie Sie?«

»Ja.«

»Ich weiß nicht so recht, ob ich noch daran interessiert bin.«

»Oh, das solltest du aber sein, Kelly. Du hast es selbst gesagt – wenn du abhaust, wohin willst du gehen? Schiffbrüchig auf hoher See, so lauteten deine Worte. Ich bin da, um dich in die richtige Richtung zu lotsen.«

»Indem Sie mich zusammenschlagen und in eine Kühltruhe sperren?«

»Wie gesagt, eine unverzichtbare Zusatzversicherung.«

»Was auch immer. Ich verstehe Sie nicht.«

»Aber ich verstehe dich. Ich *sehe* dich.«

Kelly schnaubte verächtlich. »Ach ja? Was sehen Sie denn?«

»Potenzial.«

»Sie klingen wie die dämlichen Lehrer in Stratton Grove.«

»Mit dem Unterschied, dass ich davon spreche, dein *wahres* Potenzial freizusetzen. Jene Triebe und Neigungen, die beständig durch deinen Körper strömen, vor denen die Gesellschaft so viel Angst hat und die sie aus dieser Furcht heraus als etwas Krankhaftes, Falsches, Abnormes abstempelt. Sie sind mir wohlvertraut. Ich bin davon *erfüllt.* Diese Triebe müssen im Zaum gehalten werden. Sie sind wie ein wildes Tier, das man an die Leine legen muss, weil es sonst früher oder später erwischt und eingeschläfert wird. Es gibt nichts Erbärmlicheres auf der Welt als Menschen, die Sklaven ihrer Triebe sind.«

Kellys finsterer Blick verschwand. Monica hatte ein offenes Fenster entdeckt und musste nur noch hineinklettern. Zeit für beschwichtigenden Zuspruch.

»Du hast dich bislang außerordentlich gut geschlagen. Deine Schlauheit beeindruckt mich. Ich würde ja zu gerne wissen, wie du es geschafft hast, dieses Mädchen in deine Falle draußen im Wald stürzen zu lassen. Das war wirklich eine Meisterleistung.«

»Eine Stockpuppe«, sagte Kelly leise.

»Was?«

»Ich habe eine große Puppe aus Stöcken gebastelt und auf die Falle gestellt. Ich kannte den Weg, den sie immer nahm, wenn sie wegrannte. Ich wusste, sie würde bei einem merkwürdigen Holzmännchen mitten im Wald stehen bleiben und schauen, was es damit auf sich hat. Und ich wusste, dass die Puppe bei ihrem Sturz zerbrechen und unter den Stöcken, die sie aufspießten, nicht weiter auffallen würde.«

Monica *war* beeindruckt. Kein einschmeichelnder Zuspruch nötig. Sie lächelte nur und schüttelte bewundernd den Kopf. »Und das Loch hast du ganz alleine gegraben?«

»Ja.«

»Wie lange hast du dafür gebraucht?«

»Lange.«

Ausdauer. Wiederum war Monica beeindruckt.

»Und ich bin ungestraft davongekommen«, fügte Kelly hinzu. »Ich bin mit allem, was ich getan habe, davongekommen.«

»Ja, in der Tat. Du hast ›die dämlichen Lehrer in Stratton Grove‹ von deiner Unschuld überzeugt. Was hast du jetzt vor? Hier?« Monica machte eine ausladende Geste. »In der wirklichen Welt?«

»Solange mir niemand in die Quere kommt, muss ich mir auch keine Gedanken machen, wie ich mit irgendwas davonkomme.«

»Das kaufe ich dir nicht ab. Dir hat es *gefallen*, was du in Stratton Grove angestellt hast. Dir hat es *gefallen*, deinen Bruder bei lebendigem Leib zu verbrennen. Wie lange, bis dieser Drang sich erneut Bahn bricht? Ohne Provokation? Ohne Kontrolle?«

Kelly wandte den Blick ab, die Augen ins Leere gerichtet, mit den Gedanken woanders. Monica hatte sie endgültig am Haken, war durch das offene Fenster geschlüpft und tastete sich nun im Inneren von Kellys Seele langsam vorwärts – auf der Suche nach weiteren Schwachstellen, die sie ausnutzen konnte.

»Ich kann dir beibringen, dich diesen Neigungen hinzugeben, wann immer du Lust dazu verspürst. Dieses erlesene

Gefühl zu genießen, ohne Konsequenzen befürchten zu müssen. Du bist gut – sehr gut –, aber du hast die wirkliche Welt noch nicht kennengelernt. Nicht so wie ich. Alles, was ich weiß, kann ich mit dir teilen. Ich kann dir helfen, zum Chamäleon zu werden.«

Das Wort »Chamäleon« riss Kelly aus ihrer Trance. Sie sah Monica an. Monica lächelte.

»Sind Sie verrückt?«, fragte Kelly.

»Ja«, antwortete Monica. »Und außerdem sehr schlau.«

Monicas Mobiltelefon klingelte. Sie prüfte die Nummer des eingehenden Anrufes. »Wurde auch Zeit.«

Monica drückte das Gespräch weg, zerbrach das Handy in zwei Teile und tilgte so die letzte Spur von Belinda Cole.

»Das war Mr. Lane«, sagte sie. »Offenbar muss der Artikel, an dem ich gearbeitet habe, auf unbestimmte Zeit auf Eis gelegt werden.« Monica zog ihre Zigaretten hervor. »Ach ja, die Polizei war in Stratton Grove. Die Spurensicherung hat deine DNS unter ihren Fingernägeln gefunden. Du wirst offiziell wegen Mordes gesucht. Kippe?«

20

Monica und Kelly waren im Lexus auf dem Weg nach Norden.

»Wir müssen dir einen Imagewechsel verpassen«, sagte Monica. »Was hältst du von blond?«

»Ich bräuchte keinen Imagewechsel, wenn Sie nicht getan hätten, was Sie getan haben.«

»A: Doch, brauchst du; dieser Grunge-Look ist eine Beleidigung deiner Schönheit. Ich will, dass du scharf aussiehst.«

»Scharf? Was ...?«

»*B:* Ich dachte, ich hätte mich bezüglich der Gründe meines Tuns klar und deutlich ausgedrückt.«

»Sie vertrauen mir nicht.«

»Exakt.«

»Wie soll das dann mit uns klappen, wenn wir einander nicht vertrauen?«

»Grundsätzlich herrscht Einverständnis zwischen uns, so was wie gegenseitiger Respekt. Das erzeugt eine gewisse Loyalität. Loyalität solltest du allerdings nicht mit Vertrauen verwechseln.«

»Aber Sie haben meine Loyalität doch nur, weil Sie mir einen Mord angehängt haben. Ich bin jetzt abhängig von Ihnen, wenn ich nicht erwischt werden will.«

»Loyalität kann aus Angst entstehen. Vertrauen nicht.«

Kelly schwieg.

»Der schwierige Teil ist überstanden, Kelly. Von nun an kommt nur noch das Vergnügen, vorausgesetzt, du führst dich anständig auf.«

»Warum soll ich scharf aussehen?«

»Um an den Jungen ranzukommen.«

»Welchen Jungen?«

Monica lächelte nur.

»Hat das irgendwas mit dem zu tun, was Sie in New Jersey geplant haben?«

»Oh ja.«

»Verraten Sie mir irgendwann, worum es geht?«

»Mit der Zeit wird sich alles klären.«

»Für jemanden, der mir ›was beibringen‹ soll, drücken Sie sich ganz schön unklar aus.«

Monica streifte Kelly mit einem flüchtigen Blick. Es war ihr egal, ob und was das Mädchen von ihr lernte, aber sie wusste, dass sie diese speziellen Neigungen nicht verkümmern lassen durfte, wenn sie die Kleine bei der Stange halten wollte. Loyalität *konnte* durch Angst erzeugt werden, aber das, was Monica von dem Mädchen wollte, würde sie eher mit einem simplen Belohnungssystem erreichen. Schließlich war sie noch ein Kind. Kinder amüsierten sich gerne, und glücklicherweise hatten Monica und Kelly dieselbe Vorstellung von Spaß.

»Du hast recht«, sagte Monica, »du hast dir was verdient. Wenn du dir in diesem Augenblick etwas wünschen könntest – ich nehme an, du weißt, wovon ich rede –, was wäre das?«

Kelly zögerte keine Sekunde lang. »Ich würde gerne meine Eltern brennen sehen.«

Monica kicherte. »Du immer mit deinem Feuer.«

Kelly erwiderte nichts.

»Bist du deshalb so scharf darauf, weil du nicht zusehen konntest, wie dein Bruder verbrannt ist?« Monica schaute erneut kurz zu ihr hinüber und bemerkte, wie sich ein Mundwinkel des Mädchens zur Andeutung eines Grinsens verzog. »Oder doch?«

Kellys und Monicas Blicke trafen sich. Monica nickte und grinste ihrerseits.

»Okay«, sagte Monica. »Dann geht es also darum, einen Schlussstrich zu ziehen, nicht wahr? Zu beenden, was du begonnen hast?«

Kelly antwortete nicht. »Ich will sie fesseln. Ich will diejenige sein, die das Streichholz anzündet. Ich will sie in ihrem eigenen Haus verbrennen sehen«, sagte sie stattdessen.

»Holla – langsam, langsam, Kleines. Es wäre ein Fehler, sie daheim zu besuchen.«

»Warum?«

»Warum? Weil du wegen *Mordes* gesucht wirst. Der erste Ort, an dem jeder einigermaßen clevere Bulle nachschauen würde, ist dein Elternhaus.«

»Aber ich hasse meine Eltern. Sie hassen mich. Warum sollte ich zu ihnen gehen?«

»Wir beide wissen das. Und jeder in Stratton Grove. Aber du bist eine Sechzehnjährige auf der Flucht. Du hast die letzten fünf Jahre auf einer Ranch in der tiefsten Provinz gelebt. Weshalb die Wahrscheinlichkeit, dass du denjenigen Ort aufsuchst, der dir am vertrautesten ist, ziemlich hoch liegt.«

»Ich weiß nicht mal, ob sie dort noch wohnen.«

»Sie haben während deiner Zeit in Stratton Grove nie Kontakt zu dir aufgenommen?«

»Ich habe Geburtstagskarten bekommen.«

»Was stand drauf?«

»Herzlichen Glückwunsch zum Geburtstag.«

Monica lächelte. »Kein *Alles Liebe von Mom und Dad*?«

»Nein. Sie haben nie unterschrieben.«

»Woher wusstest du dann, dass die Karten von ihnen waren?«

»Ich habe es einfach angenommen.«

»Absender?«

»Haben sie nie angegeben.«

Monica dachte darüber nach. Je mehr sie hörte, desto stärker wurde ihr eigener Wunsch, diese Leute zu töten. Aber nicht in ihrem Haus; das wäre töricht.

»Nun, vielleicht können wir da was arrangieren, wenn auch wahrscheinlich nicht genau das, was du dir vorstellst. Seit du gesucht wirst, kampiert unter Garantie mindestens ein Polizist vor dem Haus deiner Eltern.«

Kelly zuckte die Achseln. »Sie haben mich gefragt, was ich mir wünsche, und ich habe es Ihnen gesagt. Wenn Sie mir den Wunsch nicht erfüllen können, auch gut.«

Umgekehrte Psychologie – die niederste Form von Beleidigung, die sich denken lässt. War sich derjenige, der sie aussprach, dessen allerdings bewusst, erhöhte das den Spieleinsatz und ließ einen das Blatt in der eigenen Hand genau nachprüfen. Monica wusste, dass Kelly Blaine zu klug war, um anzunehmen, Monica würde sich von derartigem Quatsch beeinflussen lassen. Was also führte sie im Schilde? Sie verlangte von Monica, die Karten auf den Tisch zu legen. Das mit Mrs. Sands in Stratton Grove mag ja beeindruckend gewesen sein, aber wie steht es mit dieser Sache, Frau Professor? Bleiben Sie im Spiel? Oder geben Sie auf?

Monica bedachte Kelly mit einem letzten Blick und grinste dazu, als wollte sie sagen: Ich nehme deine Herausforderung an, Mäuschen, obwohl sie eher zweitklassig vorgetragen war. »Na schön, Miss Blaine«, sagte sie. »Bitte setzen Sie sich … der Unterricht wird in Kürze beginnen.«

21

Domino saß seinem langjährigen Rechtsanwalt Russell Carr gegenüber. Der Ernst der Lage, in der er sich befand, hatte sich Domino mit aller Wucht im ersten nüchternen Moment offenbart, und er hoffte darauf, dass Russell, ein wahrer Zauberer seiner Zunft, das ein oder andere Ass im Ärmel seines magischen Maßanzugs stecken hatte. Unglücklicherweise war das nicht der Fall.

»Mehrere Zeugen, Dom«, sagte Russell. »Allesamt bereit auszusagen, dass du als Erster angegriffen hast.«

»Und was ist mit dem Jungen, dem ich den Arsch gerettet habe? Fällt der irgendwie ins Gewicht?«

Russell schloss die Augen und schüttelte den Kopf. »Er bestätigt deine Geschichte, aber bitte, Dom, was sollen wir damit anfangen, wenn es vor Gericht geht? Was kann der Junge schon sagen? Ich *glaube*, sie hatten vor, mich zu vermöbeln, Euer Ehren?«

»Tja, das würde etwas Licht auf die drei Typen werfen, oder? Was für Arschlöcher sie waren?«

»Die Welt ist voll von Arschlöchern, Dom. Ein Arschloch zu sein verstößt nicht gegen das Gesetz.«

Domino ließ den Kopf hängen und schüttelte ihn.

»Deine Ausbildung macht die Angelegenheit nicht gerade besser«, ergänzte Russell. »Ich habe online bereits zwei journalistische Meisterwerke gelesen, in denen du als zum

Töten ausgebildeter Soldat bezeichnet wirst, der im Suff drei Unschuldige attackiert hat. Da war sogar ein Foto von dem Burschen dabei, dem du die Visage derangiert hast.«

»Russ, du kennst mich – würde ich solch einen Scheiß machen, wenn es nicht nötig wäre? Ich versichere dir, wenn ich mich rausgehalten und nichts getan hätte, müssten wir jetzt ›journalistische Meisterwerke‹ darüber lesen, wie diese drei Arschgeigen einen armen schwachen Jungen auf einem Parkplatz vermöbeln.«

Russell spreizte die Arme. »So war es aber nicht, Dom.«

Domino ballte die Hände zu Fäusten. »Diese Welt, Mann ... man muss tatenlos zusehen, wie alles den Bach runtergeht, bevor irgendwer was dagegen unternehmen kann.«

Russell verzog das Gesicht. »Domino ...«

»Mein Fachbereich ist der Personenschutz, Russ. Ich warte nicht, bis jemand sich eine Kugel einfängt, um diese dann in aller Ruhe aus der Wunde zu pulen. Ich sehe so was voraus; und dann feuere ich die erste Kugel ab.«

Russell runzelte energisch die Stirn. »Domino ...«

»Was?«, rief Domino in trotzigem Ton.

Russell seufzte. »Hör mal, Kumpel, ich weiß, dass du noch immer mit dieser Sache zu kämpfen hast, die letztes Jahr schiefgelaufen ist. Du hast einen Freund verloren und ...«

»Nicht das, Russ... bitte.«

Russell hob abwehrend die Hand und nickte. »In Ordnung, ich verkneife es mir. Ich bin dein Anwalt, nicht dein Psychologe. Also halte ich mich an den Anwaltskram. Und der wäre im Augenblick Folgender: Falls diese Jungs die Sache nicht außergerichtlich beilegen wollen oder sich – Wunder geschehen ja tatsächlich immer wieder – entscheiden, keine Anzeige zu erstatten, sehe ich keine Möglichkeit, den Gang vor den Richter abzuwenden. Und dank der Beweislage sind die Aussichten nicht gerade rosig für uns.«

22

Bucks County, Pennsylvania

»Hätte nicht gedacht, so bald schon wieder in Pennsylvania zu sein«, sagte Monica zu Kelly, als die beiden es sich auf dem grasbewachsenen Hügel gemütlich gemacht hatten. Monica lag auf dem Bauch, Kelly saß auf dem Hintern, die Hände auf den Boden gestützt, die Beine ausgestreckt.

»Was meinen Sie?«

»Erzähl ich dir später.« Monica nahm ihr Fernglas vor die Augen – das Fujinon-Spitzenmodell, handlich und leicht und dementsprechend die bevorzugte Wahl von Astronomen und Gesetzeshütern ... und von Leuten wie Monica. »Ja – da sind sie.«

»Lassen Sie mich sehen.«

Monica reichte Kelly das Fernglas. Als Kelly es sich vors Gesicht hielt, lenkte Monica das Gerät mit der Hand zur richtigen Stelle.

»Siehst du?«, fragte Monica.

»Die zwei Typen in dem grauen Ford?«

»Bingo.«

»Woher wissen Sie, dass es Polizisten sind?«

»Vertrau mir. Wären wir hier nicht in der Vorstadt, hätte die gesamte Nachbarschaft in der Sekunde, in der sie einrollten, ›Bullen!‹ geblökt und sich vom Acker gemacht.«

Kelly lachte.

Monica sah auf die Uhr. Es war nach acht, die Dämmerung setzte ein. Sie wischte auf einem ihrer Smartphones herum. Nachdem sie gefunden hatte, wonach sie suchte, schaute sie zu Kelly auf. »Das Stadtzentrum soll einen knappen Kilometer entfernt von hier liegen. Kommt das deiner Ansicht nach hin?«

Kelly zuckte mit den Schultern. »Schätze schon.«

»Ist da samstags was los?«

»Soweit ich mich erinnere, ja. Bars, Kneipen, Familienrestaurants. Überall Eisdielen und kleine Läden, eine historische Altstadt. Manche Leute laufen einfach gerne rum und genießen die Atmosphäre, vor allem im Sommer.«

»Wie stehen die Chancen, dass deine Alten auch dabei sind?«

»Hä?«

»Könnten sich deine Eltern heute vielleicht in der Stadt rumtreiben?«

Wieder zuckte Kelly mit den Schultern.

Monica nahm Kelly den Feldstecher ab und richtete ihn auf das ungefähr hundert Meter entfernt stehende Haus. Die meisten Fenster des extravaganten Baus wurden von einer beträchtlichen Menge Blattwerk verdeckt, doch sie hatte gute Sicht auf ein Panoramafenster, hinter dem sich das Speisezimmer präsentierte. Dessen Einrichtung legte nahe, dass es sich um einen *Nur-anschauen-und-nichts-berühren*-Raum handelte, der nur zu besonderen Anlässen frequentiert wurde. Daher würde dort nur wenig Betrieb herrschen. Die schiere Größe des Fensters ermöglichte Monica jedoch einen Einblick in die Räume dahinter. Nun wartete sie auf ein Lebenszeichen.

Es dauerte nicht lange, dann ging eine Frau an der Tür zum Speisezimmer vorbei und war wenige Sekunden später wieder verschwunden. Monica hatte in ihrer linken Hand ein leeres Glas erspäht. Sie ging sich Nachschub holen und würde gleich zurückkommen.

»Hier«, sagte Monica und überreichte Kelly das Fernglas. »Nimm das Esszimmerfenster ins Visier. Ist das deine Mom?«

Kelly ergriff das Fernglas und schaute hindurch. »Ich sehe gar nichts.«

»Nur Geduld.«

Nach einer Minute sah Monica, dass sich Kellys Lippen langsam zu einem Grinsen verzogen.

»Ist sie's?«

»Sie ist's.«

»Beobachte weiter«, sagte Monica. »Halte Ausschau nach deinem Dad.«

Kelly gehorchte. Lange Zeit über sprach keine von beiden ein Wort. Monica ließ den Blick durch die Gegend schweifen. Der Park, in dem sie ihren unauffälligen Beobachtungsposten bezogen hatten – eine ansehnliche Anlage von gut und gern vier Hektar mit einem kleinen, aber feinen Spielplatz, einem Lauf- und Radweg sowie genug freier Fläche fürs Picknicken und ähnliche Aktivitäten –, leerte sich allmählich. Die Mehrheit der Besucherinnen und Besucher waren Eltern mit Kindern, die sich um den Spielplatz geschart hatten. Jetzt, da der Abend kam, wurde es Zeit aufzubrechen. Das verschaffte Monica die Möglichkeit, sich tiefer in den Park zu begeben und nach einem Ort zu suchen, von dem aus sie das Stadtzentrum im Blick hatte, ohne auf das Auto zurückgreifen zu müssen.

»Ich sehe ihn!«

Monica drehte sich um. Kellys Grinsen unter dem Fujinon war breiter als je zuvor. Monica fragte sich, ob Kelly ihren Vater mehr hasste als ihre Mutter oder ihre Freude daher rührte, dass *beide* Elternteile zu Hause waren.

Monica verzichtete darauf, einen Kontrollblick durch das Fernglas zu werfen. Sie glaubte Kelly, schließlich hatte die nicht den geringsten Grund, diesbezüglich zu lügen – hatte das Mädchen diesen Moment doch mehr als alles andere herbeigesehnt. Dennoch nahm Monica das Fernglas an sich, verstaute es in ihrer langen schwarzen Militärtasche, stand auf und machte sich auf den Weg ins Herz des Parks, um eine Stelle ausfindig zu machen, die ihr den erhofften Blick ins Stadtzentrum verschaffte. Die Entfernung – grob geschätzt ein Kilometer – war angesichts ihrer Ausrüstung kein Problem; das Problem waren eventuelle Hindernisse, die ihr, unabhängig davon, wie sie sich positionierte, das Sichtfeld verstellten.

»Wohin wollen Sie denn?«, rief Kelly ihr hinterher. »Zum Haus geht es hier entlang.«

Monica setzte ihren Weg fort. Die lange schwarze Tasche hing über ihrer Schulter.

»Hallo?«, sagte Kelly.

Monica ging weiter. Kelly musste regelrecht rennen, um sie einzuholen. »Wo wollen Sie hin? Mein Haus liegt dahinten in der anderen Richtung.«

Sie hatten gute fünfzig Meter hinter sich gebracht, als Monica schließlich das Wort an sie richtete. »Ich will von irgendwo klare Sicht aufs Stadtzentrum kriegen, ohne mit dem Auto den Standort wechseln zu müssen.« Abermals entnahm Monica ihrer Tasche das Fernglas, richtete sich gerade auf und blickte durch die Hochleistungslinsen prüfend in die Runde. Plötzlich hielt sie inne, fokussierte eine bestimmte Stelle und konnte ein Lächeln nicht unterdrücken. »Das ist ja wie Weihnachten, Kleines.«

»Ich bin Jüdin.«

Monica übergab Kelly das Fernglas. »Dann eben fröhliches Chanukka-Fest.«

23

Was den Umsatz anging, war das Washington Hotel and Restaurant in erster Linie von der Gastronomie und weniger von der Beherbergung abhängig. Zimmer standen in dem fast dreihundert Jahre alten Gebäude reichlich zur Verfügung, doch es stellte eher eine seltene Ausnahme dar, dass auch welche belegt waren.

Die Hauptattraktion des Etablissements war sein sowohl im Innen- als auch Außenbereich außergewöhnliches Ambiente, besonders im Freien, wo sich die Gäste an zahlreichen Tischen auf einer aufwendig gestalteten, von Kerzenlicht und ringsum platzierten Petroleumfackeln behaglich beleuchteten Backsteinterrasse niederlassen konnten.

Jeremy und Allison Fleming erwischten die letzten Plätze dort. Jeremy bestellte einen Martini, Allison einen Cosmopolitan. Als ihre Drinks kamen, stießen sie an, lächelten und freuten sich über ihr Glück, den letzten freien Tisch geschnappt zu haben.

Monica spähte, vom Dunkel der Nacht und der sie unmittelbar umgebenden Vegetation des Parks verborgen, durch das Zielfernrohr ihres spezial angefertigten Remington-Gewehres.

Das nächstgelegene Gebäude war ein Restaurant mit großzügiger Terrasse. Das breite Schild vor dem Eingang wies es als das Washington Hotel and Restaurant aus. In dem Laden herrschte rege Betriebsamkeit. Sie konnte keinen einzigen unbesetzten Tisch ausmachen.

Monica prüfte mögliche Zielobjekte. Für eine Meisterschützin wie sie gab es genug Auswahl, aber sie hatte heute Abend nicht vor, ihr Ego zu streicheln. Um den Haken ordentlich zu beködern, brauchte sie einen Köder von bester Qualität. Dieser Köder war ein junges Paar, so direkt und akkurat in ihrer Sicht- und Schusslinie, dass sie kurzzeitig versucht war, Kelly das Gewehr abfeuern zu lassen. Stattdessen überließ sie ihr die Wahl.

»Martini oder Cosmo?«, fragte sie.

Jeremy Fleming leerte sein Martini-Glas mit einem einzigen kräftigen Schluck. »Hmmm ... mir wäre nach einer Zugabe«, teilte er seiner Frau mit. »Wie steht's mit dir?«

Von Allisons Cosmopolitan fehlte erst die Hälfte. »Ich bin fürs Erste gut bedient.«

Jeremy grinste seine Frau an, während er die Kellnerin herbeiwinkte. »Sieht aus, als müsstest du dann fahren, Ali Baba.«

»*Fürs Erste* habe ich gesagt.«

Die Kellnerin trat an den Tisch.

»Zu spät! Könnte ich bitte noch einen bekommen? Mit Ketel-One-Wodka statt Gin?«

Die Kellnerin nickte und schaute dann Allison an. »Für Sie auch noch einen?«

Allison hielt den Blick auf ihren Gatten gerichtet, als sie antwortete. »Wie es aussieht, nicht, danke.«

Die Bedienung lächelte und ging davon.

Jeremy griff, immer noch grinsend, nach der Hand seiner Frau. »Du liebst mich«, sagte er.

»Das ist wahr, ich liebe dich.« Sie setzte ein ironisches Stirnrunzeln auf und schüttelte spielerisch eine Faust nach ihm. »Du solltest dich *glücklich* schätzen.«

Jeremy schloss die Augen und warf ihr eine überschwängliche Kusshand zu. Ein Zischen durchschnitt die Luft, dann ein dumpfer Schlag. Als Jeremy die Augen öffnete, hing seine Frau leblos in ihrem Stuhl. Ihr halber Kopf fehlte.

24

Monica genoss das Nachspiel wenige Sekunden lang durch ihren Sucher, bevor sie ihr Gewehr ablegte, nach dem Fernglas griff und es Kelly überreichte.

»Heilige Scheiße!«, stieß Kelly hervor, die Augen an die Linsen gedrückt. »Sie hat kein Gesicht mehr!«

»Kann schon mal vorkommen«, sagte Monica, rappelte sich auf und schob das Remington beiläufig in die lange schwarze Tasche. »Eigentlich bevorzuge ich saubere Aktionen mit geringstmöglicher Sauerei; Dad pflegte zu sagen, dass nur Amateure ein Gemetzel veranstalten. Manchmal ist es allerdings unvermeidlich. Schätze, einige Menschen haben weichere Birnen als andere.« Sie lachte.

Kelly hielt die Augen dicht ans Fernglas gepresst. Ihr Feixen fiel beinahe obszön aus, wie das eines Kindes, das den Nachbarn vor ihrem Schlafzimmerfenster beim Entkleiden zusieht. »Ich glaube, ihr Gehirn ist auf das Paar dahinter gespritzt!«, sagte sie fröhlich. »Die Leute drehen völlig durch!«

»Es wird Zeit, Kleines; gib es mir zurück«, sagte Monica.

Kelly glotzte weiter, unfähig, sich von dem Anblick loszureißen. »Hä? Wieso?«

»Hast du Mom und Dad vergessen?«

Kelly setzte den Feldstecher ab und sah Monica reumütig an. Sie hatte doch tatsächlich über den Vorbereitungen ihr eigentliches Ziel vergessen.

»Stimmt«, sagte sie und händigte Monica das Fernglas aus.

Monica nahm es, übergab Kelly die Militärtasche und machte sich auf den Rückweg zum Haus der Blaines.

Kelly folgte ihr und schaute bei jedem Schritt nach links und rechts. »Sollten wir uns ... äh ... nicht irgendwie verstecken oder so?«

Monica eilte weiter voran. »Da unten herrscht dank uns ein Höllentrubel, Süße«, sagte sie über ihre Schulter hinweg. »Die nächste Zeit werden wir so gut wie unsichtbar sein.«

»Aber was ist, wenn sie kapieren, was passiert ist? Werden sie unsere Spur nicht zurückverfolgen?«

Monica lachte. »Vielleicht, irgendwann. Aber nicht in allernächster Zukunft. Entgegen dem, was das Fernsehen uns dauernd einzureden versucht, kommt die Polizei nie, solange das Essen noch heiß ist, sondern immer erst dann, wenn es nur noch paar Reste vom Boden aufzuklauben gibt.«

Monica blieb genau an der Stelle stehen, von der aus sie zuvor das Haus der Blaines observiert hatten. Sie hob das Fernglas und fokussierte den grauen Ford. *»An alle Einsatzfahrzeuge ... an alle Einsatzfahrzeuge ...«,* sang sie leise. »Kommt schon, Jungs, ihr lasst euch den ganzen Spaß entgehen.«

Die Scheinwerfer des grauen Fords leuchteten auf. Der Wagen startete mit quietschenden Reifen vom Straßenrand und raste Richtung Washington Hotel and Restaurant.

Jetzt waren die Blaines auf sich allein gestellt.

Monica ließ das Fernglas sinken und blickte über die Schulter. »Bereit?«

Kelly Blaine nickte.

25

Conrad Blaine schenkte sich den dritten Scotch des Abends ein, als es an der Tür läutete.

»Joanna?«, rief er über die Schulter, während er sich das Glas aus der Kristallkaraffe mit ausgesuchtem, vierzig Jahre altem Laphroaig füllte.

Es klingelte erneut. *»Joanna?«*

Keine Reaktion. Conrad Blaine murmelte etwas vor sich hin und stellte die Karaffe auf der marmornen Theke der Hausbar ab. Er eilte zum Eingang, schaltete das Verandalicht ein und sah durch eines der breiten Fenster neben der Tür nach draußen.

Niemand zu sehen.

Conrad brummelte noch irgendwas und begab sich dann zurück zur Bar.

Die Klingel ertönte abermals.

Er wirbelte herum. »Was zur Hölle?« Er stampfte mit wütenden Schritten zur Tür, verzichtete diesmal auf einen Blick durch die Scheibe, riss die Tür auf und trat energisch hindurch. *»Hallo!«*, brüllte er. Das war keineswegs eine Frage, sondern die Aufforderung an den Störenfried, sich zu zeigen.

Immer noch niemand.

Conrad Blaine ließ seinen wütenden Blick in sämtliche Richtungen schweifen. »Ich möchte Sie, wer auch immer

Sie sind, darüber in Kenntnis setzen, dass dieses Haus von der Polizei bewacht wird und ...«

»Hi, Dad.« Kelly Blaine trat aus der Finsternis.

Conrad Blaines Augen weiteten sich. Sein Mund klappte auf, ohne dass jedoch Worte daraus hervordrangen.

»Willst du mich nicht hereinbitten?«, fragte Kelly.

Endlich fand Conrad Blaine die Sprache wieder. In seiner Stimme lag kein Hauch von Autorität mehr. Sie klang schwach und zaghaft. »Kelly ...«

»Du erinnerst dich noch!«

Conrad trat einen Schritt zurück. »Kelly – Liebling – hör zu ...«

Kelly lächelte. »Dad – Daddy – hör *du* zu ...« Sie trat einen Schritt vor.

Conrad wich einen weiteren Schritt zurück. »Kelly, die Polizei sucht nach dir. Sie wissen, was du in Stratton Grove getan hast. Vor dem Haus sind zwei Polizeibeamte ...«

»Die Kerle im grauen Ford?«

Conrad runzelte irritiert die Stirn. »Ich ... ja.«

Kelly wandte sich um und schaute die Straße hinab. Conrad tat es ihr nach. Kein grauer Ford in Sicht. Und auch sonst kein Auto. Kelly drehte sich wieder zu ihrem Vater um. »Wo sind sie nur hin, Daddy?«

Conrad machte einen weiteren Schritt rückwärts. Inzwischen befand er sich im Inneren des Hauses. »Kelly, was hast du getan?«

»Bislang nichts.«

Conrad wirbelte herum und versuchte wegzurennen. Er kam nicht weit. In seinem Haus stand eine Frau und richtete eine Pistole auf seinen Kopf.

»Hi, Mr. Blaine«, sagte die Frau. »Gehen Sie bitte von der Tür weg.« Die Frau winkte ihn mit der Waffe zur Seite. »Kelly?«

Kelly folgte ihm rasch und schloss die Tür hinter sich.

»Was zum Teufel geht hier vor?«, fragte Conrad. »Wer zur Hölle sind …?«

Die Frau zerschoss Conrad die Kniescheibe. Er sackte auf der Stelle zusammen. Der Schmerz war so entsetzlich, dass er sich auf die Dielenfliesen erbrach.

»Igitt«, sagte Kelly.

»Das machen sie manchmal«, sagte die Frau und schob die Pistole ins Holster.

Conrad krümmte sich auf den Fliesen und hielt mit schmerzverzerrtem Gesicht sein blutiges Knie umklammert.

»Verzeihen Sie, Mr. Blaine«, sagte die Frau. »Aber ich kann nicht zulassen, dass Sie den Helden spielen.« Die Frau sah zu Kelly. »Pack dir ein Bein und hilf mir. Mom erwartet uns im Wohnzimmer.«

26

Conrad und Joanna Blaine saßen im Wohnzimmer, an Küchenstühle gefesselt, einander zugewandt, Knie an Knie. Beide waren geknebelt.

Joanna Blaine weinte in ihren Knebel. Conrad Blaine, totenbleich und stark schwitzend, war dank des Lochs in seinem Knie zu nichts anderem als einem unablässigen, schmerzerfüllten Stöhnen in der Lage.

Monica zauberte eine Dose Feuerzeugbenzin aus ihrer Militärtasche. Kelly nahm sie freudig entgegen und begann, ihre Eltern damit zu begießen, wobei sie ihnen die Flüssigkeit wie ein Kind mit einer Wasserpistole in regelmäßigen Abständen kichernd ins Gesicht spritzte.

»Von mir aus kann's losgehen«, sagte Kelly schließlich.

Conrad und Joanna Blaines Augen traten hervor. Ihr verzweifeltes Schluchzen und die durch die Knebel erstickten Schreie waren ebenso unverständlich wie eindeutig: Sie bemühten sich, den letzten winzigen Rest Menschlichkeit in ihrer Tochter zu wecken – wenn dieser überhaupt noch vorhanden war. Flehten sie an, ihnen Gnade zu gewähren. Sie nicht bei lebendigem Leibe zu verbrennen.

Monica reichte Kelly eine Schachtel mit Streichhölzern. Kelly öffnete sie und riss unverzüglich eines davon an. Sie hielt die Flamme wenige Zentimeter vor das Gesicht ihres Vaters. Conrad Blaine wich zurück, soweit die Stuhllehne es ihm erlaubte, und sein Kopf schnellte im vergeblichen Versuch, der Flamme zu entkommen, von einer Seite zur anderen.

Kelly grinste, pustete das Streichholz aus und ließ es ihrem Vater in den Schoß fallen. Conrad schrie auf, als würde das Streichholz noch immer brennen. Kelly lachte. Monica ebenfalls.

Kelly entzündete ein weiteres Streichholz, das sie diesmal ihrer Mutter vors Gesicht hielt. Joanna Blaine schnaubte heftig. Das Streichholz erlosch. Kelly gab ein kindliches Maulen von sich. *»Moommmm …«*

Monica lachte aufs Neue. »Also, wer zuerst?«, fragte sie.

»Weiß noch nicht«, erwiderte Kelly. »Ich überlege gerade, was wohl schlimmer ist: als Erster zu brennen oder erst zusehen zu müssen und dann an die Reihe zu kommen?«

»Gute Frage. Ich persönlich würde es bevorzugen, den Anfang zu machen. Stell dir vor, da zu sitzen und aus nächster Nähe zu erleben, wie qualvoll es ist, bei lebendigem Leibe den Flammentod zu sterben. Verkohltes Fleisch, das wie bei einem Schwein am Bratspieß von den Knochen fällt. Vorquellende Augäpfel, die erst rauchen, dann schwarz werden und schlussendlich platzen. Und das Kreischen, mein Gott, das Kreischen. Oh ja – ich würde definitiv den Anfang machen wollen.«

Jedes einzelne von Monicas wohlerwogenen Worten schnitt den Blaines wie eine unsichtbare Klinge ins Fleisch. Sie zuckten und wanden und bäumten sich in ihren Fesseln auf. Sie brüllten und bettelten, brüllten und bettelten.

»Das sehe ich auch so«, sagte Kelly schließlich. »Es ist schlimmer, als Letzter dranzukommen.«

»Es sei denn …«, sagte Monica und sah sich im Wohnzimmer um, bis ihr Blick an etwas hängen blieb.

»Was?«

Monica ging in eine Ecke des Raumes, schnappte sich eine große Vase und verschwand dann in der Küche. Als sie wieder auftauchte, kostete sie der Transport der Vase sichtlich mehr Mühe. Man konnte Wasser schwappen hören. »Wer sagt denn, dass Feierabend sein muss, sobald das Streichholz brennt?«

Kelly schien verwirrt.

Monica hob die mit Wasser gefüllte Vase. »Du könntest Dad anrösten, dann löschen. Mom anrösten, dann löschen …« Monica fuhr im Singsang fort:

»Dad anrösten, dann löschen …
Mom anrösten, dann löschen …
Dad anrösten, dann löschen …«

Kelly grinste und fiel in den Gesang ein. Zweistimmig flöteten sie:

»Mom anrösten, dann löschen …
Dad anrösten, dann löschen …
Mom anrösten, dann löschen …«

Dad starb als Erster. Kelly hatte sich für ihn entschieden, weil er, wie sie genau wusste, gewollt hätte, dass seine Frau vor ihm verbrannte und ihr Leid somit schneller ein Ende fand. Wenn er denn die Wahl gehabt hätte.

Während also Dad lichterloh brannte und Mom zusah (die Haare abgefackelt, die Haut verschmort, die Lippen dünne schwarze Striche und die Zähne dadurch viel zu groß – ein rotschwarzer Totenschädel, welcher aus unerfindlichen Gründen noch immer am Leben war), rauchten und lachten Monica und Kelly (schallendes Gewieher bei beiden Frauen, als Kelly sich im vergeblichen Versuch, eine Zigarette an ihrem brennenden Vater anzuzünden, beinahe beide Augenbrauen versengt hätte). Dann beschloss Kelly, dass der Zeitpunkt gekommen war, ihrer Mutter das letzte, endgültige Streichholz zu gönnen und beiden Eltern in Ruhe beim Verbrennen zuzuschauen.

Nachdem das Feuer gelöscht war, standen Kelly und Monica vor den rußschwarzen Leichen von Conrad und Joanna Blaine und genossen eine weitere Zigarette. Die Zigarette danach.

»Vielen Dank«, wandte sich Kelly an Monica. »Das war toll.«

Monica nahm einen tiefen Lungenzug und lächelte still.

27

Als Domino die Nummer des Anrufers auf seinem Handy erblickte, ging er sofort ran.

»Russ«, sagte er.

»Hey, Dom. Sitzt du?«

»Ja«, sagte Domino, obwohl er stand.

»Du bist entlastet. Von jedem Verdacht befreit.«

»Hä?«

»Sie haben die Anschuldigungen fallen gelassen. Es ist vorbei. Du bist frei.«

»Wie ist das möglich?«

»Keine Ahnung. Ich weiß nur, dass ich soeben ihre Anwältin am Telefon hatte. Und die hat mir mitgeteilt, dass alle drei darauf verzichten, Anzeige zu erstatten. Anscheinend haben sie zugegeben, dass sie im Unrecht waren, und sich entschieden, die Sache nicht weiterzuverfolgen.« Domino hörte Russ kichern. »Ihre Anwältin klang, als könnte sie es selbst nicht glauben.«

Jetzt musste Domino sich in der Tat setzen. Er ließ sich auf die Hotelbettkante fallen und fing an, an seiner Augenbraue zu zupfen. Das ergab keinen Sinn. »Wie können sie – warum lassen sie das Ganze mir nichts, dir nichts fallen?«

»Willst du mich verarschen, Dom? Das hier ist wie ein Sechser im Lotto. Warum zerbrichst du dir den Kopf darüber, statt es einfach dankbar hinzunehmen?«

Domino schüttelte den Kopf. »Mache ich ja, aber ich … damit habe ich überhaupt nicht gerechnet.«

»Ich auch nicht. Doch es ist, wie es ist. Geh einen trinken. Entspann dich. Aber bitte vermeide es, dich volllaufen zu lassen und drei weitere Kerle ins Krankenhaus zu befördern.«

Domino stieß ein gekünsteltes Kichern aus. »Danke, Russ. Pass auf dich auf.«

»Du auch.«

Beide beendeten das Gespräch.

Domino rief Amy an.

»Tag, Batman«, sagte sie zur Begrüßung.

»Sie erstatten keine Anzeige«, sagte er unvermittelt.

»Wie bitte?«

»Ich habe gerade mit meinem Anwalt telefoniert. Die drei Typen haben sich entschieden, die Sache auf sich beruhen zu lassen. Sie hatten offenbar einen Gesinnungswandel und ihre Schuld eingesehen.«

»Tja, ist doch großartig, oder?«

»Ja …«

»Du klingst verwirrt.«

»Würde dich das nicht auch verwirren?«

»Ich schätze schon. Dennoch, einem geschenkten Gaul schaut man nicht ins Maul, stimmt's?«

»Den Spruch habe ich schon lange nicht mehr gehört.«

»Er war einer von Patricks liebsten. Du weißt ja, dass er Fantastilliarden davon parat hatte.«

»Allerdings.«

»Also, wollen wir das feiern? Magst du zum Abendessen rüberkommen? Die Kinder und ich bestellen Pizz… *Carrie, ich habe nein gesagt!*«

Domino lachte.

»Sorry«, sagte Amy.

»Macht mein Mädchen wieder Unfug?«

»Ist der Papst katholisch? Wie auch immer, wir bestellen Pizza. Wenn du willst, ordere ich für deine fünf Mägen jeweils eine zusätzlich.«

Domino lachte erneut. »Das klingt prima. Obwohl ich nicht der Meinung bin, dass es etwas zu feiern gibt. Ich habe Schwein gehabt. Belassen wir es dabei.«

»In Ordnung. Also sehen wir uns wann? In einer Stunde?«

»Ich komme.«

»Bis dann.«

Domino drückte das Gespräch weg und stieß mit geblähten Wangen einen langen Atemzug aus. Irgendetwas war hier faul.

28

Zuvor

Nachdem sie Kellys Eltern verbrannt hatten, waren Monica und Kelly in einem Hotel in Princeton, New Jersey, abgestiegen.

Als sie an diesem Morgen ihr vom Zimmerservice geliefertes Frühstück einnahmen – Kelly saß am Tisch und aß Eier mit Toast; Monica trank auf dem Bett Kaffee und suchte dabei auf ihrem Smartphone nach etwaigen Neuigkeiten über den tödlichen Schuss in Bucks County oder den gewaltsamen Tod von Conrad und Joanna Blaine –, sprang Monica etwas außerordentlich Bedeutsames ins Auge.

»Hal-*lo*«, sagte sie.

Kelly sah von ihren Eiern auf. »Was?«

Monica antwortete nicht; sie war zu sehr mit Lesen beschäftigt.

»Alles in Ordnung?«, fragte Kelly.

»Sieht so aus, als wäre mein Freund Domino letzte Woche ein sehr böser Junge gewesen.«

»Domino? Der Typ, den Sie …«

»Ja«, sagte Monica und tippte weiterhin auf ihrem Telefon herum. Dem Artikel auf der Website, auf den sie gerade gestoßen war, mangelte es an den gewünschten Einzelheiten. Sie rief einige andere Seiten auf, aber die Berichte unterschieden sich kaum voneinander: gleichermaßen vage, wenn es um die drei Opfer, und gleichermaßen reißerisch, wenn es um den lebensgefährlichen und extrem betrunkenen Soldaten und Sicherheitsexperten Domino Taylor ging. »Scheiße«, sagte sie.

»Was?«, fragte Kelly erneut.

Monica ignorierte sie. Ihr war klar, wen sie als Nächstes anzurufen hatte. Sie begann die Nummer zu wählen, doch als ihr Blick auf Kelly fiel, hielt sie inne. Monica wollte nicht, dass sie den Anruf und die damit einhergehenden Kennworte mitbekam.

»Entschuldige«, sagte Monica schließlich. »Nicht so wichtig. Kannst du mir bitte Zigaretten holen?« Sie kramte in ihrer Tasche und zog einen Zwanziger hervor. »Parliament Lights. Kauf dir, was immer du willst.« Sie ließ die Dollarnote aufs Bett segeln.

Kelly erhob sich und nahm den Geldschein, schien allerdings zu zögern. »Sollte ich wirklich draußen rumspazieren?«

»Mach dir keine Sorgen.« Sie hob ihr Handy. »Soweit ich sehen kann, hat man deine Eltern noch nicht gefunden. Zieh einfach den Kopf ein und kauf um die Ecke ein paar Kippen. Es wird schon nichts passieren. Wenn du wieder da bist, gehen wir deine äußere Runderneuerung an, okay?«

Kelly zuckte mit den Schultern. »Von mir aus.«

»Vertrau mir, du wirst toll aussehen.« Sie wies mit dem Kinn Richtung Tür. »Parliament Lights.«

Kelly nickte und verschwand.

Monica wählte. »Im Gefängnis kann ich dich nicht gebrauchen, Mr. Taylor – das würde meine große Überraschung kaputt machen.«

Eine weibliche Stimme meldete sich nach dem dritten Freizeichen. »Kennwort?«

»Neco. 8122765.«

»Sprachauthentifizierung läuft … identifiziert.«

»Es geht um drei Männer. Persönliche Daten und Aufenthaltsort.«

29

Die Informationen, die Monica zu einem früheren Zeitpunkt über Domino Taylor zusammengetragen hatte, hatten die meisten ihrer Vermutungen bestätigt. Die Aktivitäten seines Sicherheitsunternehmens waren seit letztem Jahr offiziell auf unbefristete Dauer eingestellt worden, und ebenso lange hatte er seine Wohnung in New York City untervermietet.

Für Monica deutete dies auf zweierlei hin: Erstens war Domino durch den Verlust von Patrick noch immer viel zu erschüttert, um wieder seiner Arbeit nachgehen zu können. Damit hatte sie gerechnet. Und zweitens verbrachte Domino den Großteil seiner Zeit wahrscheinlich damit, über Amy und ihre Kinder zu wachen, sicherlich aufgrund seiner enormen Schuldgefühle angesichts der Tatsache, dass die Kinder keinen Vater und Amy keinen Ehemann mehr hatte – wiederum etwas, das sich mit Monicas Erwartungen deckte. In körperlicher Hinsicht mochte sie Domino als Gegnerin nicht gewachsen sein, und möglicherweise war er ebenso schlau wie sie, doch sie hatte einen entscheidenden Vorteil auf ihrer Seite: eben jenen Schuldkomplex, der sich unter fachgerechter Behandlung in sein Hirn fressen und ihn in den Wahnsinn treiben konnte.

Doch das sollte erst den Schlussakt bilden. Davor wollte sie ihren Spaß haben. Dazu musste sie ihn nur in die Pines schaffen – und sie hatte einen verdammt guten Plan ausgeheckt, wie das zu bewerkstelligen war.

Monicas Instinkte sagten ihr, dass sie mit ihren früheren Mutmaßungen über Dominos möglichen Aufenthaltsort richtiggelegen hatte: Er war entweder im neuen Haus der Lamberts in Paoli, vielleicht auch in einem nahe gelegenen Hotel oder Motel, wo Domino sich aufhielt, wenn er die Nacht nicht bei Amy und den Kindern verbrachte. Auch eine Mietwohnung kam infrage. Sie bezweifelte, dass Domino und Amy zusammengezogen waren; Monicas Gefühl nach hätte Dominos strikter Ehrenkodex dergleichen niemals zugelassen.

Es würde knifflig werden, das fragliche Hotel, Motel oder Mietshaus ausfindig zu machen – um Amys neuen Wohnsitz existierten in einem Radius von dreißig Kilometern mindestens ein gutes Dutzend Hotels und Pensionen. Mietwohnungen und -häuser gab es wahrscheinlich Hunderte. Die einfachste und effektivste Vorgehensweise bestand darin, das neue Heim der Lamberts zu überwachen und zu hoffen, dass Domino sich erstens irgendwann dort zeigte und zweitens nicht dort übernachtete, damit sie ihm zu seinem Unterschlupf folgen konnte.

Sie würde Domino weder heute Abend noch in den nächsten Tagen gegenübertreten. Schließlich fehlte ihr noch das entscheidende Ass im Ärmel. Und hier kam Kelly ins Spiel,

Für den Augenblick genügte es, sämtliche mögliche Aufenthaltsorte ihres Zielobjektes ausfindig zu machen. Jeder halbwegs professionelle Agent hätte genauso gehandelt. Und Monica wusste, dass sie sich, auch wenn man sie für tot hielt, nicht einfach so vor dem Haus der Lamberts rumtreiben konnte; die Paranoia, für die Monica und ihre

Familie gesorgt hatte, wirkte wie ein zusätzliches Augenpaar.

Dementsprechend verbuchte Monica die Ortung von Dominos vorübergehendem Wohnsitz als so gut wie erledigt. Jetzt, da sie sich auf dem Weg zum neuen Haus der Lamberts befand, war es Zeit, um über die Zukunft nachzudenken. Über das Ass, das sie mit Kelly Blaines Hilfe bald in Händen halten würde.

»Bist du noch Jungfrau?«, wollte sie von Kelly wissen.

»Was?«

»Jungfrau. Bist du noch ...?«

»Ich weiß, was eine Jungfrau ist.«

»Und?«

»Warum wollen Sie das wissen?«

Monica steckte sich eine Zigarette an und kurbelte die Fensterscheibe runter. »Weil du jemanden ficken musst.«

»Ich muss *was*?«

»Du wirst Geschlechtsverkehr mit jemandem haben, Kelly.«

»Wieso zum Teufel sollte ich das tun?«

»Immer mit der Ruhe – ich habe den Jungen schon überprüft. Er ist niedlich.« Das war eine Lüge. Der Junge war zwar nicht hässlich, aber auch alles andere als eine Granate.

»Was?«

»Du klingst wie ein geisteskranker Papagei. *Was, was?*«

»Monica, erklären Sie mir bitte – Moment, geht es um den ›Jungen‹, den Sie neulich erwähnt haben?«

»Jawohl, gnä' Frau.«

»Hübschen Sie mich deshalb auf?«

»Nun, damit liegst du immerhin zur Hälfte richtig. Einerseits ist es wohl besser, wenn du nicht mehr so rumläufst wie in Stratton Grove, meinst du nicht auch?«

»Und andererseits?«

Monica zuckte mit den Schultern, als wäre all das völlig selbstverständlich. »Wir müssen deine natürliche Schönheit in Flittchen-Schönheit verwandeln. Die Bewunderer natürlicher Schönheit sind vom Aussterben bedroht. Der traurige Rest steht auf Flittchen. Wir wissen nicht, ob der Junge zu einer gefährdeten Art gehört, also gehen wir auf Nummer sicher. Die gute Nachricht ist, dass so ziemlich alle Männer der Schönheit eines Flittchens nur schwer widerstehen können.« Monica bot Kelly eine Zigarette an. Kelly ignorierte das Angebot und hielt die Augen fest auf Monicas Profil gerichtet.

»Was Sie da sagen, ergibt keinen Sinn«, meinte Kelly. »Sie reden schon wieder in Rätseln.«

»Beantworte erst meine Frage, dann erkläre ich es dir.«

»Ob ich eine Jungfrau bin?«

»Richtig.«

»Nein – bin ich nicht.«

Monica war kaum überrascht. Das hatte sie geahnt. »Du warst seit deinem elften Lebensjahr in Stratton Grove. Lass mich raten – in dieser renommierten Einrichtung gibt es ein paar männliche Angestellte, die sich der Unzucht mit einer Minderjährigen schuldig gemacht haben?«

Kelly schwieg. Monica lächelte.

»Das hat dir geholfen, dich dort über Wasser zu halten, stimmt's? Wann war dein erstes Mal?«

Kelly blieb stumm.

»Ich will dich nicht verurteilen, Kelly. Ich an deiner Stelle hätte dasselbe getan. Schau uns an. Für Menschen wie uns ist Sex ein Mittel zum Zweck. Ein *wertvolles, sehr nützliches* Mittel. Du solltest es allmählich aus dieser Perspektive betrachten. Männer sind lächerlich. Selbst die Schlauesten lassen sich von einer hübschen Muschi manipulieren. Von der bloßen *Verheißung* einer hübschen Muschi, gottverdammt.«

Jetzt griff Kelly doch nach der Zigarettenschachtel. Monica reichte ihr das Feuerzeug. Kelly zündete die Zigarette an. »Vierzehn«, sagte sie.

»Wie alt war er?«

»Keine Ahnung. In den Dreißigern.«

»Dreckiger Wichser. Hättest du mir das mal in Stratton Grove erzählt. Wir hätten ihn oben auf Mrs. Sands ablegen können.«

Kelly stieß ein kurzes Lachen aus.

»Warum hast du ihn rangelassen?«, fragte Monica.

»Er hat mir Sachen besorgt. Sachen, die wir nicht kaufen durften.«

»Du hattest also einen echten Sugar-Daddy?«

Neuerliches leises Gelächter.

»Die anderen Male?«, fragte Monica.

»Das gleiche Geschäft. Ich mache die Beine breit oder halte auf den Knien den Hintern hin, und dafür kriege ich, was ich will.«

Monica streifte Kelly mit einem flüchtigen Blick. »Jemals Spaß dabei gehabt?«

»Nein.«

»Nein?«

»Sex kapiere ich nicht. Klar, wenn man ein Baby machen will, aber einfach so zum Spaß ist es ... Fleisch, das in Fleisch gerammt wird. Wozu?«

Monica lächelte in sich hinein. Ja, sie und Kelly Blaine waren sich in der Tat ähnlicher, als sie zunächst angenommen hatte. »Also war es eine lästige Pflicht ... um zu bekommen, was du wolltest ...«

Jetzt war es an Kelly, mit den Schultern zu zucken, als sei das völlig selbstverständlich. »Ja.«

»Dann wirst du kein Problem damit haben, mir zu helfen.«

Kelly seufzte.

»Es ist nichts anderes als in Stratton Grove, Kelly.«

»Und was habe ich davon?«

»Müssen wir uns etwa ausdrücklich deine Situation vor Augen führen? Du hörst dich gerade wie irgendein durchschnittliches, verwöhntes amerikanisches Kind an, das meint, Ansprüche stellen zu können.«

Kelly zog ein letztes Mal an ihrer Zigarette und schnippte sie dann aus dem Fenster.

»Wir sind fast da«, sagte Monica. »Wir sprechen noch darüber. Aber wir hatten im Park doch unseren Spaß, oder?«

Kelly nickte kaum merklich.

»Wir hatten auf jeden Fall Spaß bei deinen Eltern, nicht wahr?«

Kelly nickte nachdrücklicher.

»Schon mal in den Hamptons gewesen?«

Kelly überlegte, bevor sie antwortete: »Wohnen da nicht nur reiche Leute?«

Monica lächelte. »Ja. Meine Familie hat dort ein Haus. Und weißt du, wer noch?«

Kelly zuckte mit den Schultern.

»Dein neuer Freund«, sagte Monica, noch immer lächelnd.

30

»Noch mal«, sagte Domino.

Amy schlug ihre Handkante ins Gesicht der Gummipuppe.

»Noch mal.«

Amy landete einen weiteren Handkantentreffer.

»Noch drei, in schneller Folge.«

Paff! Paff! Paff!

»Schneller. Härter.«

»Jetzt wird's obszön.«

Domino runzelte die Stirn. »Konzentration! Würdest du Witze machen, wenn das hier vor dir *Monica* wäre?«

Amy fixierte Domino. Er starrte wortlos zurück. Amy wandte sich wieder der Puppe zu und schlug sie mit aller Kraft. Und wieder. Und danach noch mal. Sie prügelte das frei stehende Trainingsgerät mit stetigen Schlägen – Handkanten, Ellenbogen, Fäuste – quer durch den Raum vor sich her, bis es gegen die Wand knallte. Dann begann sie, unter wildem Kreischen in die Gummioberfläche zu kratzen und zu beißen.

Domino wollte einschreiten, woraufhin sie sich umdrehte und ihre Handkante in sein Gesicht hämmerte. Er stolperte rückwärts, dann drehte er sich um und beugte sich vor. Unverzüglich sprang Amy ihm zur Seite.

»Oh mein Gott, Domino, es tut mir so leid. Alles in Ordnung?«, fragte sie besorgt

Domino, immer noch vorgebeugt, kicherte. »Verdammt – du kannst ganz schön hart zuschlagen.«

Amy schubste ihn. »Tja, du hast es nicht besser verdient. Warum sagst du so etwas?«

Domino richtete sich gerade auf. »Hat dir ordentlich Feuer unter dem Hintern gemacht, oder?«

Amy schien verärgert. »Ich trainiere nicht für die Ultimate Fighting Championship, Domino. Ich bin eine Vorstadtmutter, um Himmels willen.«

»Eine Vorstadtmutter mit *Dampframme.*«

»Mach das nie wieder.«

»Hin und wieder muss man einen Nerv treffen, um einen dazu zu bewegen, beim Training alles aus sich rauszuholen.«

Amy entfernte sich langsam. »Das Miststück ist tot. Ich kann darauf verzichten, dass du an meine schlimmsten Albträume rührst. Kein Bedarf.«

»Amy, warte.«

Sie hielt inne und wandte sich schwer atmend und mit nach wie vor gereizter Miene um.

»Sei nicht böse. Ich wollte nur, dass du dein Bestes gibst.«

»Das weiß ich. Aber manche Dinge sind tabu. Das gerade eben zum Beispiel.«

Domino nickte. »Verstanden.«

Amy ging nach oben.

31

Sie hatten Amys neues Zuhause die letzte Nacht hindurch unbemerkt observiert. In garantiert mehr als ausreichender Entfernung, um weder Amys noch Dominos Argwohn zu erregen, falls dieser seinen erwarteten Besuch abstattete.

Monica hatte sie durch ihr Fujinon beobachtet und den überwiegenden Teil der tonlosen Vorführung mitbekommen, in die nur hin und wieder etwas Leben gekommen war, wenn sich einer von den vieren – Amy, Domino, Carrie und Caleb – kurz in ein anderes Zimmer zu schleichen gewagt hatte.

Sie hatten Pizza gegessen und ferngesehen. Manchmal auch gelacht. Sie wirkten glücklich.

Das war nicht richtig.

Eigentlich hatte Monica Amy und ihre Brut bereits abgehakt gehabt – in der Annahme, dass ein Leben ohne Patrick für sie schlimmer als der Tod war. Das glaubte sie *noch immer.*

Aber sie lächeln zu sehen flutete ihre Adern mit purem Hass und stellte ihre Entschlossenheit auf die Probe. Sie musste sich ständig daran erinnern, dass es um Domino ging. Um niemand anderen als Domino. Darum, den Tod ihres Vaters zu rächen.

Doch der Anblick ihres Lächelns.

Was hast du erwartet?, fragte sie sich umgehend. *Sie weinen zu sehen? Aneinandergeschmiegt um einen zu Ehren des dahingeschiedenen Patrick errichteten Altar? Bittere Tränen vergießend? Ununterbrochen heulend, Tag und Nacht?*

Nein. Aber sie lächeln zu sehen auch nicht. Fröhlich. Oder auch nur unbeschwert.

Du weißt nicht, ob sie fröhlich sind. Außerdem ist Domino alles, was zählt. Und du weißt, dass er nicht glücklich ist. Besäufnisse. Schlägereien. Unbefristeter Urlaub. Er stinkt förmlich nach Schuldgefühlen.

Warum also lächelt er ebenfalls? Warum lacht er jedes Mal, wenn Carrie und Caleb den Mund aufmachen?

Er ist glücklich, wenn er mit ihnen zusammen ist.

Das bedeutet, dass du sie ihm nehmen musst. Du bist zwar quitt mit Amy, aber was soll's? Du kannst die Regeln ändern, wann immer es dir verdammt noch mal gefällt. Nimm sie ihm weg. Sorge dafür, dass er ein weiteres Mal versagt. Foltere ihn danach. *Töte ihn* danach.

Doch das würde auch bedeuten, vom Plan abzuweichen. Du würdest dein Druckmittel einbüßen. Dein Ass. So würdest du ihn niemals alleine zu fassen bekommen und in die Pines verfrachten können. Er würde sich dir *an die Fersen heften.*

Du würdest die Kontrolle verlieren.

Es geht immer und ausschließlich um Kontrolle, und nur darum.

Halte dich an den Plan. Benutze Kelly, um an das Ass zu kommen. Und mit dieser Trumpfkarte kannst du ihn in die Pines locken und psychisch und physisch zerstören.

Halte dich an den Plan, und gib die Kontrolle nicht aus der Hand. Beobachte und folge Domino dann dorthin, wo er herkommt.

Bevor Monica das Fujinon Kelly gab, damit auch sie einen Blick hindurchwerfen konnte, dachte sie: *Aber sie lächeln. Die Schweine lächeln.*

Die Kinder waren im Bett. Domino hatte sich noch nicht verabschiedet. Monica war langsam genervt, Kelly gelangweilt.

Kelly äußerte die Vermutung, dass Domino, statt zu seiner einstweiligen Unterkunft aufzubrechen, die Nacht bei Amy verbringen würde. Monica schenkte dem Kommentar keinerlei Beachtung. Dass sie damit andeutete, Monica hätte eine solche Möglichkeit übersehen, verstärkte ihren Ärger nur noch. Sie zog in Erwägung, Kelly eine runterzuhauen, entschied sich aber dagegen; für einen derart niederen Trieb wie Frustration wollte sie die erreichten Fortschritte nicht riskieren.

Kontrolle heißt das Zauberwort.

Monica setzte die Observation des Hauses fort.

Sah, wie Amy eine DVD in den Player schob.

Sah, wie sie und Domino sich im Sofa zurücklehnten und nur noch ihre Hinterköpfe zu erkennen waren.

Sah, wie der große Fernseher zum Leben erwachte. Das Bild darauf war zunächst wacklig, bevor es zur Ruhe kam. Ein Amateurfilm.

Eine saftige grüne Wiese. Ein Park. Die Kinder sahen ein paar Jahre jünger aus. Amy half Carrie, einen Drachen steigen zu lassen. Caleb nahm Anlauf, um einen Fußball anzustoßen, trat allerdings daneben und stolperte über seine eigenen Beine. Die Kamera geriet ins Beben, wahrscheinlich durch das Lachen desjenigen, der sie bediente. Die Kamera fuhr nach oben, bevor sie irgendwo befestigt wurde. Ein Stativ.

Und da kam er. Ja, er war derjenige, der gelacht hatte – er trabte auf seinen Sohn zu, die Spuren des Gelächters noch im grinsenden Gesicht. Er hob seinen Sohn hoch über den Kopf, sodass Caleb auf den Schultern seines Vaters Platz nehmen konnte. Patrick schoss den Fußball durch die Gegend und riss von Zeit zu Zeit den Arm hoch, um seinen Sohn abzuklatschen. Calebs Wonne schien grenzenlos.

Was Monica zum Lächeln brachte.

Sie schaute weiter zu.

Amy und Carrie hatten die Sache mit dem Drachen aufgegeben. Jetzt spielten alle zusammen Fußball. Caleb saß nach wie vor auf Patricks Schultern.

Sie sahen so unglaublich glücklich aus.

Was wiederum Monica beglückte. Sie lächelte und war selig. Weil all das nicht mehr war. Nichts davon. Nie wieder. Jemals. Wegen ihr.

Als sie dachte, besser könne es nicht mehr werden, stand Domino plötzlich auf. Sein massiger Körper verdeckte den größten Teil des Fernsehbildschirmes, und Trauer zeichnete sich auf seinem Gesicht ab. Er sagte etwas zu Amy und ging dann Richtung Vordertür, während hinter ihm die Lamberts noch immer im Park Fußball spielten.

Monica beobachtete, wie Amy ihm mit sorgenvoller Miene folgte. Sie sagte etwas zu Domino, dessen Antwort in einem Kopfschütteln bestand, bevor er sie zum Abschied in die Arme nahm.

Das war zu viel für dich, nicht wahr?, dachte Monica. *Amy konnte es anschauen, aber du hast es nicht ertragen, oder? Armer großer Domino. Wie bedauerlich, dass du deine Schuldgefühle nicht durch Bankdrücken vertreiben kannst.*

Monica wollte dieses Video unbedingt in die Finger kriegen. Wunderbare Möglichkeiten würden sich ihr damit eröffnen. Es wäre um so vieles besser als das, was sie ursprünglich für den letzten Akt ihres Meisterwerkes vorgesehen hatte.

So *unfassbar* viel besser.

Sie musste dieses Video haben. Was für ein Glücksfall, ausgerechnet an diesem Abend hier zu sein, an dem Amy es Domino vorspielte. Normalerweise glaubte Monica nicht an glückliche Fügungen, aber heute Nacht …

»Wie ein Geschenk meines Vaters«, flüsterte sie unter dem Fujinon vor ihren Augen hervor.

»Hä?«

»Nichts.« Monica ließ das Fernglas sinken und gestikulierte Richtung Wagen. »Komm, wir müssen ihm zu seinem verdammten Unterschlupf folgen.« *Und dann kehren wir hierher zurück, damit ich mir einen Videofilm leihen kann,* dachte sie mit deutlich mehr als einem Anflug von Vergnügen.

32

East Hampton, New York

Kathy Lennox beugte sich über die Sofalehne und gab ihrem Sohn einen Kuss auf den Hinterkopf. »Schaust du zur Abwechslung mal in die Glotze?«

Ben Jane würdigte die geistreiche Bemerkung seiner Mutter mit einem hinreichend freundlichen Kichern, hielt die Augen jedoch starr auf den imposanten Flachbildschirm gerichtet.

»Willst du eine Spritztour in die Stadt unternehmen?«

»Damit acht Milliarden Menschen um uns herumwuseln? Danke, aber ich pflege lieber meine Anonymität«, sagte Ben, ohne den Blick vom Fernseher abzuwenden.

Sie schnippte mit dem Finger gegen seinen Kopf. »So schlimm ist es nicht. Die Leute halten gebührenden Abstand. Ich habe dort schon eine Menge Promis gesehen, die niemand belästigt hat.«

Ben winkte lässig ab. »Ich verzichte.«

Kathy seufzte. »So also sieht dein Plan aus? Den ganzen Sommer lang fernsehen?«

Ben wies stumm auf eine turmhoch aufragende Schrankvorrichtung, die sämtliche unter Gottes Himmel geschaffenen Videospielkonsolen beherbergte.

Erneut verpasste Kathy ihrem Sohn eine leichte Kopfnuss. »Klugscheißer.«

Abermals ließ Ben sich zu einem höflichen Kichern herab. Er liebte seine Mutter. Er wusste, dass sie es nur gut mit ihm meinte. Aber Ben mochte die Hamptons nicht. Alle seine Freunde waren in Massachusetts, in der Schule. Er hatte sich früher durchaus auf die Strände von West Hampton gewagt, fand die jungen Leute in seinem Alter jedoch extrem widerwärtig … und geradezu lächerlich attraktiv.

Ben war, wie ihm wohl bewusst war, kein Quasimodo, aber auch kein Brad Pitt. Und er lehnte es strikt ab, sich als Sohn der zwanzig Millionen pro Film schweren Schauspielerin Kathy Lennox vorzustellen. Selbst wenn er das verdammt noch mal täte, würde er wahrscheinlich nichts als gerümpfte Nasen ernten – oder irgendeinem Burschen begegnen, der sich als De Niros Sohn entpuppte.

Seine Freunde drüben in St. Anthony's wussten, wer er war, aber es kümmerte sie nicht. Was sie anging, war er einfach der gute alte Ben. Hin und wieder stichelte ihn einer seiner Kumpel, indem er sagte, seine Mom sei scharf, aber derlei mündete jedes Mal in gemeinsames Gelächter. Zum einen, weil er wusste, dass es nur Spaß war, zum anderen, weil Kathy Lennox nicht viel Ähnlichkeit mit seiner Mutter hatte. Seine Mom hieß Kathy Jane. Kathy Lennox war ein Künstlername, den man in den Zeitungen lesen konnte, auf der Leinwand, unter einem Foto in einem Hochglanzmagazin. Kathy Jane war eine reale Person, die nur schwache Ähnlichkeit mit dem überlebensgroßen Zelluloid-Charakter aufwies, den der Rest der Welt kannte. Wenn sie nicht gerade arbeitete, was selten vorkam, war sie eine Mom. Seine Mom. Und eine ziemlich gute noch dazu.

Das ließ ihn allerdings seine Freunde aus St. Anthony's nicht weniger vermissen. Er sehnte sich nach einem Ort hier in den Hamptons, an dem er sich frei von jedweder Voreingenommenheit bewegen konnte; nach jungen Leuten, die sich unvoreingenommen mit ihm unterhielten; und nach – er traute sich kaum, davon zu träumen – einem unvoreingenommenen Mädchen, das sein jungfräuliches Herz schneller schlagen ließ.

»Du bist einen ganzen Monat lang hier, Benny. Wenn du nicht die ganze Zeit mit deiner Mutter verbringen willst, habe ich vollstes Verständnis dafür. Aber geh wenigstens mal aus dem Haus. Warum rufst du nicht Devon an? Er würde sich bestimmt gerne mit dir treffen.«

»Ich mag die Leute, mit denen er abhängt, nicht besonders.«

»Devon ist ein guter Junge. Du hast gesagt, dass du ihn leiden kannst.«

»Ja, ja. Devon ist in Ordnung. Nur die anderen nerven. Die sind so unendlich selbstverliebt.«

»Nun, mit denen musst du dich ja nicht abgeben. Du und Devon, ihr könnt doch was zusammen unternehmen. Nur ihr beiden.«

»Der Typ ist wahnsinnig beliebt. Man braucht eine Reservierung.«

Kathy trat um das Sofa herum und stellte sich vor den Fernseher.

»Du stehst im Bild, Mom.«

»Das ist mein Ernst, Benny. Ich erlaube nicht, dass du pausenlos vor dem Fernseher sitzt.« Kathy angelte etwas aus ihrer Jeanstasche. »Hier.« Sie warf ihm einen Schlüsselbund zu. »Nimm mein Auto. Ruf Devon an. Fahr in die Stadt. Geh zum Strand. Nimm Drogen. Mir egal.«

Die Schlüssel lagen in Bens Schoß. Er schaute auf sie hinab und seufzte. »Na schön. Ich rufe Devon an. Ich werde in die Stadt fahren. Ich werde zum Strand gehen. Und ich werde Drogen nehmen.«

Kathy lächelte und zwinkerte ihrem Sohn zu. »Braver Junge.«

33

»Bennyboy!«, rief Devon im selben Augenblick, in dem Ben dem schwarzen Escalade seiner Mutter entstieg.

Devon Haye war siebzehn und verbrachte wie Ben seine Sommerferien bei seiner Mutter in East Hampton.

Damit endeten die Gemeinsamkeiten auch schon.

Devon hatte dunkelblondes Haar und hellblaue Augen. Er war groß, schlank und obendrein auch noch Brite, was bedeutete, dass er mit Akzent sprach. Das volle Programm. Ben hatte sogar mitbekommen, wie eine der Freundinnen seiner Mutter Devon letzten Sommer auf einer privaten Party schöne Augen gemacht hatte. Aus irgendeinem Grund war sie das Risiko eines Skandals und einer Haftstrafe eingegangen.

Doch anders als andere Frauenschwärme seines Alters war sich Devon seiner immens einnehmenden Aura entweder nicht bewusst, oder er scherte sich nicht darum. Ein weiterer bewundernswerter Wesenszug, der ihn in Bens Augen nur noch sympathischer machte.

Ben und Devon begrüßten sich mit einer kurzen brüderlichen Umarmung.

Devon musterte Ben von oben bis unten. »Du siehst gut aus, Partner. Größer.«

Ben war ein Spätentwickler gewesen und hatte erst mit fünfzehn zu pubertieren begonnen. Jetzt, mit siebzehn, standen seine Einsneunundsiebzig vor Devons Einsdreiundachtzig. Und da war noch Luft nach oben – den Fotos nach war sein Vater ziemlich groß.

»Das hoffe ich«, erwiderte Ben. »Ich hätte nichts dagegen, eines Tages so groß zu sein wie du.«

Devon winkte ab. »Pah. Wenn wir zusammen durch ein Spinnennetz laufen, bin ich der Erste, den das Mistvieh erwischt.«

Ben lachte.

»Also, was steht heute auf der Tagesordnung, Bennyboy?«

Ben hob die Schultern. »Na ja, das ist eher dein Fachbereich. Du kennst hier schließlich so gut wie jeden.«

Devon ging nicht auf das Kompliment ein. »Tja, wir könnten zu Fuß das Dorf erkunden. Ich weiß, wo sich ein paar von den Jungs rumtreiben.«

Obwohl Ben sich alle Mühe gab, konnte er seinen Widerwillen nicht verbergen.

Was Devon nicht entging. »Alles gut, Bennyboy. Du weißt, dass mich mindestens die Hälfte der Volltrottel hier auch nicht gerade in Begeisterung versetzt. Mit diesen Jungs habe ich mich aber schon mal getroffen; sie sind in Ordnung.« Er verpasste Bens Arm einen spielerischen Boxhieb, während er mit den Augenbrauen wackelte. »Außerdem finden sich ein paar scharfe Brummer in ihrer Gesellschaft.«

»Toll. Ich sehe sie schon um dich herumschwirren.«

Devon schnaubte. »Emma würde mich erwürgen.«

»Du bist immer noch mit ihr zusammen?«

»Seit drei Jahren, und ein Ende ist nicht abzusehen. Ruft mich *jeden Tag* aus London an. Ich hänge zu sehr an meinen Hoden, als dass ich sie noch vor Erreichen meines achtzehnten Geburtstages verlieren will.«

Ben lachte erneut.

»Was meinst du, Bennyboy? Sollen wir uns auf den Weg begeben?«

Ben lächelte. Allmählich gefiel ihm die Idee. »Okay. Bin dabei.«

Devon grinste breit und versuchte sich an amerikanischem Akzent, was nach einem minderbemittelten Südstaatler klang, der kürzlich ein veraltetes Buch über Jugendsprache gelesen hatte: »Bisse dabei, Kumpel? Findste krass und cool, Alter?«

Ben wiederum schlug einen britischen Akzent an, der ebenso scheußlich ausfiel wie Devons bemüht amerikanischer. »Verpiss dich, du blöder Wichser, du.«

Beide lachten, und als sie sich auf den Weg in die Stadt machten, war Ben seiner Mutter dankbar dafür, dass sie ihn heute dazu gebracht hatte, seinen Hintern vom Sofa hochzukriegen.

34

Ben konnte die Augen nicht von ihr lassen. Offensichtlich ging es allen anderen genauso. Die Jungs standen förmlich Schlange und machten sich unentwegt an sie heran, nur um genauso unentwegt abgewiesen zu werden – wenn auch sehr höflich; sie wirkte keineswegs biestig.

Die Mädchen waren von dieser neuen Bedrohung weitaus weniger begeistert. Sie drängten sich zusammen, flüsterten miteinander und warfen gelegentlich böse, taxierende und neidische Blicke über die Schulter.

Die fragliche junge Dame schien das nicht zu kümmern. Sie saß mit einer Zigarette in der einen und einer Flasche Cola light in der anderen Hand alleine auf der Bank und wirkte gleichzeitig gelangweilt und entspannt.

Ben bestaunte diese Erscheinung. Er war von ihrer Schönheit verzaubert, aber das, was ihn vollends in den Bann schlug, war ihr Selbstbewusstsein. Sie verkörperte all das, was er nicht war oder hatte. Was bedauerlicherweise bedeutete, dass sie weit außerhalb seiner Reichweite lag. Daher wandte er den Blick ab.

»Leck mich doch«, flüsterte Devon Ben zu und deutete unauffällig in Richtung des neuen Mädchens.

»Wer ist das?«, fragte Ben.

»Keine Ahnung. Irgendwer hat gesagt, dass sie mit ihrer Tante hier ist.«

Beide schauten erneut verstohlen zu ihr hinüber. Sie fuhr sich mit einer Hand durch die langen blonden Haare und legte den Kopf dann in den Nacken, das Gesicht himmelwärts, die Augen geschlossen, die Sonne genießend. Beide Arme ruhten auf der Banklehne, der Rücken war durchgedrückt, und sie stellte ein keckes Paar Brüste in einem Oberteil zur Schau, das zu diesem Zweck nicht vorteilhafter hätte sein können. Den K.-o.-Treffer landete sie, als sie die Beine übereinanderschlug, wodurch der Rock hochrutschte und Ben und Devon und wem auch immer einen flüchtigen, aber großzügigen Blick auf ihre Schenkel gewährte. Dann ließ sie auch noch achtlos eine ihrer Sandalen zu Boden fallen und enthüllte einen unwiderstehlich grazilen Fuß.

Man konnte praktisch jeden Kerl stöhnen und jedes Mädchen fauchen hören.

»Leck mich doch«, sagte Devon abermals.

»Sie ist heiß«, sagte Ben.

»Heiß? Ein Quasar ist heiß, mein Freund.«

Ben sah ihn an.

Devon zuckte mit den Achseln. »Ich hatte im letzten Halbjahr Astronomie.«

Ein Junge gesellte sich zu Ben und Devon. »Hätte einer von euch zwei Pennern eventuell die Güte, mich zu kneifen?«

»Bist scharf auf sie, was, Mike?«, sagte Devon.

»Ich weiß nicht, was du mit scharf meinst, aber solltest du damit andeuten, dass es mir lieber wäre, wenn sie statt auf dieser Bank auf meinem Gesicht säße, dann ja, ich bin scharf auf sie.«

»Dann geh hin, und sprich sie an.«

»Hab's schon versucht.«

»Was hat sie gesagt?«, wollte Ben wissen.

Mike zuckte die Schultern. »Eigentlich nichts. Ich hab eine Kippe von ihr geschnorrt und sie dann gefragt, wo sie herkommt und so.«

»Und?«, hakte Devon nach.

»Sie heißt Erin. Hat gesagt, sie wäre aus Kalifornien und hier bei ihrer Tante zu Besuch. Sie war nett und alles, aber das war's dann auch, versteht ihr? Einfach nur nett.«

Die drei Jungen sahen zu ihr hinüber. Erin rauchte ihre Zigarette auf und ließ den Stummel im Hals ihrer Cola-Flasche verschwinden. Mit der Flasche ging sie zum nächstgelegenen Mülleimer, wobei sie allen Anwesenden eine gute Aussicht auf ihre Hinterpartie bot, die Bens Ansicht zufolge der Vorderseite in nichts nachstand. Er fragte sich, ob ihr Hüftschwung Absicht war. Er sah auf jeden Fall so aus, als wollte sie ihren tollen Hintern bewusst in Szene setzen. Angesichts ihrer souveränen Art bezweifelte Ben jedoch, dass sie absichtlich mit derart plumpen Mitteln um Aufmerksamkeit buhlte.

Aber was zur Hölle wusste er schon? Nur, dass sie einen auf unnahbar machte. War das Selbstbewusstsein lediglich vorgespielt? Durch diesen Gedanken fühlte Ben sich ein klein wenig besser, denn nach Aufmerksamkeit süchtige Frauen waren nicht sein Typ. Das machte die Tatsache, dass er weit unterhalb ihrer Liga spielte, leichter verdaulich.

»Ernsthaft«, sagte Mike, der unverhohlen auf ihren Arsch glotzte, »kann mich *bitte* einer von euch kneifen?«

Devon lachte. »Ich weiß genau, was Mike heute Nacht tun wird.«

Mike nickte schamlos. »Bis er blutet, Alter.«

»Du solltest dein Glück bei ihr versuchen, Bennyboy.«

Ben kicherte humorlos. »Ich würde sagen, die ist ein paar Nummern zu groß für mich.«

»Warum?«, meinte Devon. »Manche Mädchen stehen auf schüchterne Typen. Das ist eine Herausforderung für sie.«

Ben schüttelte den Kopf. »Nee.«

»Los«, sagte Devon. »Wenn alle Stricke reißen, kannst du ihr erzählen, dass deine Mom Kathy …«

Ben versetzte Devon einen Hieb gegen die Brust.

Mike runzelte die Stirn und sah Ben an. »Deine Mom ist wer?«

»Niemand«, sagte Ben.

Devon schaltete sich ein: »Sie ist niemand, mein Freund. Ich meine, sie ist natürlich jemand … aber niemand Wichtiges. Nun, also … sie ist schon wichtig, aber sie ist bloß …«

»Schon verstanden«, sagte Mike.

Devon schaute Ben von der Seite an und hob entschuldigend seine Augenbrauen. Ben gab ein Lächeln zurück; er wusste, dass Devon es nicht böse gemeint hatte.

»Warum sprichst *du* sie nicht an, Devon?«, fragte Mike. »Du hast all diese tuntigen Eigenschaften, auf die die Ladys abfahren. Bring deinen weibischen Akzent zum Einsatz, und ich wette, dass du sie noch heute Abend durchknattern darfst.«

Devon lächelte. »Was für ein stilvoller amerikanischer Gentleman.«

Ben lachte.

Mike legte die Stirn in Falten. »Kapiere ich nicht.«

Devon legte ihm eine Hand auf die Schulter. »Das ist mir klar, junger Freund.«

Mike schüttelte Devons Hand ab. »Wie auch immer. Ich mach mich vom Acker.«

»Du solltest sie *wirklich* ansprechen, Bennyboy. Was hast du zu verlieren?«, sagte Devon, nachdem Mike außer Sicht war.

»Den kümmerlichen Rest meines Selbstvertrauens?«

Devon schüttelte den Kopf. »Du bist viel zu streng mit dir, mein Freund. Ich wünschte, mit dir die Augäpfel tauschen zu können, damit du siehst, was ich sehe.«

Bens Neugier war geweckt. »Und was ist das?«

»Einen verdammt netten Kerl.«

»Ja, um so einen reißen sich die Frauen ja geradezu. Vielen Dank.«

»Diejenigen, die es wert sind? Die man zu Hause seiner Mama vorstellt? Absolut korrekt. Wer will schon ein Mädchen, das sich nur für oberflächlichen Schwachsinn interessiert? Wir wären reiche Männer, wenn wir einen Dollar für jede Lady bekämen, die sich von hübschen Jungs mit nichts dahinter verarschen haben lassen.«

»Zu unserem Pech ist das eine Lektion, die sie erst viel später im Leben lernen. Im Augenblick dreht sich doch alles um Äußerlichkeiten. Abgesehen davon *sind* wir ja reiche Männer. Nun … zumindest unsere Eltern sind reich.«

»Negative Denke, Bennyboy. Nichts als negative Denke.«

»Sagt ausgerechnet der Kerl mit den tuntigen Eigenschaften und dem weibischen Akzent, auf den alle Mädchen abfahren.«

Devon stieß ein bellendes Lachen hervor und legte den Arm um Ben. »Was soll ich nur mit dir anstellen, mein Lieber?«

»Kauf mir was zu essen.«

»Lässt sich einrichten.«

Als sie aufbrachen, warf Ben einen letzten Blick über die Schulter auf Erin. Als sie lächelte und ihn zu sich winkte, drehte er sich in der Gewissheit um, dass die Geste an jemand anderen hinter ihm gerichtet gewesen war.

Als er sich ihr wieder zuwandte, war ihr Lächeln breiter, begleitet von einem Nicken und einem mit den Lippen geformten *Ja, du.*

Devon hatte alles beobachtet. Er schubste Ben sanft nach vorne und begann zu singen. *»Oh Bennyboyyy …«*

35

Monica befand sich im riesigen Wohnzimmer ihres Elternhauses in East Hampton. Ihre Eltern waren unterwegs, auf Europareise oder in Südamerika oder wohin zum Geier sie alle paar Wochen zu düsen pflegten. Es spielte so oder so keine Rolle. Solange Monica ihren Wohnsitz in East Hampton in Anspruch nehmen musste, würden sie durch Abwesenheit glänzen, und das war das einzig Wichtige.

Monica hatte sich auf einem der vielen prachtvollen Sofas ausgestreckt und wählte nun eine Nummer auf ihrem Handy.

Eine tiefe Männerstimme meldete sich auf Russisch. »Privet.«

»Eto Monica.«

»Da?«

»Nu, kak dela?«

»Khorosho, khorosho.«

Monica setzte das Gespräch in flüssigem Russisch fort. Der Mann am anderen Ende der Leitung versicherte ihr fortwährend, dass draußen in den Pines alles nach Plan lief. Monica erinnerte ihn daran, was ihn bei ihrer Rückkehr erwartete, wenn es auch so blieb. Der Mann stöhnte ins Telefon und röchelte ein kehliges *»Da«*.

Monica schüttelte sich vor Ekel. Sie würde den Wichser abknallen, statt ihm ein weiteres Mal die Gurke zu lutschen. Nichtsdestotrotz lobte sie ihn für die getane Arbeit und versprach ihm, bald zurück zu sein und ihm sowie seinen beiden Kollegen ihre Belohnungen zukommen zu lassen.

Der Mann stieß ein neuerliches gieriges »Da« aus, ohne auf das Geld einzugehen, das ihm Monica ebenfalls versprochen hatte – Sex war offenkundig das bei Weitem Wichtigere. Monica wunderte sich immer wieder aufs Neue darüber, wie das männliche Geschlecht mit einer derartigen angeborenen Schwäche zu seiner Vormachtstellung hatte kommen können. Es war wahrhaft erbärmlich.

Falls Kelly ihre Aufgabe zufriedenstellend erledigte, wäre Monica heute Nacht alleine. Vielleicht sollte sie irgendeinen beliebigen Kerl aufgabeln, mit nach Hause nehmen und ihm den Schwanz abschneiden.

36

Ben näherte sich ihr wie ein beim Klauen erwischtes Kind. Gesenkter Kopf, lasche Haltung. Trotz des Lächelns und der auffordernden Geste des Mädchens schien ihm sein Selbstvertrauen zum Hals hinausschwappen zu wollen. Himmel, wenn er jetzt kotzte ...

»Hi«, sagte sie.

»Hi.« *Nur ein Wort, keine Kotze. Gottseidank, gottseidank ...*

»Wie heißt du?«

»Ben.« Er hatte ihren Namen – Erin – bereits von Mike gehört, fragte aber dennoch danach. »Und du?«

»Erin.« Sie glitt ein paar Zentimeter zur Seite. »Willst du dich setzen?«

»Gerne.«

Ben blieb stehen.

Erin lächelte. »Heute noch?«

Oh Scheiße! »Klar doch.« Ben nahm am äußersten Ende der Bank Platz.

Ein weiteres Lächeln. »Ich beiße nicht, Ben.«

Ben würgte ein nervöses Lachen hervor und rutschte ein Stückchen näher.

»Ich habe dich beobachtet«, sagte sie.

»Ach ja?«

Sie nickte. »Ich schätze, du und ich haben etwas gemeinsam.«

»Haben wir?«

»Ich glaube, wir wären beide lieber nicht hier.«

Ben war von ihrer Beobachtungsgabe beeindruckt. »Wie kommst du darauf?«

»Du siehst genauso unbehaglich aus, wie mir zumute ist.«

Ben war fassungslos. Wenn diesem Mädchen unwohl zumute war, wie mochte sie dann wohl aussehen, wenn sie sich *wohlfühlte*?

»Es geht schon«, sagte Ben. »Mein Kumpel Devon ist cool. Es ist bloß das ganze Drumherum, schätze ich.«

»Du meinst das ganze *Beachtet-mich!-Beachtet-mich!*-Drumherum?«

Ben grinste. »Ganz genau.«

»Ich teile deinen Schmerz.«

Ben war nach wie vor leicht verwirrt. Was sie sagte, widersprach ihrem Aussehen und ihrem Auftreten. Sie war ein wunderschönes Mädchen in einem Aufzug, der nicht nur nach Aufmerksamkeit schrie, sondern auch reichlich davon bekam, und dennoch behauptete sie, keinerlei Wert auf Äußerlichkeiten zu legen. Behauptete, sich unwohl zu fühlen. Als dann der endgültige Hammer folgte, beschlich Ben der Verdacht, dass all das ein grausamer Scherz war:

»Was würde ich nicht dafür geben, jetzt zu Hause abzuhängen, einen Film zu schauen oder Videospiele zu spielen. Ich bin eher eine Stubenhockerin als ein Partygirl«, sagte sie.

Beinahe wäre Ben ins Stammeln geraten. »Du magst Videospiele?«

Erin griff in ihre Handtasche und entnahm ihr ein Päckchen Zigaretten. Sie bot Ben eine an. Ben war Nichtraucher und hatte normalerweise nicht besonders viel für qualmende Mädchen übrig, aber dieses Mädchen hätte ihm auch eine Pfeife Crack anbieten können, ohne ihn dadurch zu verjagen.

»Nein danke«, sagte Ben. »Welche Spiele spielst du?«

Erin zündete sich die Zigarette an, nahm einen Zug und lächelte ihn an. »Du zuerst.«

»*Call of Duty*. Ich konnte eine Vorabkopie von *Black Ops* abgreifen. Das ist spektakulär.«

»Du hast *Black Ops*?«, fragte Erin.

Ben nickte eifrig. »Jawoll. Mein Onkel hat es mir besorgt. Er kommt an eine Menge Vorabversionen ran.«

Sie stupste ihn gegen die Schulter. »Du Glücklicher.«

Erster Körperkontakt. Sein Magen flatterte so sehr, dass er beinahe das Bewusstsein verlor. Sein nächster Schritt lag auf der Hand. Diesen Schritt auch tatsächlich zu gehen, das war etwas ganz anderes.

»Du könntest irgendwann mal vorbeikommen und es ausprobieren, wenn du willst. Wir können im Koop-Modus zocken ... oder du spielst alleine. Ich kann zugucken. Wenn du lieber alleine spielst, ist das voll okay. Ich gucke zu. Ganz wie du ...«

Sie kicherte. »Bist du nervös?«

»Nein – nein, nein ...«

Erin nahm einen letzten Zug von ihrer Zigarette, warf sie zu Boden und trat sie mit der Sandalensohle aus. Dann förderte sie einen Streifen Kaugummi zutage und schob ihn sich in den Mund. »Was ist mit Filmen?«

Ben konnte sich vage erinnern, was das war. »Hä?«

»Hast du irgendwelche guten Filme zu Hause? Ein Abend mit Filmegucken und Videospielen schlägt die Gesellschaft meiner Tante um Längen.«

Das Flattern in Bens Bauch breitete sich in sämtliche Richtungen aus. Er betete inständig, nicht an Ort und Stelle einen Ständer zu bekommen.

»Ich habe eine Menge Filme«, sagte Ben. »Was für Filme magst du?«

»Horror.«

Wenn es um gruselige Filme ging, war Ben zugegebenermaßen ein Weichei. Seine Mutter zum Glück nicht. Sie liebte diese Streifen, und er war sich sicher, dass sie einige zu Hause rumfliegen hatte.

»Horrorfilme hab ich auch.« *Nur frag mich bitte, bitte, bitte nicht, welche.*

»Fantastisch«, sagte Erin.

Ben nickte nur.

»Also ...« Sie bedachte ihn mit einem koketten Lächeln.

Engelchen und Teufelchen hatten auf Bens Schultern Platz genommen. Nur, dass es sich bei diesen beiden nicht um das allseits bekannte Paar von Engel und Teufel handelte. Es waren vielmehr der *Ich-habe-Eier-in-der-Hose-Engel* und der *Ich-bin-ein-Riesenschlappschwanz-Teufel.*

Bei neunundneunzig Prozent aller Jungen in seinem Alter hätte der Sieger sofort festgestanden, doch dank seiner Furcht vor der eigenen Unzulänglichkeit war der Kampf einigermaßen ausgeglichen.

Dann berührte sie ihn erneut – eine Hand auf seinem Knie –, und der *Ich-habe-Eier-in-der-Hose-Engel* schickte den *Ich-bin-ein-Riesenschlappschwanz-Teufel* bewusstlos auf die Matte.

»Magst du vielleicht rüberkommen und mit mir abhängen?«, entfuhr es Ben.

»Nichts lieber als das«, sagte Erin alias Kelly Blaine lächelnd.

37

»Mom, das ist Erin.«

Erin streckte die Hand aus. »Freut mich, Sie kennenzulernen.«

Kathy Lennox nahm Erins Hand und schüttelte sie. »Ganz meinerseits, Erin.«

»Sind Sie Schauspielerin?«, fragte Erin. »Sie kommen mir bekannt vor.«

Kathy nickte. »Ja, bin ich.«

Erin schien beeindruckt. »Dachte ich mir.«

»Machst du hier Urlaub, Erin?«

»Meine Tante hat ein Haus hier. Ich wohne ein paar Wochen bei ihr.«

»Wie gefällt es dir bislang?«

»Nicht schlecht. Man muss sich erst dran gewöhnen.« Sie drehte sich zu Ben um. »Ich bin froh, Ben getroffen zu haben. Er ist der einzige Mensch, mit man sich unterhalten kann.«

Ben setzte ein schüchternes Lächeln auf. Kathy war hellauf begeistert.

»Wir wollten vielleicht einen Film gucken oder so was«, teilte Ben seiner Mutter mit. »Ist das okay?«

»Natürlich! Ja, ja, macht nur …« Kathy führte sie zu einer Nebentür. »Macht es euch im Gästehaus bequem; da seid ihr ganz für euch.«

Ben meinte zu Erin, sie solle schon mal vorgehen, er würde sofort nachkommen. Als sie verschwunden war, zog er seine Mutter beiseite.

»Mom«, flüsterte er, »hast du vielleicht ein paar …«

»Na klar.« Kathy verließ für einen Moment das Zimmer und kehrte mit einer kleinen Kondomschachtel in der Hand zurück. Sie überreichte sie ihrem Sohn. »Ich bin sehr stolz auf dich, dass du so verantwortungsvoll bist.«

Ben starrte ungläubig die Kondome an. »Äh … eigentlich wollte ich dich fragen, ob ich mir ein paar Horrorfilme von dir ausleihen könnte.«

Sie hatten nur den halben Film geschafft, als Erin die Initiative ergriff. Ben war mehr als glücklich, ihr die Führung zu überlassen. Er hatte zuvor schon mit Mädchen rumgemacht, kam sich aber immer noch wie ein Anfänger vor. Er hatte Knutsch- und Fummel-Erfahrung gesammelt, mit einigen Möpsen herumgespielt, einmal sogar ein paar Finger ins Allerheiligste gesteckt, aber nie hatte jemand *ihn* berührt.

Daher kam er so gut wie auf der Stelle, als Erins Finger sich um seinen Penis schlossen.

»Au weia«, sagte er beschämt. »Tut mir leid.«

Ben rechnete damit, dass sie losprusten und sich über ihn lustig machen oder schlimmstenfalls aufstehen und enttäuscht abziehen würde.

Stattdessen schockierte sie ihn bis ins Mark, indem sie ihn ganz nahe zu sich heranzog, ihn küsste und mit breitem Lächeln sagte: »Ist okay, Süßer, ich hab’s nicht eilig.«

38

»Erzähl schon«, forderte Monica, sobald sie und Kelly am nächsten Morgen in der Küche Platz genommen hatten.

»Glück gehabt«, sagte Kelly. »Er ist in der Sekunde gekommen, in der ich seinen Schwanz berührt habe. Kein Sex.«

»Fein«, sagte Monica und ging zur Kaffeemaschine, um sich eine Tasse einzuschenken.

»Ja«, sagte Kelly. »Die Typen in Stratton Grove haben *ewig* gebraucht.«

»Schweine. Möchtest du eine Tasse?«

»Gerne.«

Monica füllte eine zweite Tasse, die sie vor Kelly hinstellte. »Du würdest also sagen, dass die Dinge nach Plan laufen?«

»Auf jeden Fall. Ich gehe heute Abend wieder rüber.«

Monica verließ die Küche Richtung Treppe. »Was meinst du, wie lange noch?«, fragte sie über die Schulter hinweg.

Kelly griff sich ihre Kaffeetasse, folgte Monica und redete beim gemeinsamen Gang die Stufen hinauf mit ihrer Kehrseite. »Ich habe ihn schon im Sack. Es ist nur noch eine Frage des richtigen Augenblicks.«

Monica schritt den langen, von hohen stuckverzierten Wänden gesäumten Flur hinab. »Und der ist wann?«

»Sagen Sie es mir«, erwiderte Kelly.

Monica blieb stehen und öffnete eine Tür zu ihrer Linken. Sie betrat mit Kelly auf den Fersen ein riesiges, verschwenderisch ausgestattetes Badezimmer. »Heute Abend müsste ich die Grundrisspläne des Hauses bekommen. Danach geht es um ein möglichst effektives Ablenkungsmanöver.«

»Was haben Sie …?« Kelly unterbrach sich mitten im Satz. Der Anblick dessen, was sich in der Badewanne befand, ließ sie erstarren. Schließlich wies sie mit dem Finger darauf. »Was zum Teufel ist das?«

»Spaß. Hilf mir, ihn hochzuheben.«

Kelly beugte sich vor, schielte auf das fleischige Ding, das aus dem Mund des toten Mannes hing, und dann abwärts zu der Stelle, an der das fleischige Ding sich eigentlich befinden hätte sollen. »Ist das sein …?«

»Ja. Los, nimm seine Beine.«

»Warum rufen Sie nicht Ihre Leute oder wen auch immer an, um das erledigen zu lassen?«

»Sei keine Memme. Nimm seine Beine.«

»Ist er die Erklärung für den schwarzen Mercedes in der Einfahrt?«

»Schlaues Mädchen.« Monica schob beide Hände unter den Kopf des Mannes und zog.

»Wird man nicht nach ihm suchen?«

Monica seufzte und ließ den Kopf wieder fallen. Der Schädel schlug mit einem dumpfen Knall gegen das Porzellan. Sie richtete sich auf und fixierte Kelly. »Glaubst du wirklich, dass ich das hier zum ersten Mal mache?«

Kelly zuckte mit den Achseln. »Verzeihung. Was meinten Sie mit Ablenkungsmanöver?«

»Genau das, was das Wort bedeutet. Wir müssen die perfekte Ablenkung inszenieren, damit es klappt.«

»Wie wäre es mit einer Party?«

»Was meinst du?«

»Seine Mutter gibt dieses Wochenende eine Party. Er hat mich eingeladen.«

Ein teuflisches Grinsen breitete sich auf Monicas Gesicht aus, und ihre Augen wurden glasig, als ihre Gedanken abschweiften. »Wie ein weiteres Geschenk meines Vaters«, flüsterte sie.

»Hä?«

Monica riss sich aus ihren Gedanken. »Egal.« Sie wandte sich wieder der Wanne zu. »Los – nimm seine Beine.«

39

Domino meldete sich nach dem ersten Freizeichen. »Was gibt's?«

»Wollte mich nur mal melden. Ich habe ein schlechtes Gewissen wegen neulich Abend.«

»Vergiss es.«

»Du warst aufgebracht. Als du das Video von Patrick und mir am Strand gesehen hast, schien dich das weniger mitzunehmen als die Sache am Abend bei mir im Zimmer.«

»Es tat weh, war aber auszuhalten. Patrick mit den Kindern zu sehen ...«

Amy seufzte. »Ja.«

»Mir geht's schon wieder besser.«

»Du hast es nicht mitgenommen, oder?«, fragte Amy.

»Was mitgenommen?«

»Das Video, von dem wir gerade gesprochen haben. Das im Park.«

»Warum sollte ich es mitnehmen?«

»Keine Ahnung.«

»*Wann* hätte ich es überhaupt mitnehmen sollen? Du hast mich zur Tür gebracht und abhauen sehen.«

»Ja, weiß ich, und ich dachte, du wärst vielleicht im Haus gewesen, während ich arbeiten war. Weil du es noch mal anschauen wolltest oder so.«

»Ich bin seit jenem Abend nicht bei euch gewesen. Willst du damit sagen, dass du es nicht finden kannst?«

»So ist es.«

»Steckt die DVD noch im Gerät?«

»Da habe ich als Allererstes nachgesehen. Ich habe ein paar Gläser Wein getankt, nachdem du weg warst – ich dachte, ich hätte einen kleinen Filmriss gehabt und die DVD über Nacht im Player vergessen.«

»Das war jedoch nicht der Fall.«

»Nein – einer von Carries Disney-Filmen war drin.«

»Na bitte, da hast du's. Carrie hat das Ding irgendwo abgelegt. Frag sie.«

»Hab ich. Sie sagt, der DVD-Player wäre leer gewesen, als sie ihren Film eingelegt hat.«

»Wahrscheinlich hat sie es vergessen. Die DVD ohne nachzudenken irgendwo hingelegt. Wenn ich das nächste Mal vorbeikomme, suchen wir danach.«

»Das habe ich schon getan, Domino. Die DVD ist nicht mehr hier. Du bist sicher, dass du sie nicht mitgenommen hast? Ich bin auch bestimmt nicht sauer auf dich.«

»Amy, aus welchem Grund sollte ich sie mitnehmen?«

Sie seufzte abermals. »Na schön.«

»Wir finden das Ding.«

»Okay.«

»Hören wir uns bald wieder?«

»Klar.«

40

Die Party war überschaubar, aber exquisit. Kelly entdeckte einige ihr bekannte Schauspieler und wurde von Kathy Lennox begeistert als »Bens Freundin« vorgestellt.

Devon war neben »Erin« die einzige andere Bekanntschaft Bens, die eingeladen worden war, und er wurde ein paarmal von anderen Gästen angesprochen und gefragt, in welchen Filmen er mitgespielt hatte. »Muss toll sein, für eine Berühmtheit gehalten zu werden«, sagte Ben, als die drei schließlich im Wohnzimmer unter sich waren.

Devon winkte ab. »Ich wäre ja lieber noch Politiker als Schauspieler.«

Kelly sah Ben an. »Ist er immer so bescheiden?«

»Leider ja. Der Mistkerl hat einfach keinen Schwachpunkt.«

Wiederum schien sich Devon mit dem Kompliment nicht besonders wohlzufühlen. »Dabei bist du derjenige mit der schönen Schnecke im Arm.« Er legte einer imaginären Gestalt den Arm um die Hüfte und deutete in die dortige Leere. »Mir fehlt verdammt noch mal sehr wohl was, mein Freund.«

Kelly sah erneut zu Ben. »Hat er mich gerade Schnecke genannt?«

Ben lachte. »Das ist eine nett gemeinte britische Bezeichnung für ein attraktives Mädchen.«

Devon bestätigte dies lächelnd und nickend.

»Du könntest auf dieser Party wahrscheinlich jede *Schnecke* haben, die du willst«, teilte Ben Devon mit.

»Schwachsinn.«

»Willst du damit sagen, ich bin keine Schnecke?«, wandte Kelly sich an Ben.

Ben geriet ins Stottern. »Äh, nein ... ich meinte bloß ...«

Devon lachte. »Jetzt hast du es dir verscherzt, mein Bester.« Er drehte den Kopf in sämtliche Richtungen. »Gibt's hier irgendwo was zu trinken, Bennyboy?«

»Ich gehe davon aus, dass die Kellnerinnen deinem Charme nicht widerstehen können und dir gerne ein Bier bringen werden.«

»Tja, dann will ich mal – was sein muss, muss sein. Bis gleich, ja?«

Ben nickte, und Devon zog davon.

Kelly stellte sich auf die Zehenspitzen, brachte ihre Lippen nahe an Bens Ohr und sagte in glutvollem Flüstern: »Schleichen wir uns schnell ins Gästehaus.«

Fast hätte Ben sie sich über die Schulter geworfen und einen Sprint zur Tür hingelegt.

41

Ben öffnete die Tür des Gästehauses. Es war dunkel, und als Ben auf der Suche nach dem Lichtschalter die Wand entlangtastete, sagte Kelly: *»Liebes, gutes kleines Schwein, lass mich doch zu dir hinein …«*

Ben fand den Schalter, im Wohnzimmer wurde es hell, und darin stand Monica, die Pistole auf Ben gerichtet. »Wen nennst du hier Schwein?«

Kelly lachte.

Ben, der beim Anblick der Waffe sofort die Hände gehoben hatte, sah sich mit verständnislosem Gesichtsausdruck zu Kelly um. »Was wird hier gespielt?«

»Das nennt man Kidnapping, Ben«, antwortete Monica.

Ben drehte sich wieder zu Monica herum, die Hände nach wie vor erhoben. Er runzelte die Stirn und wiederholte das Wort »Kidnapping«, als hätte er es noch nie zuvor gehört.

»Jawohl, Ben«, sagte Monica.

»Ich verstehe nicht …«

Kelly schwang den mit Blei gefüllten Totschläger und erwischte Ben hinter dem Ohr – genau wie Monica es ihr beigebracht hatte.

Ben sackte auf der Stelle bewusstlos zusammen.

Monica ging in die Hocke und prüfte seinen Puls.

»Er lebt doch noch, oder?«, fragte Kelly.

»Er lebt.« Monica entnahm ihrer Tasche zwei Paar Kabelbinder und fesselte Bens Handgelenke und Fußknöchel. Dann holte sie eine Rolle Isolierband hervor und wickelte es um Bens Kopf und seinen Mund. »Hat euch jemand verschwinden sehen?«

»Nein. Ich meinte zu ihm, dass wir uns rausschleichen sollen, um ein bisschen rumzumachen – genau wie Sie gesagt haben. Wir sind ohne ein weiteres Wort gegangen.«

»Gut. Wir müssen ihn durch die *Küche* und zur Terrassentür rausschaffen. Auf diesem Weg wird uns niemand vom Haupthaus aus sehen können. Sobald wir draußen sind, gehen wir in östliche Richtung. Zwanzig Meter weiter habe ich einen Wagen geparkt. Wenn wir alles erledigt haben, läufst du zur Party zurück und ziehst deine ›*Wo-ist-Ben?*‹-Nummer ab. Sobald Mom Foto und Handy entdeckt und begreift, was läuft, gibst du mir Bescheid. Hast du ihn noch?«

Kelly zog einen münzengroßen Sender aus ihrer Hosentasche und präsentierte ihn Monica.

»Gut. Drück einfach auf das Ding, wenn es so weit ist, und ich werde mich melden.«

Kelly nickte.

Monica nahm eine Sofortbildkamera aus der Tasche, schoss ein paar Bilder von Ben, begutachtete die Fotos, wählte eines davon aus und platzierte es mitten im Raum, wo es nicht zu übersehen war. Dann nahm sie ein Mobiltelefon heraus und legte es neben das Foto.

Zufrieden ging Monica zurück zu Ben, hockte sich hin und schob beide Hände unter seine Schultern. Sie sah zu Kelly auf. »Fertig?«

Kelly ging ihrerseits in die Hocke und ergriff Bens Knöchel.

Die Tür öffnete sich. Devon trat ein, eine Flasche Bier in der Hand.

Kelly ließ Bens Fesseln fallen, erhob sich und wirbelte zu ihm herum. Monica zog ihre Hände unter Bens Schultern hervor, blieb jedoch in der Hocke.

Devon runzelte die Stirn. »Was zum Geier geht hier ab?«

Drei dumpfe Schläge, drei Löcher in Devons Brust. Die Bierflasche prallte mit einem kläglichen Hüpfer vom Teppich ab. Devons aufschlagender toter Körper hüpfte nicht mehr. Er lag einfach nur da, Beine und Arme von sich gestreckt, das Gesicht zur Decke gerichtet, die Augen aufgerissen. Aus den drei Einschusslöchern in seiner Brust wuchsen nasse rote Kreise, die bald ineinanderlaufen und seine gesamte Brust bedecken würden.

Monica, die noch immer am Boden kauerte und die Pistole noch immer auf die Stelle gerichtet hielt, an der Devon gestanden hatte, warf Kelly einen kurzen Blick zu. »Zur falschen Zeit am falschen Ort«, sagte sie, bevor sie einige Sekunden lang gedankenverloren schwieg, sich dann zu besinnen schien und ihr teuflisches Grinsen aufsetzte. »Ich habe eine Idee.«

42

Kathy Lennox unterhielt sich gerade mit ihrem Agenten, als Kelly hinzutrat.

»Miss Lennox?«

Kathy schenkte der neuen Freundin ihres Sohnes unverzüglich ihre volle Aufmerksamkeit. »Hi, Erin. Amüsiert ihr euch, du und Benny? Steve, das ist Erin, Bens Freundin.«

Der Agent schüttelte Kelly mit einem höflichen Lächeln die Hand. Dann kippte er den Rest seines Champagners und gab mit einer Geste zu verstehen, dass er sich einen neuen holen wollte. Kelly lächelte zurück und nickte zum Abschied.

Jetzt waren sie ungestört.

»Haben Sie Ben gesehen?«, fragte Kelly.

»Ich dachte, er wäre bei dir.«

»Nun ja, das war er auch, aber dann ist er mit Devon Bier holen gegangen.«

Kathy schien die Tatsache, dass ihr siebzehnjähriger Sohn mit seinem Kumpel Bier trank, nicht zu kümmern. Was sie zu stören schien, war, dass er seine neue Freundin alleine unter lauter Fremden zurückgelassen hatte.

Sie legte den Arm um Erin und sagte: »Typisch Mann, oder? Komm, wir suchen sie. Wenn wir sie beim Biertrinken erwischen, werde ich sogar so tun, als wäre ich sauer.«

Kelly heuchelte Heiterkeit. »Sie haben gesagt, sie wollten zuerst im Gästehaus nachschauen«, sagte sie.

Kathy führte Kelly, den Arm noch immer über die Schulter des Mädchens gelegt, durch den Speisesaal und ins Wohnzimmer zur gläsernen Schiebetür, die sich auf einen Steinpfad öffnete. Von dort aus konnte man Licht hinter den ungefähr zehn Meter entfernten Wohnzimmerfenstern des Gästehauses brennen sehen.

Kathy zeigte in die entsprechende Richtung. »Bingo.« Sie geleitete Kelly über den Weg aus Steinplatten.

Kelly bereitete sich darauf vor, die Schockierte und Verängstigte zu spielen. Angesichts ihrer Erregung war das gar nicht so einfach.

Kathy Lennox betrat das Gästehaus als Erste. Sie machte ein paar Schritte in das Zimmer, dann starrte sie auf Devons Leiche, ohne einen Mucks von sich zu geben.

Kelly folgte ihr und stieß auf der Stelle einen lauten Schrei aus. Das schien ihr das der Situation angemessene Verhalten zu sein.

Kathy griff sich Kelly und schloss sie fest in die Arme.

»Mein Gott«, sagte Kathy. »Mein *Gott* ...«

Kelly kam eine Idee. Statt der Verängstigten wollte sie lieber die Nüchtern-Rationale spielen.

»Das muss ein Scherz sein, Miss Lennox«, sagte sie, wand sich aus Kathys Armen und näherte sich Devons Körper. »Devon«, sagte sie und stieß seine Leiche mit dem Zeh an. »Devon, das ist nicht komisch.«

Devon lag mitten im Raum wie ein bei einer Trauerfeier im Sarg zur Schau gestellter Leichnam. Die Beine ausgestreckt und aneinandergelegt, die Arme über der blutigen Brust gefaltet. In seinen Händen befanden sich ein Handy und ein Foto.

Kelly bückte sich und zupfte die Fotografie aus Devons Hand. Sie runzelte die Stirn und tat verwirrt. »Was soll das bedeuten?«, sagte sie, drehte sich zu Kathy um und überreichte dieser das Foto: »Was ist das?«

Kelly war sich sicher, dass Monica stolz auf ihr *Das-kann-nur-ein-Witz-sein*-Improvisationstheater gewesen wäre. So konnte sie dafür sorgen, dass Kathy Lennox sich nicht von der Stelle rührte und das Foto aus erster Hand und ohne irgendwelche Zeugen überreicht bekam. Wer weiß, ob Kathy bei Devons Anblick nicht durchgedreht, auf dem Absatz kehrtgemacht und davongerannt wäre, ohne zuvor einen Blick auf das Foto zu werfen? Schreiend ihre Party gesprengt und die Polizei alarmiert hätte?

Solche Risiken waren durchaus vorstellbar. Sicher, Monica hatte das Devon-Problem unverzüglich gelöst; sie hatten schließlich nicht vorgehabt, den Jungen umzubringen. Aber hätte sie diese Möglichkeit nicht von Anfang an in Betracht ziehen müssen?

Nur Kellys Geistesgegenwart war es zu verdanken, dass sich Kathy Lennox nicht vom Fleck gerührt hatte, während Kelly Devon inspizierte und so getan hatte, als wollte sie die Jungs und ihren »Streich« auffliegen lassen. Kathy hatte sich so lange nicht wegbewegt, bis endgültig klar gewesen war, dass Devon keinerlei Reaktion zeigte. Bis Kelly in gespielter Überraschung das Bild entdeckt, es skeptisch und einigermaßen erschrocken angeschaut und es dann Miss Lennox wie ein kostbares Geschenk ausgehändigt hatte. Ohne weitere Zeugen.

Ja, das war alles *ihr* zu verdanken. Sie konnte es kaum erwarten, Monica davon zu erzählen und zu sehen, wie ihre Reaktion ausfiel. Würde sie stolz sein? Stolz auf die extrem gute Leistung ihrer Schülerin? Oder gar eifersüchtig? Eifersüchtig darauf, dass ihre Schülerin trotz ihrer eigenen Unzulänglichkeiten eine so gute Leistung erbrachte?

Kelly war sich nicht sicher, was ihr lieber war. Letzteres hatte allerdings einen ganz besonderen Reiz.

Kathy Lennox nahm das Foto und führte es sich ganz nahe vors Gesicht. Sie rang nach Luft und legte eine Hand vor den Mund.

Kelly drückte den dollarförmigen Sender in ihrer Hosentasche.

Das Mobiltelefon in Devons toter Hand klingelte.

Kathy Lennox zog Devon das klingelnde Handy aus den kalten Fingern. Ihre Stimme klang unsicher, aber klar.

»Hallo?«

»Hallo, Miss Lennox.« Eine künstlich verzerrte Stimme. Harsch und metallisch. Geschlechtslos.

»Wer spricht da?«

»Wir haben Ihren Sohn.«

»Alles, was Sie wollen«, sagte sie.

»Gut. Denn das, was wir wollen, ist ziemlich ungewöhnlich. Hören Sie aufmerksam zu?«

»Ja.«

»Erstens muss ich Sie davor warnen, die Polizei ins Spiel zu bringen. Diesbezüglich verstehen wir nicht den geringsten Spaß.«

»Wie bitte? Sie haben einen Freund meines Sohnes getötet. Seine Eltern müssen wissen ...«

»Wir haben ihn getötet, ja. Und es war ein schneller Tod. Sollten Sie Kontakt zur Polizei aufnehmen, Miss Lennox – und ich versichere Ihnen, wir werden es mitbekommen –, dann wird Ben kein schneller Tod vergönnt sein. Er wird langsam und qualvoll sterben. Und dabei gefilmt werden. Diesen Film werden wir Ihnen zustellen. Haben Sie verstanden?«

Kathy schluchzte auf und schlug sich erneut eine Hand vor den Mund, um den Laut zu unterdrücken. Dann nahm sie die Hand langsam wieder herunter und brachte ein Ja zustande.

»Gut. Vielleicht erinnern Sie sich daran, bevor Sie mich das nächste Mal unterbrechen.«

Kathy schloss die Augen und nickte. »Es tut mir leid.«

»Zweitens«, fuhr die Stimme fort, »werden Sie Domino Taylor anrufen und ihm erzählen, was passiert ist. Sie werden ihn um Hilfe bitten. Er soll sofort zu Ihrem Haus kommen. Bitte verschwenden Sie weder meine Zeit noch die Ihres Sohnes mit der Lüge, Sie wüssten nicht, wer er ist.«

»Ich weiß, wer er ist.«

»Ja«, sagte die Stimme. »Anscheinend haben Sie eine gemeinsame Vergangenheit – sowohl in beruflicher als auch in anderer Hinsicht. Die Boulevardpresse kann schon eine echte Plage sein.«

Kathy räusperte sich. »Ich habe seit über einem Jahr nichts von ihm gehört. Ich weiß nicht …«

»Wie oft haben Sie Ihrem Sohn in die Augen geschaut, Miss Lennox?«

»Was?«

»Ob Sie wohl die Augen Ihres kleinen Jungen erkennen könnten, wenn wir sie ihm aus den Höhlen schneiden und Ihnen zuschicken? Oder haben Sie als große Schauspielerin zu wenig Zeit für Ben? Wissen Sie überhaupt, welche Farbe seine Augen haben? Sagen Sie es mir auf der Stelle, oder Sie haben sie demnächst in Ihrem Briefkasten.«

»*Braun!* Sie sind *braun*! Die Augen meines Sohnes sind *braun*!«

»Augenblick, lassen Sie mich nachsehen.« Ein Moment der Stille. »Gut gemacht, Miss Lennox.«

Kathy atmete hörbar auf, schloss die Augen und legte eine zitternde Hand auf die Stirn. »Was wollen Sie? Geht es um Geld?«

»Ich habe Ihnen bereits gesagt, was wir wollen, Miss Lennox.«

»Ich – Sie wollen Domino? Sie wollen, dass er herkommt? Das ist alles?«

»Fürs Erste ja. Sobald er eingetroffen ist …«

»Warum? Was hat Domino mit der Sache …«

»Sie können es einfach nicht lassen, nicht wahr, Miss Lennox?« Die Stimme entfernte sich vom Telefon, als wäre sie an jemanden ganz in der Nähe gerichtet. »Schieb ihm einen Nagel in die Harnröhre.«

»*OKAY!* Mein Gott, okay … okay …« Kathy presste eine Hand gegen die Brust. »Sie wollen, dass ich Domino Taylor anrufe.«

»Exakt.«

»Sie wollen, dass ich ihn bitte, sofort herzukommen.«

»Richtig. Zunächst gehen Sie zurück zur Party und verabschieden Ihre Gäste; sagen Sie, dass Sie sich ein wenig unwohl fühlen.«

»Und dann?«

»Dann rufen Sie Domino an. In Anbetracht Ihrer gemeinsamen Vergangenheit wird er alles stehen und liegen lassen, um Ihnen zu Hilfe zu eilen.«

»Okay … ich werde ihn jetzt anrufen.«

»Gut. Wenn wir uns wieder melden, wäre es schön, wenn Domino an den Apparat geht. Das sieht Ihr Sohn übrigens ganz genauso.«

43

Domino kam ins Zimmer und sah die Kinder zusammengedrängt in der Ecke. Sie versteckten irgendetwas.

»Was treibt ihr Frechdachse da?«

Carrie drehte sich mit bekümmerter Miene zu Domino um. »Daddy beachtet uns nicht.«

Caleb wandte sich ebenfalls um. »Er will nicht mit uns spielen.«

Domino trat langsam vor. Angst, seine gute alte Gefährtin, zerrte an sämtlichen Nervenenden. »Wovon sprecht ihr?«

Die Kinder rutschten auseinander und deuteten nach unten.

Patricks Leiche. Grau und aufgedunsen und tot.

Domino sieht sich nach den Kindern um. Sie sind nicht mehr da. Der Raum verändert sich, löst sich auf, bis er dem Zimmer in West-Pennsylvania ähnelt, in dem Domino Patrick sterben sah.

Plötzlich eine Hand, die Dominos Knöchel mit vor panischer Angst schraubstockfestem Griff umklammert.

Domino sieht auf seinen Freund hinab – zwei Einschusslöcher in der Brust, Blut, das aus seinem Mund strömt.

»Lass mich nicht sterben, Domino … bitte lass mich nicht sterben.«

Domino fällt auf die Knie, versucht, die Blutung durch Druck auf die Wunden zu stoppen. Das macht es noch schlimmer.

Blut spritzt aus Patricks Nase, seinen Ohren, seinen Augen. Immer noch fleht er: *»Lass mich nicht sterben …«*

Inzwischen ist überall Blut. Domino kann Patrick nur noch erkennen, weil er weiß, dass es Patrick ist.

»Bitte, Dom…«

Domino fuhr aus dem Schlaf hoch. Er war schweißgebadet und wollte weinen, konnte es aber nicht; Säure, die seinen Magen und seine Speiseröhre hinaufkochte, ersetzte die Tränen.

Er langte nach dem Antazidum auf dem Nachttisch, als sein Handy läutete. Erst jetzt klärte sich sein Verstand, und ihm wurde bewusst, dass sein Telefon schon die ganze Zeit über geklingelt und ihn überhaupt erst aufgeweckt hatte. Normalerweise hasste er solche Störungen. Jetzt war er dankbar dafür. Nun dämmerte ihm auch, dass nicht sein Geschäftshandy, sondern das private klingelte. Und diese Nummer kannten vielleicht fünf Menschen auf der Welt.

»Hallo?«

»Domino?«

»Wer ist da?«

»Kathy Lenno… *Jane.* Hier spricht Kathy Jane.«

Domino setzte sich augenblicklich auf und wischte sich mit einer Hand den Schweiß vom Gesicht. »Kathy? Was gibt's?«

»Ich brauche deine Hilfe.«

»Ich bin seit über einem Jahr auf Urlaub, Kathy. Wenn du einen Bodyguard brauchst, empfehle ich dir …«

»Nein, das ist es nicht. Es …« Sie fing an zu weinen.

44

Auf dem Display von Amys klingelndem Handy leuchtete Dominos Name.

»Ihre übliche Reservierung, Sir?«, sagte sie zur Begrüßung. »Ein Einzelsofa?«

Domino kicherte humorlos. »Leider nein. Ich bin heute Abend in den Hamptons.«

»Was?«

»Du hast mich mal gefragt, ob ich mich je mit einer Klientin eingelassen hätte, weißt du noch?«

»Ja. Die Schauspielerin, stimmt's?«

»Genau. Ich hatte sie gerade am Telefon.«

»Oh, là, là … ein vielversprechendes Telefonat, und der Herr nimmt den langen Weg in die Hamptons auf sich. Interessant.«

Ein weiteres gezwungenes Kichern. »Nein, so ist es nicht.«

»Das klingt merkwürdig, Domino«, sagte Amy. »Warum fordern sie ausdrücklich dich an?«

»Keine Ahnung. Im Lauf der Zeit habe ich's mir mit einer Menge Leute verdorben. Könnte irgendjemand sein, der's mir heimzahlen will.«

»Aber warum haben sie dann den Sohn dieser Frau entführt? Warum konzentrieren sie sich nicht von vornherein ganz auf dich?«

»Vielleicht wollen sie mich nicht direkt angreifen. Eigentlich ein ziemlich cleverer Schachzug. Bei einem Frontalangriff würde ich ihnen in den Arsch treten. Stattdessen graben sie alten emotionalen Kollateralschaden aus, und ich tanze nach ihrer Pfeife.«

»Emotional? Ich dachte, ihr hättet nur ein einziges Mal miteinander geschlafen?«

»Stimmt. Aber das war noch nicht alles.«

»Du hast dich verliebt.«

»Ja.«

»Und wo lag das Problem? Weshalb der Skandal?«

»Man darf nicht mit einer Klientin intim werden, Amy. Manche tun das – ziemlich viele sogar –, aber es ist nicht richtig. Es beeinträchtigt die Arbeit. Das war das erste und letzte Mal, dass ich so etwas getan habe.«

»Hätte sie nicht jemand anderen engagieren können? Dann hättet ihr zusammenbleiben können.«

»Das hätte niemals funktioniert. Schon mal bemerkt, wie viele Schauspielerinnen sich am Set in ihre Kollegen verknallen?«

»Du warst doch nicht etwa *eifersüchtig*?«

»Nein. Schauspielerinnen und Schauspieler verlieben sich bei den Dreharbeiten, weil sie ständig zusammen sind. Deshalb haben auch Kathy und ich uns ineinander verknallt. Ich bin ihr ständig gefolgt wie ein Schatten.«

»Und als du nicht länger ihr Schatten sein wolltest, wurde dir klar, dass deine Arbeitszeiten nur gelegentliche Besuche erlaubten.«

Diesmal klang Dominos Kichern aufrichtig amüsiert. »So ungefähr.«

»Was also wirst du tun, wenn du dort bist?«

»Keine Ahnung. Sie hat nur gesagt, dass ich so schnell wie möglich kommen soll, weil die Mistkerle bald anrufen – und mit mir sprechen wollen.«

»Das gefällt mir nicht. Es gefällt mir ganz und gar nicht.«

»Du hast doch gesagt, ich sollte wieder an die Arbeit gehen.«

»Äh, das hier ist doch wohl ein bisschen was anderes, Domino.«

Schweigen. »Du witterst eine Gelegenheit, Buße zu tun, nicht wahr?«, meinte Amy schließlich.

Erneutes Schweigen. »Schon möglich«, sagte Domino irgendwann.

»Du meinst, dass du deinen Frieden mit dem machen kannst, was Patrick zugestoßen ist, wenn du diesen Jungen rettest?«

Langes Schweigen.

»Domino?«

»Was willst du von mir hören, Amy? Ich kann bei dieser Sache nicht nein sagen. Verdammt, ich habe wirklich mit mehr Verständnis gerechnet.«

»Wenn es ein stinknormaler Job wäre? Dann ja. Aber das hier? Das ist was anderes. Du weißt nicht, worauf du dich einlässt. Du hast nicht die geringste Ahnung, um wen es sich bei diesen Leuten handelt und wozu sie imstande sind.«

»Das habe ich nie. Oder glaubst du etwa, ein neuer Kunde gibt mir den Lebenslauf des Irren, der es auf ihn abgesehen hat?«

»Spar dir die blöden Witze. Du weißt verdammt noch mal sehr gut, was ich meine.«

»Eine Freundin braucht mich. Als du und Patrick mich gebraucht habt, war ich auch zur Stelle, oder?«

Amy stieß ein lang gezogenes Seufzen aus. »Ja.«

»Ich muss da hinfahren. Mag sein, dass die Loyalität gegenüber einer alten Freundin nicht der einzige Grund dafür ist. Mag sein, dass du recht hast und ich tatsächlich Wiedergutmachung leisten will. Das spielt keine Rolle; Motive und Beweggründe sind jetzt unwichtig. Es ist ein Job. Ein Auftrag. Und ich nehme ihn an.«

»Rufst du mich an, wenn du es hinter dir hast?«

»Darauf kannst du dich verlassen. Gib Caleb und Carrie einen Kuss von mir. Wenn ich wieder da bin, gehen Pizza und Kino auf mich.«

»Komm wieder; mehr will ich gar nicht.«

»Abgemacht. Ich rufe dich an, sobald ich kann. Pass auf dich auf, Süße.«

»Du auf dich auch.«

Domino beendete das Gespräch.

Amy saß lange am Küchentisch und starrte ins Nichts.

45

Auch Kathy Lennox saß mit einer Tasse Tee an ihrem Küchentisch. Sie hatte das Telefonat mit Domino vor einer halben Stunde beendet. Er hatte gesagt, dass er sofort von Philadelphia aus starten wollte und in ungefähr vier Stunden in den Hamptons wäre, wenn er richtig Gas gab.

Der letzte Gast war vor einer Stunde gegangen, das für die Party angeheuerte Personal nicht lange danach. Nun waren nur noch Kathy und Kelly im Haus ... und Devon.

Kathy hatte Domino von Devons Leiche und der Warnung der Gangster berichtet, die Polizei nicht einzuschalten. Dann hatte sie gefragt, was zum Teufel sie mit dem toten Teenager in ihrem Gästehaus anfangen sollte. Domino hatte sie angewiesen, den Leichnam mit einem Laken zu bedecken und den übrigen Raum bis zu seiner Ankunft unberührt zu lassen. Kathy hatte der Aufforderung Folge geleistet, ohne den Blick dabei auch nur ein einziges Mal von den Schuhen des Jungen zu nehmen. Sie konnte ihm nicht ins Gesicht sehen.

Jetzt, da Kathy an ihrem Tee nippte und auf Domino wartete, gewann sie allmählich die Fassung zurück. Sie war fest entschlossen, sich den grauenhaften Dingen, die da kommen mochten, entgegenzustellen. Domino würde ihr zu Hilfe eilen. Wie immer. Er würde ihr Ben zurückbringen. Bald wäre der Vorfall nichts weiter als eine böse Erinnerung. Domino würde sich der Sache annehmen.

Domino.

Ein zynischer Gedanke brach sich Bahn.

Warum Domino?

Die Entführer hatten unmissverständlich gesagt: Keine Polizei. Domino war kein Polizist. Wenn also die Entführer tatsächlich so gut informiert waren, wie es den Anschein hatte, hätten sie auch gewusst, dass Kathy Domino sowieso angerufen hätte.

Doch die Entführer hatten darauf *bestanden*, dass sie Domino anrief. Es war ein Teil ihrer Forderungen. Warum?

Domino war der archetypische Albtraum aller Bösewichte. Kathy erinnerte sich an eine Wohltätigkeitsveranstaltung, zu der sich eine Gruppe von drei Männern irgendwie Einlass verschafft hatte. Wahnhaft gestörte Fans, die wütend darüber gewesen waren, dass ihre in unzähligen Briefen artikulierte Hingabe nicht auf Kathy Lennox' Gegenliebe gestoßen war. Sie hatten sie in der Damentoilette angegriffen.

Wie aufs Stichwort, wie in einem ihrer Drehbücher war Domino genau in jenem Augenblick in die Toilette geplatzt, als der erste der drei Kerle die Hand nach ihr ausstreckte. Kathy erinnerte sich undeutlich an ein hektisches Handgemenge, an dessen Ende die drei Männer auf dem Fußboden gelegen hatten. Zwei waren bewusstlos gewesen, einer hatte sich stöhnend den weit über die anatomischen Kapazitäten hinaus verbogenen Arm gehalten.

Außerdem hatte sie nicht nur von Kolleginnen und Kollegen ähnliche Geschichten gehört. Von quasi überallher. Einmal hatte Domino Hillary Clinton vor einem Fanatiker beschützt, der ihr während irgendeiner öffentlichen Veranstaltung eine Kugel hatte verpassen wollen.

Domino hatte den Mann unmittelbar nach Beginn der Kundgebung in der Menge ausgemacht. Bevor der unerfahrene Attentäter wusste, wie ihm geschah, hatte sich von hinten ein gewaltiger Schatten auf ihn gelegt. Sehr bald darauf wurde seine Wange auf den Asphalt und ein schweres Knie in seinen Rücken gedrückt. Man fand und konfiszierte nicht nur eine, sondern gleich zwei Pistolen bei ihm.

Von Kathy auf den Vorfall angesprochen, hatte Domino ihn zunächst mit einem Achselzucken abgetan, auf ihr hartnäckiges Nachfragen jedoch schließlich verraten, wodurch ihm der Kerl aufgefallen war: Er hatte stocksteif dagestanden, ohne ein einziges Mal seine Arme zu bewegen. Wenn Leute aufgeregt sind, wedeln sie mit den Armen. Nur diejenigen, die keine Aufmerksamkeit erregen wollen, tun das nicht – in der Annahme, dass sie umso weniger auffallen, je weniger sie sich rühren. Domino hatte erneut mit den Schultern gezuckt und hinzugefügt, dass das Gegenteil der Fall war; aus einer Menschenmenge sticht man auf diese Art besonders heraus – wie der Typ auf der Tribüne, der als Einziger reglos sitzen bleibt, wenn alle um ihn herum die La-Ola-Welle machen. Es war also nur eine Frage der Beobachtung. Und es hatte Domino kaum eine Minute gekostet, bis er genug beobachtet und zugeschlagen hatte.

Warum in Gottes Namen wollte jemand, dass ein solcher Mann in die Entführung ihres Sohnes verwickelt wurde?

»Miss Lennox?«

Kathy wurde aus ihren Gedanken gerissen und sah Erin am Kücheneingang stehen. Sie wirkte verängstigt.

»Ja, Schätzchen, was gibt's?«

»Kann ich gehen? Ich bin ziemlich durcheinander«, fragte sie schüchtern.

Kathy konnte nachfühlen, wie es ihr ging. Allerdings bezweifelte sie, dass es eine weise Entscheidung von ihr war, sich alleine nach draußen zu trauen. Die Entführer hatten behauptet, alles im Auge zu haben.

»Natürlich, Schätzchen. Ich rufe dir einen Wagen, der dich nach Hause bringt – bis direkt vor die Tür.«

»Ich habe ein Auto«, sagte Erin.

»Ich denke, es wäre sicherer, wenn jemand dich abholen kommt. Mir gefällt die Vorstellung nicht, dich ganz alleine zu deinem Wagen laufen zu lassen.«

»Es ist nicht weit. Ich will einfach … ich will nur noch nach Hause.«

Kathy nickte. »Okay. Rufst du mich an, sobald du angekommen bist?«

»Klar.« Sie trat zum Küchentisch, beugte sich vor und umarmte Kathy. »Es tut mir so leid«, flüsterte sie.

Kathy erwiderte die Umarmung, bevor sie sich ihr wieder entzog. »Sofort, wenn du zu Hause bist?«

Erin nickte. »Versprochen.«

Erin wandte sich um und ging. Kathy schlürfte ihren Tee und setzte die quälende Warterei auf Domino fort.

Wie vereinbart traf Kelly knappe fünfzig Meter von Kathy Lennox' Haus entfernt in einer Seitenstraße auf Monica, die vor dem Kofferraum ihres Lexus stand.

»Alles in Butter?«, wollte Monica wissen.

»Alles klar.«

»Ich muss zugeben, dass ich einigermaßen beeindruckt bin. Gute Arbeit, Kleine.«

Kelly überlegte, ihre Improvisationseinlage im Gästetrakt zu erwähnen. Darauf hinzuweisen, dass ohne die Geistesgegenwart der »Kleinen« ganz und gar nicht »alles in Butter« wäre.

Sie entschied sich dagegen. Stattdessen lächelte sie.

Monica öffnete den Kofferraum. Kelly linste hinein.

Der gefesselte und geknebelte Ben sah mit schreckgeweiteten Augen zu ihnen auf. Als sein Blick auf Kelly fiel, runzelte er die Stirn und nuschelte etwas in seinen Knebel. Die aufsteigende Betonung am Ende seines Gebrabbels deutete auf eine Frage hin.

»Tut mir leid, Romeo«, sagte Kelly. »Aber du warst einigermaßen auszuhalten, wenn dich das tröstet.«

Monica lächelte und ließ den Kofferraumdeckel in dem Augenblick zuknallen, als Ben in seinen Knebel zu brüllen begann.

»Los, komm«, sagte Monica, »ich will ihn in die Pines schaffen und vor dem morgendlichen Rendezvous mit Domino noch ein bisschen schlafen.«

»Wo findet das Rendezvous statt?«

»Ein Diner in Toms River.«

»Wann willst du ihn anrufen?«

»In ein paar Stunden. Bis dahin müsste er es von Philly hierhergeschafft haben.«

»Wieso ein Diner? Ein öffentlicher Ort?«

»In der Öffentlichkeit, unter Zeugen, wird er wahrscheinlich nicht auf dumme Gedanken kommen. Vor allem, wenn er sieht, dass ich noch am Leben und diejenige bin, die hinter der ganzen Sache steckt. Scheiße, ich werde feucht, wenn ich nur daran denke.«

»Also fahren wir jetzt zu diesem Haus in den Pines? Ich bekomme es endlich zu sehen?«

Monica zündete sich eine Zigarette an. »Jawohl. Wir werden uns allerdings nicht lange dort aufhalten. Nur lange genug, um deinen Freund in Szene zu setzen.«

»Was ist mit morgen Abend?«

Monica blies grinsend Rauch aus. »Oh ja – morgen Abend wirst du in der ersten Reihe sitzen.«

Sie stiegen in den Lexus.

»Warten Sie eine Sekunde«, sagte Kelly, als Monica den Motor starten wollte, und wählte eine Nummer auf ihrem Handy. Als Kathy Lennox sich meldete, brachte Kelly wieder die kleinlaute Stimme zum Einsatz. »Miss Lennox? Hier ist Erin. Ich bin gut zu Hause angekommen.«

46

Domino kam erst nach ein Uhr nachts in East Hampton an. Kathy begrüßte ihn überschwänglich und brach vor Erleichterung in Tränen aus. Domino gestattete die Umarmung, doch als sie zwischen den Schluchzern ihre Dankbarkeit zum Ausdruck brachte, hielt er sie auf Armeslänge von sich und bestand darauf, dass sie sich zusammenriss. Für Dankbarkeit war es viel zu früh. Das hier konnte klappen oder auch nicht – seine Anwesenheit wäre später kein Trost, falls der Junge sterben sollte.

»Ist das das Handy, auf dem sie anrufen wollen?«, fragte Domino, als Kathy ihm das Mobiltelefon reichte.

»Ja.«

»Der tote Junge hatte es zusammen mit dem Foto von Ben in den Händen?«

»Ja.«

»Zeig mir die Leiche.«

»Sollten wir nicht erst warten, bis sie sich melden?«

Domino hielt das Handy in die Höhe. »Ist im Gästehaus kein Empfang?«

»Doch, natürlich. Ich dachte nur …«

»Wenn sie anrufen, haben sie meine volle Aufmerksamkeit. Das weißt du.«

Kathy nickte.

»Zeig mir die Leiche.«

Domino ging neben Devons zugedeckter Leiche in die Hocke. Ein kreisrunder Blutfleck hatte das Laken durchtränkt, das Kathy über ihn gebreitet hatte. Domino zog das Laken zurück. Kathy wandte sich ab; Domino beugte sich vor.

Drei Einschusswunden in der Brust, dicht nebeneinander. Wer auch immer ihn ermordet hatte, war ein guter Schütze.

Domino deckte den Jungen wieder zu und erhob sich. Er sah sich um, bis ihm etwas an der Eingangstür auffiel.

»Du hast den Leichnam nicht berührt oder bewegt?«, fragte er.

Kathy schüttelte den Kopf.

Domino schritt zur Tür und begutachtete die Blutspritzer, welche sich in einer Höhe von ungefähr einem Meter dreißig an der Wand befanden. Er bückte sich und ließ den Blick über den Fußboden schweifen. Schließlich fuhr er mit dem Finger eine leichte Schramme im Parkett entlang.

Domino richtete sich auf, ging zu Devon zurück und hob die untere Hälfte des Lakens an, um seine Schuhe in Augenschein nehmen zu können. Es waren schwarze Slipper mit Gummisohlen.

Domino sah Kathy an. »Er wurde an der Tür erschossen. Dann hat man ihn« – sein Finger folgte dem Weg von der Tür bis zur Leiche – »hierhergeschleift und liegen lassen.«

»Also haben sie ihm aufgelauert?«, fragte Kathy.

»Das bezweifele ich. Wenn man jemandem gegenüber eindeutig im Vorteil ist, knallt man ihn nicht einfach ab, sobald er die Schwelle übertritt. Zu riskant. Wer weiß, ob er allein ist? Erst einmal hat man die Umgebung zu sichern.«

»Was willst du damit sagen?«

»Der Junge ist ahnungslos reingeplatzt, und keiner hat damit gerechnet.«

»In was reingepla… oh.«

Domino nickte teilnahmsvoll.

»Aber das klingt doch ziemlich umständlich«, sagte Kathy. »Warum wollten sie nicht so schnell wie möglich von hier verschwinden? Warum sich damit abmühen, Devons Leiche in der Gegend herumzuschleppen? Warum ihn in dieser Pose drapieren, mit dem Foto und dem Telefon?«

Für den dramatischen Effekt, dachte Domino. *Als Botschaft … Gott im Himmel, aus purem Vergnügen?*

»Domino?«

Domino schob den Gedanken beiseite. »Ich weiß nicht, warum. Vielleicht, um unsere Aufmerksamkeit zu gewinnen. Um dir mitzuteilen, wie gefährlich sie sind, wie ernst sie es meinen, dass sie zu allem entschlossen sind.«

Bedrücktes Schweigen.

»Warum wolltest du Devons Leiche sehen?«, fragte Kathy schließlich.

»Um irgendwo anzufangen«, antwortete Domino mechanisch, um keine weitere Besorgnis zu erregen.

Er für seinen Teil war äußerst besorgt, weil ihm dieser Tatort gezeigt hatte, dass er es nicht mit irgendwelchen durchgeknallten Irren zu tun hatte, die sich für in der Vergangenheit von ihm bezogene Prügel rächen wollten. Seine Gegner waren Profis, die wohlgesetzte Schüsse abfeuern konnten, wenn man sie überrumpelte. Leute, die ihre Hausaufgaben gemacht hatten und im Voraus planten. *Leute, die ein bisschen zu viel Spaß an ihrer Arbeit hatten.*

Ein Gedanke durchfuhr ihn wie ein Blitzschlag. Er zuckte zusammen, setzte einen finsteren Blick auf und schüttelte den Kopf. Nein – das war unmöglich.

47

Domino transportierte Devons toten, verhüllten Körper in den Keller des Haupthauses. Von Kathy war wiederholtes Schluchzen zu vernehmen, als sie Domino zusah.

»Ich kann es einfach nicht glauben«, sagte sie und trocknete sich die Augen. »Was zum Teufel soll ich nur seiner Mutter sagen?«

»Was auch immer nötig ist. Denk an Ben.«

»Ich soll sie anlügen?«

»Du bist Schauspielerin.«

Kathy schaute ihn mit großen Augen an.

»Kathy, jetzt ist nicht der richtige Zeitpunkt, um die Fassung zu verlieren. Dieser arme Junge ist tot; Ben nicht. Wenn wir alles hinter uns gebracht haben, wird Devons Mutter sicher Verständnis dafür haben, dass du es ihr solange verheimlicht hast. Jede Mutter würde dasselbe tun, wenn sie dadurch das Leben ihres Kindes retten könnte.«

Kathy ließ den Kopf hängen und nickte. Als sie wieder aufsah, streifte ihr Blick den auf dem Boden liegenden Devon. »Was soll ich denn jetzt mit … der Leiche machen?«

»Gar nichts. Lass ihn, wo er ist.«

»Wird er nicht … wird der Leichnam nicht … verwesen?«

»Hier unten ist es kühl genug, um den Prozess ein wenig zu verzögern.«

»*Ein wenig?* Wie lange?«

»Das weiß ich nicht.«

»Domino ...«

»Kathy, solche Leute wollen das nicht unnötig in die Länge ziehen, sondern ihre Forderungen so schnell wie möglich erfüllt sehen.«

»Aber wir kennen ihre Forderungen doch gar nicht.«

»Lass uns nach oben gehen«, erwiderte Domino lediglich.

Domino und Kathy saßen mit Tee am Küchentisch. Das Handy lag vor Domino.

»Das hier ist ziemlich ungewöhnlich, oder?«, fragte Kathy.

Domino nippte an seinem Tee. »Ist es immer.«

»Du weißt schon, was ich meine. Dass sie dich dabeihaben wollten.«

Domino nahm einen weiteren Schluck. »Das ist tatsächlich ungewöhnlich«, räumte er ein.

»Du hast keinerlei Verdacht, wer es sein könnte?«

Keinen Verdacht, nur krankhafte, irrationale Ängste. Doch er glaubte nicht an Gespenster. Wie Amy es formuliert hatte: *»Ich bezweifele sehr, dass noch mehr Mitglieder dieser Familie von Wahnsinnigen auftauchen ... wir haben sie alle plattgemacht.«*

Domino schüttelte den Kopf. »Keinen Schimmer.«

»Tja, offenbar ist es jemand, der es auf uns beide abgesehen hat, richtig?«

Erneut schüttelte Domino den Kopf. »Nur auf mich. Mit dir hat das nichts zu tun.«

»Da bin ich aber anderer Meinung.«

Domino griff über den Tisch hinweg nach ihrer Hand. »Es tut mir leid. Das war unnötig. Verzeih.«

Sie antwortete mit einem schwachen Lächeln.

Das Handy klingelte. Kathy zuckte zusammen.

Domino schnappte sich das Handy und stand auf. Er ließ es abermals läuten, bevor er ranging.

»Domino hier.«

»Hallo, Domino. Ist lange her.« Die Stimme klang tief und metallisch. Ein Stimmverzerrer. Domino hatte damit gerechnet. Er würde aufmerksam der Wortwahl sowie den Satzstrukturen lauschen müssen.

»Ach ja? Nicht dass ich wüsste«, sagte er.

»Nun, Zeit ist relativ. Wenn ich Ben Säure ins Gesicht schütte, wette ich darauf, dass sich für ihn dreißig Sekunden wie dreißig Tage anfühlen.«

Unverzügliche Panikmache, die mich daran erinnert, was auf dem Spiel steht und wer das Sagen hat. Halt die Entführer hin. Beschwichtige sie.

»Da bin ich mir sicher. Was kann ich tun, um das zu verhindern?«

»Das, was ich sage.«

»Dann legen Sie los.«

»In Toms River, New Jersey, gibt es ein Diner – Ernie's.«

»Wann?«

»Morgen früh um elf. Muss ich den ganzen Quatsch à la alleine kommen und so weiter extra erwähnen?«

»Nein.«

»Gut. Dann morgen um elf.«

»Woher weiß ich, dass es Ben gut geht?«

»Wie war das?«

»Woher weiß ich, dass es Ben gut geht?«

Stille.

»Hallo?« Domino nahm das Handy vom Ohr und sah, dass das Gespräch beendet worden war. Er stieß einen unterdrückten Fluch aus.

»Was? Was haben sie gesagt?«

»Sie haben aufgelegt.«

»Wir wissen demnach nicht, ob es ihm gut geht? Wir wissen es nicht?«

Domino spulte das Telefongespräch erneut in seinem Kopf ab.

Sie hatten gedroht, Ben Säure ins Gesicht zu kippen. Dominos Vermutung nach hätten sie eine derartige Drohung nicht so einfach geäußert, wenn der Junge tot gewesen wäre. Und dann war da noch ein Detail: *ins Gesicht.* Wahrscheinlich hatte er oder sie genau dieses Gesicht während des Gespräches vor sich gehabt.

Domino entschied, diese Überlegungen nicht mit Kathy zu teilen. Von der Drohung mit der Säure musste sie erst recht nichts erfahren. Was aber sollte er ihr stattdessen sagen?

»Domino?«

Er wurde aus seinen Gedanken gerissen und sah Kathy an. »Was?«

Sie wirkte ungeduldig. »Woher wissen wir, dass es Ben gut geht?«

Das Handy piepte in Dominos Hand. Eine Kurznachricht. Er öffnete sie, starrte auf die MMS-Bildmitteilung und drückte unverzüglich die Löschtaste.

»Er ist wohlauf«, sagte er.

»Wer war das? Was ...?«

Domino hob eine Hand. »Verlass dich einfach drauf, Kathy. Ben geht's gut.«

Domino verließ die Küche und nahm das Handy mit. Kathy war von dem Bild verschont geblieben, er nicht. Er hatte das Foto nur eine Sekunde lang betrachtet, doch es hatte sich für immer und ewig in sein Gedächtnis eingebrannt. Keine Löschtaste der Welt konnte das Bild von Ben verschwinden lassen: an einen Stuhl gefesselt, mit freiem Oberkörper, den erschlafften Gesichtszügen nach zu schließen bewusstlos, die Worte MIR GEHT'S GUT und daneben einen kruden Smiley in die Brust geritzt.

48

Hoch oben im Kontrollraum.

»Das ist echt krass«, sagte Kelly.

Monica steckte sich eine Zigarette an. »Ich bin nicht so leicht zufriedenzustellen.« Sie stieß lächelnd Rauch aus. »Aber das hier stellt mich sehr zufrieden.«

»Es ist wie eine Spielshow«, sagte Kelly, die die mehr als ein Dutzend Monitore beobachtete, auf denen sämtliche Ecken sämtlicher Räume in brillanter Schärfe zu sehen waren. Ihr Blick löste sich von den Bildschirmen und wanderte über das tischgroße Schaltpult mit seinen vielen Knöpfen und Hebeln und Mikrofonen. »Nein, eher eine Survival-Show«, meinte sie, während sie die restlichen Details des Kontrollraums begutachtete.

Monica drückte einen Knopf auf dem Schaltpult. Ein leises Brummen ertönte aus unsichtbaren, irgendwo unterhalb angebrachten Lautsprechern. Sie führte die Lippen an eines der Mikrofone und hauchte in ihrer tiefsten, erotischsten Radiostimme: »Dominos Untergang wird vor Studio-Publikum live übertragen.«

Kelly lachte, als Monicas Stimme aus allen Richtungen widerhallte.

Monica schaltete die Lautsprecher aus und wirbelte in ihrem Drehstuhl zu Kelly herum. Grinsend, die Arme voller Begeisterung über ihre grausame Schöpfung ausgebreitet. »Willkommen zu meinem Meisterwerk.«

49

Toms River, New Jersey

Domino betrat Ernie's Diner um fünf vor elf. Sein Blick erkundete so rasch wie sorgfältig sämtliche Sitznischen und Tische, um nachzuprüfen, ob irgendjemand seine Ankunft mit besonderer Aufmerksamkeit registrierte. Er wurde tatsächlich angestarrt, manchmal sogar ein wenig zu lange, aber das war normal, sobald Domino einen Raum betrat. Er war schwarz, und er war riesengroß. Ein Anblick, der vielen außerhalb von Stadien und Sportplätzen nicht oft vergönnt war. Domino hatte damit schon vor langer Zeit seinen Frieden geschlossen, bemitleidete die Gaffer sogar.

Die Kellnerin näherte sich. »Guten Morgen. Eine Person?«

Domino lächelte und schüttelte den Kopf. »Ich bin verabredet. Sieht aus, als wäre ich zu früh.«

»Also zwei Personen?«

Gute Frage.

»Mindestens. Könnten wir für alle Fälle eine Nische bekommen?«

»Natürlich.«

Die Wirtin führte Domino zu einer leeren Sitznische. Er nahm auf der Seite Platz, die ihm freien Weg zur Eingangstür verschaffte.

Eine weitere Kellnerin kam auf ihn zu. »Kaffee?«

»Sehr gerne, vielen Dank.«

Die Kellnerin lächelte und schenkte Domino eine Tasse ein. »Sie erwarten noch jemanden?«

»Stimmt genau.«

»Soll ich dann in fünf Minuten noch mal wiederkommen?«

»Das wäre nett. Besten Dank.«

Die Kellnerin lächelte abermals und verzog sich.

Domino schlürfte seinen schwarzen Kaffee und hielt die Augen auf den Eingang gerichtet. Er sah kurz auf die Uhr. Zwei Minuten nach elf.

»Erwarten Sie jemanden?«

Domino vermutete zunächst eine andere Kellnerin, die nicht mitbekommen hatte, dass er bereits bedient wurde. Er lächelte, hob den Blick und hatte schon die passende Antwort auf der Zunge. Doch die vorgebliche Kellnerin glitt auf die Sitzbank gegenüber und lächelte ihn an.

Dominos Gesichtszüge entgleisten.

Das war keine Kellnerin. Das war ein Gespenst.

»Warum fangen wir nicht noch einmal von vorne an? Hallo, Domino. Ist lange her«, sagte das Gespenst.

Dominos Miene war wie versteinert. »Hallo, Monica. Nicht lange genug.«

50

Monica Kemp zündete sich am Tisch eine Zigarette an und blies Domino den Rauch entgegen. Er verscheuchte ihn nicht mit der Hand.

»Du siehst nicht besonders überrascht aus«, sagte sie.

»Jetzt ergibt alles Sinn.«

Monica feixte. »Hast du's geahnt?«

»Der Gedanke ist mir ein- oder zweimal gekommen.«

»Aber?«

»Ich habe ihn verdrängt.«

»Warum?«

»Du warst tot.«

»Aber das hast du nicht wirklich geglaubt. All diese Nächte in Amys Haus. All die Zeit mit ihr und den Kindern. Du warst davon überzeugt, dass ich wiederkommen würde, nicht wahr?«

»Nein.«

»Warum bist du dann …?« Monica tat so, als wäre ihr plötzlich eine Erleuchtung gekommen. »*Oooh* … du hast versucht, die Leere zu füllen, was? Weil Daddy nicht mehr da ist?« Sie grinste und zog genüsslich an ihrer Zigarette.

Dominos Kiefer mahlte so heftig, dass die Muskeln wie Stahlscharniere hervortraten.

Eine Frau in der Nische gegenüber beugte sich vor. »Verzeihung. Hier darf man nicht rauchen.«

Monica hielt ihre Zigarette in die Luft. »Klar darf man – sehen Sie doch.«

Die Frau machte ein langes Gesicht, stand auf und ging zur Frau hinter der Theke hinüber.

»Jetzt wird sie mich wohl verpetzen«, sagte Monica.

»Nenn mir einen einzigen guten Grund, warum ich dich nicht über diesen Tisch ziehen und dir das Genick brechen soll.«

»Huch. Ich hab ja ganz vergessen, wie Furcht einflößend du sein kannst. Na schön, einen Grund … nun, da ist natürlich Ben. Du willst deine geliebte Kathy doch nicht enttäuschen, so wie du Amy enttäuscht hast, oder?«

»Tu nicht so, als wolltest du Ben freilassen. Das ist Zeitverschwendung.«

Abermals blies Monica Rauch in seine Richtung. »Ist das dein letztes Wort? Du bist willens, abzudampfen und Kathy zu erzählen, die Sache sei aussichtslos?«

»Also gut. Was willst du?«

»Hoppla, das war ja eine rasante Kehrtwende. Du solltest dich wirklich darum bemühen, dein sprunghaftes Temperament besser in den Griff zu kriegen, Domino.«

»Spuck es einfach aus, du verrücktes Dreckstück.«

Monica lachte. »Du wirst eine Spazierfahrt mit mir unternehmen.«

»Und?«

»Tja, das wäre fürs Erste alles.« Sie schob Autoschlüssel über den Tisch. »Du fährst.«

Domino sah kurz auf die Schlüssel hinunter. »Wohin?«

»Ein romantischer Ausflug zu zweit. Ich stehe auf schwarze Männer.«

»Alles, womit ich dich vollpumpe, ist Blei, und wenn's meine letzten Kugeln sind.«

Wieder lachte sie. »Nein, diese knallharte Schlagfertigkeit! Schade, dass du nur so vor Moralinsäure triefst. Wir könnten einen Mordsspaß miteinander haben.«

Domino schob die Schlüssel wieder zu Monica zurück. »Ich fahre nirgendwo mit dir hin, solange ich nicht weiß, dass Ben dort ist.«

Monica blickte auf die Schlüssel wie auf ein ausgeschlagenes Geschenk. »Oh, ich verstehe – du willst weitere Beweise dafür, dass es Ben *gut geht*? Auf seiner Brust ist nicht mehr viel Platz. Aber ich schätze, auf seinem Gesicht sind noch ein paar Freiflächen.«

Domino streckte den Arm vor und nahm die Schlüssel.

»Schlau von dir«, sagte sie. »Könnte ich bitte dein Telefon haben?«

Domino zögerte.

»Reine Vorsichtsmaßnahme, Mr. Taylor, Sir. Ich möchte vermeiden, dass du von unterwegs irgendwelche Textnachrichten verschickst. Simsen am Steuer ist heutzutage eine der häufigsten Unfallursachen. Die Betrunkenen am Steuer haben harte Konkurrenz.« Sie lachte. »Oh *Gott*, ich wünschte, Amy hätte den Witz mitbekommen. Ihr Daddy ist ja ständig besoffen durch die Gegend gefahren. Du weißt Bescheid, oder? Dass mein Vater und ich das Ganze als Unfall inszeniert haben?«

Domino schwieg.

Monicas Blick schweifte ab. »Wir waren so unfassbar gut«, sagte sie mit verträumter Stimme. Als sie sich wieder Domino zuwandte, bröckelte ihre zynisch-souveräne Fassade für einen flüchtigen Moment. »Mein Vater fehlt mir.«

Jetzt war es Domino, der grinste. »Ich habe ihn jedenfalls nicht verfehlt – das Messer landete beim ersten Versuch mitten in seiner verdammten Kehle.«

Monica schürzte die Lippen und nickte. »Punkt für dich … Punkt für dich.«

Dominos Kellnerin trat an den Tisch. »Pardon, Ma'am, aber hier herrscht Rauchverbot.«

Monica hielt den Blick auf Domino gerichtet. »Wir wollten sowieso gerade gehen, stimmt's?«

Domino sah zur Kellnerin auf. »Verzeihen Sie bitte; meine Freundin ist nicht von hier. Und ja, wir brechen jetzt auf.«

Die Kellnerin nickte und entfernte sich.

Domino schob Monica sein Handy hin. Sie steckte es in ihre Tasche.

»Ich weiß, dass du eine oder mehrere Waffen trägst«, sagte sie, »aber wenn du es nicht abwarten kannst und mich tötest, bevor du bei Ben bist, ist das so, als würdest du ihn eigenhändig kaltmachen. Simple Logik. Du bist schlau genug, um dir darüber im Klaren zu sein.«

Domino nickte.

»Soll ich sie hier und jetzt an mich nehmen, oder willst du warten, bis wir im Auto sind?«

»Ich denke, das Auto ist der diskretere Ort für eine Übergabe«, gab Domino zurück.

»Sehe ich ähnlich.«

Monica erhob sich. »Dann lass uns aufbrechen, Großer. Ben wird nicht ewig warten.«

Domino erhob sich ebenfalls, und Monica ließ ihn an sich vorbeigehen. Bevor sie ihm nach draußen folgte, blieb sie vor der Sitzecke gegenüber stehen und schnippte ihre Zigarette in den Kaffee der Frau.

51

Mit Monica auf dem Beifahrersitz steuerte Domino den Lexus in Richtung der Pine Barrens.

Dominos Waffen hatten, kurz nachdem sie vom Diner losgefahren waren, eine Flugreise durch das Seitenfenster angetreten. Nur eine einzige Pistole befand sich noch innerhalb des Wagens, und die gehörte Monica.

»Die Knarre ist eher metaphorisch gemeint«, sagte sie und hielt die Pistole hoch. »Du wärst ein Schwachkopf, wenn du irgendeinen Blödsinn anstellst, bevor wir ankommen. Trotzdem, irgendwas sagt mir, dass du der Typ bist, den man permanent daran erinnern muss, wer wen bei den Schamhaaren hat. Wobei ich allerdings ein ordentliches Waxing bevorzuge. Willst du mal sehen?«

»Nein danke.«

»Wie prüde. Bist du Amy gegenüber auch so frigide?«

Domino warf ihr einen flüchtigen Seitenblick zu, bevor er seine Augen wieder auf die Straße richtete.

»Oh, gebumst wird also nicht, obwohl du so gut wie jede Nacht dort verbringst?«

Domino sagte nichts.

»Ich habe dich beobachtet, Domino. Dich *und* Amy. Du kannst nichts vor mir verbergen. Ihr neues Zuhause gefällt mir übrigens sehr gut. Schätze, im alten war der tote Gatte zu präsent? Ja, das kann ich mir gut vorstellen.«

Als Domino sprach, klang seine Stimme tief und fest. »Momentan bist du im Vorteil; das ist mir bewusst«, sagte er. »Sollte jedoch Amy und den Kindern irgendetwas zustoßen, wird dir kein noch so großer Vorteil helfen. Du wirst sterben. Dafür sorge ich.«

»Hey, mach dich *locker*, du harter Bursche. Amy und ihre Bälger interessieren mich nicht im Geringsten. Meiner Ansicht nach sind wir quitt. Obwohl sie zweimal auf mich geschossen hat. Aber dafür mache ich dich verantwortlich; ich weiß, dass sie ohne deine Hilfe nicht dazu in der Lage gewesen wäre. Jawohl, das hier ist einzig und allein eine Sache zwischen dir und mir.«

»Es geht also darum, dass ich Amy geholfen habe, dich umzubringen?«

»Nee – es geht um das, was du meinem Vater angetan hast.«

Domino nickte ein einziges Mal. »Verstehe.«

»Nein, tust du nicht. Noch nicht.«

»All das stemmst du auf eigene Faust?«, wollte Domino wissen.

»Ich habe Unterstützung. Ich habe immer Unterstützung. Das weißt du doch.«

»Noch mehr durchgeknallte Verwandte?«

Monica richtete den Lauf der Pistole auf Dominos Schritt. »Keine Beleidigungen, Mr. Taylor. Das, was ich von dir will, kannst du zur Not auch eier- und schwanzlos erledigen.«

Domino grinste.

»Du kannst so selbstsicher tun, wie du willst. Wenn du wüsstest, was dich erwartet, würdest du deine schwarzen Arschbacken jetzt schon entsetzt zusammenkneifen.«

»Was dürfen meine schwarzen Arschbacken denn erwarten?«

»Spiele natürlich, was sonst? Spiele, Spiele und nochmals Spiele.«

»Heilige Scheiße, was seid ihr Leute doch stumpfsinnig.«

Monica steckte sich eine Zigarette an und kurbelte die Scheibe runter. »Eigentlich solltest du mir dankbar sein. Glaubst du etwa, die drei Kerle, die du ins Krankenhaus verfrachtet hast, haben ihre Anschuldigungen aus reiner Herzensgüte fallen gelassen?«

Domino schielte aus dem Augenwinkel zu ihr hinüber. »Du warst das also.«

»Wer denn sonst? Ich wollte schließlich nicht, dass du mir weggesperrt wirst.«

»Hast du sie bezahlt oder gefickt? Ach, das ist eh Haarspalterei, oder?«

»Sagt ausgerechnet der Typ, der die Frau seines toten Freundes knallt.«

»Wenn du so aufmerksam beobachtet hättest, wie du behauptest, dann wüsstest du, dass das nicht stimmt.«

Monica zuckte mit den Schultern. »Auch die Besten machen mal Fehler. Hätte ja in meiner Kaffeepause passieren können.«

Dominos Antwort bestand aus Schweigen.

Sie erreichten die Peripherie der Pines.

»Wir nähern uns«, sagte Monica. »Aufgeregt?«

»Erwartet uns jemand?«

»Nun, Ben natürlich.«

»Was ist mit deiner Unterstützung?«

»Die auch. Sie behält Ben im Auge.«

»Sie?«

Monica nahm einen tiefen Zug und stieß den Rauch beim Sprechen durch Mund und Nasenlöcher aus. »Eine Schülerin. Eine Auszubildende. Sie hat sich als Bens Freundin ausgegeben. Deine Kathy war ganz aus dem Häuschen, dass ihr bescheuerter Sohn sich endlich eine geangelt hat. Sie hat sie mit offenen Armen empfangen.« Monica brach in Gelächter aus. »Genauso gut hätte sie mir den Schlüssel zu ihrem beschissenen Haus in die Hand drücken können.«

Domino fuhr schweigend tiefer in die Pines hinein.

»Demnächst wirst du mir zuhören müssen«, sagte Monica und schnippte den Zigarettenstummel aus dem Fensterspalt. »Wir nehmen nämlich eine weniger befahrene Straße.« Sie tätschelte Dominos massiges Bein. »Wir brauchen unsere Intimsphäre.«

Domino hatte schon so einige abgelegene Gegenden gesehen. Sein Dienst beim Marinekorps hatte ihn in Übersee an scheinbar menschenleere Orte geführt. Nur plötzliche Schüsse hatten die Soldaten daran erinnert, dass sie nicht allein waren.

In den Pines dagegen waren sie allein.

Domino schaltete den Motor aus und stieg aus dem Lexus.

Monica folgte ihm. »Schlüssel«, rief sie über die Kühlerhaube hinweg.

Domino warf sie ihr zu.

»Na, was hältst du davon?«, wollte Monica wissen.

Sie standen in einer Geisterstadt, einem Ort, der an die Überreste eines apokalyptischen Krieges erinnerte. Dichter Wald umgab die Stadt wie ein Gürtel. Die Straße, die sie hierhergeführt hatte, war ein kaum befahrbares Provisorium; Jahrhunderte der Verwahrlosung hatten alle ursprünglichen Zufahrtswege schon vor langer Zeit mit Kiefern und Blattwerk versiegelt.

Ein augenscheinlich kürzlich renoviertes Bauwerk hob sich von der ansonsten flächendeckenden Geometrie des

Verfalls ab. Das Gebäude war ein zwei Stockwerke hoher Klotz von beträchtlicher Größe, doch völlig ohne Charakter. Die Architektur verströmte eine Aura purer Funktionalität. Domino begriff instinktiv, dass der Zweck, dem der Bau diente, sich erst im Inneren offenbaren würde.

»Was ist das?«, fragte er.

»Dein Zuhause für die nächsten Tage.«

»Wo ist Ben?«

»Drinnen.«

Er schaute sie an. »Führ mich zu ihm.«

Sie quittierte seine fordernde Renitenz mit einem Schmunzeln. »Das habe ich vor.«

»Auf der Stelle.«

»Oder was? Du verpisst dich? Tust mir weh?« Sie hielt ihm die Pistole vor die Nase und warf sie dann zu Boden. »Ich habe dir gesagt, dass die Waffe eine Metapher ist. Das war kein Scherz. Wir haben bereits festgestellt, dass du nicht die geringste Wahl hast. Hör also auf, so zu tun, als wärst du in der Position, irgendwas zu verhandeln.«

Domino ballte eine Hand zur Faust. »Sollte Ben nicht dort drin sein ...«

»Was dann? *Was?*« Sie grinste ihn an. »Ich hab dich bei den Schamhaaren, schon vergessen, Dommy?«

»Fick dich.«

»Benimm dich. Du hast mein Wort, dass du Ben sehen wirst, wenn du dich weiterhin wie ein braver Junge verhältst. Solltest du allerdings auf dumme Gedanken kommen, wird Ben sterben, dann wirst du sterben, und dann – wer hätte das gedacht – sterben Amy und Carrie und Caleb.«

Domino zuckte zusammen.

»Wow – das ist offenbar wirklich ein wunder Punkt. Habe ich dir nicht geraten, dein Temperament zu zügeln?« Sie zuckte die Achseln. »Bringt jetzt aber auch nichts mehr, oder? Ich weiß inzwischen, welche Knöpfe ich drücken muss. Aber ich bin neugierig. Ist das eine Frage des Stolzes? Oder eher eine Ehrensache? Kannst du mir folgen? Bist du so überaus empfindlich, wenn es um Amy und ihre Brut geht, weil du sie so furchtbar enttäuscht hast, oder kann dein erbärmliches männliches Ego eine Niederlage nicht ertragen? Oder liegen sie dir am Ende wirklich am Herzen, und du leidest aufrichtig darunter, Amy zur Witwe und ihre Kinder zu Waisen gemacht zu haben?«

Domino fuhr erneut zusammen. Er konnte einfach nicht anders.

»Hmmm ... dann wohl Letzteres. Wobei wahrscheinlich auch die anderen Faktoren eine mehr oder weniger große Rolle spielen. Zumindest in nachdenklichen Momenten, möchte ich wetten. Und das verstärkt die Schuldgefühle nur noch, nicht wahr? Diese Selbstsucht, der das männliche Ego einfach hilf- und machtlos gegenübersteht?«

»Monica ...?«

»Domino ...?« Sie imitierte seinen tiefen und todernsten Tonfall.

»Können wir bitte loslegen?« Er schaute zu dem Gebäude hinüber. »Ich bin sehr erpicht darauf, das, was du für mich geplant hast, hinter mich zu bringen, damit ich dir endlich jeden einzelnen Knochen im Leib brechen kann.«

Monica lachte schallend. »Bittet, und ihr werdet empfangen. Hier entlang.«

52

Monica führte Domino zu einer einsamen Stahltür mit Respekt einflößenden Schlössern über und unter dem Knauf.

»Ihr Zimmer, Sir«, sagte sie.

»Und was erwartet mich da drin?«

»So viel will ich verraten: Nennen wir es das *Vorspiel-Zimmer*. Fürs Erste besteht deine Aufgabe darin, einzutreten und auf weitere Anweisungen meinerseits zu warten.«

»Ist Ben da drin?«

»Ja, er befindet sich in diesem Gebäude. Im Vorspiel-Zimmer? Negativ.«

Domino trat einen Schritt von der Tür zurück, reckte den Hals, um die Hausfassade ein weiteres Mal überblicken zu können, und studierte das Bauwerk eingehend. Er konnte nichts erkennen, was er nicht schon bei seiner ersten Begutachtung gesehen hatte, und entschied sich, sie etwas auszuhorchen. »Was ist das? Ein Labyrinth?«

Monica schob ihre Unterlippe vor, als würde sie über diese Einschätzung nachdenken. »Hmm … *in etwa*. Es hat auf jeden Fall bestimmte Eigenschaften eines Labyrinths.«

»Zum Beispiel?«

»Du wirst feststellen, dass es dir ähnliche Herausforderungen bietet wie ein Labyrinth.«

»Wie viele Räume?«

»Ein paar.«

»Wenn ich es bis zum letzten Raum schaffe, ist Ben frei, so etwa?«

»Du hast wahrhaftig nicht nur Muskel-, sondern auch Hirnschmalz, mein Lieber.«

Eine unverfrorene Lüge, dachte er. *Doch was für einen Zweck hätte es, ihr das jetzt unter die Nase zu reiben? Du warst noch nicht mal da drin, konntest dir nicht den geringsten Überblick oder auch nur ein Gefühl für die Räumlichkeiten verschaffen.*

»Ich stelle keinerlei Forderungen«, sagte Domino. »Mir ist klar, dass ich nicht das Geringste in der Hand habe. Aber selbst du musst zugeben, dass mir das Betreten dieses Raumes ohne die Gewissheit, dass Ben sich tatsächlich *innerhalb* des Gebäudes aufhält ...«

Monica nickte. Nicht herablassend, sondern so, als würde sie seiner Logik zustimmen. »Tritt ein, und ich werde dir unbestreitbare Beweise dafür liefern, dass Ben sich im Inneren befindet ... wo auch immer. *Allerdings* möchte ich dich erneut darauf aufmerksam machen, dass jemand auf ihn aufpasst – und zwar jederzeit. Und meine Augen und Ohren sind überall. Reicht das als Motivation, damit du dich an die Regeln hältst?«

»Das reicht.«

»Gut.« Monica zog einen Schlüsselbund aus ihrer Tasche und schloss die Tür auf. »Kann's losgehen?«

Domino drückte die schwere Stahltür auf und trat in das Vorspiel-Zimmer.

53

Die massive Stahltür glitt hinter Domino zu. Er stand in völliger Dunkelheit. Ein dreimaliges metallenes Klicken war zu hören – Monica schloss ihn ein, sicherte sich ihre Beute.

Er hatte beim Öffnen der Tür einen kurzen Blick auf das Innere des Raumes erhaschen können, und ihm war nichts Bemerkenswertes aufgefallen. Genau genommen war ihm gar nichts aufgefallen. Es hätte sich genauso gut um einen verwaisten Racquetball-Court handeln können. Dennoch hielt er es für das Beste, Position nahe des Eingangs zu beziehen, solange es dunkel war.

Wenn es überhaupt hell wird, dachte er. *Ist das ihr Plan? Mich in totaler Finsternis aus dem Weg zu räumen. Nein. Auf keinen Fall.*

Es machte Domino regelrecht krank, sich in Monicas Hirnwindungen hineinzuversetzen. Nicht wegen der grausigen Dinge darin, keinesfalls, sondern wegen des Gefühls von Verbundenheit, das sich dadurch einstellte. Ein unheiliges Band zwischen ihr und ihm.

Andererseits war es überlebenswichtig. Domino wusste nur allzu gut, wie das verrückte Weibsstück tickte, und dieses Wissen konnte er sich zunutze machen. Und er wusste außerdem, dass sie nie und nimmer einen solchen Aufwand für diese wie zum Teufel auch immer geartete Konstruktion betrieben hätte, nur um ihn in ein dunkles Loch zu werfen und ohne Federlesens umzubringen. Darin lag keine sportliche Herausforderung. Vor allem fehlte der Spaß. Es wäre kein *Spiel.*

Ja, die Verbindung bestand, und sie ließ ihm die Galle aufsteigen. Er spuckte auf den Fußboden.

Plötzlich erschien ein helles Rechteck an einer der vier Wände. Die Projektionsfläche eines Beamers. Das vorläufig weiße Bild war so groß, dass es fast die Hälfte der Wand bedeckte.

Das Licht des Projektors reichte aus, um den Rest des Raumes zu erhellen. Domino hatte richtiggelegen – er ähnelte einem verwaisten Racquetball-Court. Einer der wenigen Unterschiede bestand darin, dass es nach frischem Holz statt nach Gipsputz roch. Ein weiterer war das Fehlen einer gläsernen Trennwand.

Das weiße Bild des Projektors flackerte und wurde schwarz. Dann folgten Filmaufnahmen.

Ben. Wie Domino ihn in Erinnerung hatte. An einen Stuhl gefesselt, mit freiem Oberkörper, offenbar ohne Bewusstsein, die Worte MIR GEHT'S GUT und daneben einen kruden Smiley in die Brust geritzt.

Neben Ben stand ein schmächtiges blondes Mädchen. Domino schätzte sie auf etwa sechzehn. Sie lächelte und winkte in die Kamera. *Monicas Schülerin,* dachte Domino.

Die Schülerin trat hinter Ben, griff nach vorne und verzog seine Mundwinkel zu einem Lächeln. Ben ließ es reglos geschehen. Sein Mund hing schlaff und gummiartig herab. Die Schülerin spielte weiterhin an Bens Mund herum und sprach dazu mit alberner Stimme, die eigenen Lippen so wenig wie möglich bewegend. Eine Bauchrednerin und ihre Puppe. *»Hi, Domino. Ich hoffe sehr, dass du mich finden wirst!«*

Domino schrie laut Richtung Decke. »Affenscheiße! Das könnte überall aufgenommen worden sein!«

Überrascht bemerkte er, dass die Auszubildende bei seinem Ausbruch innehielt, von Bens Mund abließ und fragend in die Kamera blickte.

Sie hat mich gehört, dachte Domino. *Das bedeutet, dass sie in der Nähe ist.*

Er schaute sich zur Rückseite des Raumes um, hinauf zur Decke. Blinzelte und entdeckte den Projektor. Sah die Kameras, die zu beiden Seiten des Projektors angebracht waren.

Vielleicht auch nicht. Sie hat die Bude hier gründlich verkabelt. Meine Stimme wird womöglich von wer weiß wie vielen Lautsprechern wohin auch immer übertragen.

Er betrachtete erneut die Projektion an der Wand. Die Auszubildende trug noch immer den fragenden Ausdruck im Gesicht. Offenbar versuchte sie durch ihr Mienenspiel, mit ihrer Mentorin hinter den Kulissen zu kommunizieren: Was soll ich jetzt machen?

Domino inspizierte den Raum, den die Aufnahme zeigte. Er ähnelte dem, in dem er sich gerade befand. Ein gigantischer Racquetball-Court, anscheinend leer bis auf Ben und die Auszubildende und das Kamerastativ vor ihnen.

Seinem Bauchgefühl nach befanden sie sich in diesem Gebäude, genau wie Monica gesagt hatte.

Die nächste der Geistesverwandtschaft zwischen ihnen geschuldete Erkenntnis traf Domino wie ein Blitz, und wieder ließ sie Galle seine Speiseröhre hinaufsteigen: Sie würde das Spiel nicht mit Nullrisiko spielen. Denn dann wäre es kein Spiel. Sondern Mogelei.

Die Ironie, dass es bei einer Soziopathin wie Monica ein Spiel mit Regeln gab, blieb Domino nicht verborgen. Im Gegensatz zu den meisten anderen Soziopathen hielt Monica an einem verdrehten Rechtsbewusstsein fest. Sich etwas zu verdienen war in Ordnung, Almosen anzunehmen und etwas zu nutzen, was einem einfach in den Schoß fiel, ein Zeichen von Schwäche. Das gleiche Verhalten hatte Domino bei Monicas Vater erlebt. An einem Punkt ihrer Auseinandersetzung war Domino völlig wehrlos gewesen. Ihr Vater hätte ihn ohne Probleme töten können. Stattdessen hatte er Domino aus seiner Misere befreit, damit sie auf Leben und Tod kämpfen konnten. Almosen werden weder gewährt noch angenommen.

Seine jetzige Situation war dem vermutlich nicht unähnlich. Ben war hier, in diesem Haus. Davon war Domino überzeugt. Abermals spuckte er galligen Speichel.

»Das wirst du sauber machen, hoffe ich?« Monicas Stimme dröhnte von oben aus mächtigen Lautsprechern.

Domino sah zur Decke auf. »Wenn ich dazu komme.«

»Um deine Frage zu beantworten: Ich versichere dir, dass das, was du siehst, eine Live-Übertragung von irgendwo innerhalb dieses Gebäudes ist. Kelly? Würdest du Mr. Taylor bitte einen Beweis dafür liefern?«

Die Schülerin, die sie Kelly genannt hatte, ging auf die Kamera zu, bis ihr Oberkörper alles andere verdeckte. Man hörte sie an dem Gerät herumfummeln. Dann wackelte die Kamera, als sie vom Stativ genommen wurde und sich, von Kelly geführt, auf eine Tür des Raumes zubewegte.

Kellys Hand kam von der Seite ins Bild und öffnete die Tür. Das einströmende grelle Sonnenlicht ließ das Bild für einige Sekunden weiß werden. Dann erblickte Domino Monicas Lexus, den er in die Pines gefahren hatte, ungefähr fünfzig Meter vor dem Gebäude.

Schlagartig zeichnete sich in Dominos Kopf ein Bauplan ab. Der Ausgang, den er soeben gesehen hatte, lag auf der

Vorderseite des Gebäudes. Dementsprechend befand er sich näher an Ben, als er vermutet hätte. Wäre er nicht weiter entfernt postiert worden, wenn Bens Raum das letzte Ziel darstellte?

Aber der Bau ist quadratisch, dachte er. *Wahrscheinlich sind die Räume alle miteinander verbunden, aber nicht in einer Linie; das wäre baulich nicht möglich.*

Also besteht das Gemäuer aus lauter Quadraten. Wie ein Schachbrett. Und Ben und ich sind die Spielfiguren.

Kelly trat wieder ins Innere, zog die Tür hinter sich zu, sodass das Sonnenlicht abrupt ausgesperrt wurde. Das an Dominos Wand geworfene Bild sprang abermals hin und her, als Kelly die Kamera auf das Stativ zurücksteckte – wieder war sie auf Ben gerichtet.

Kelly lief wieder hinter den Stuhl, knetete ein neuerliches Grinsen in Bens schlaffes Gesicht und winkte dann zum Abschied in die Kamera. Daraufhin wurde das Bild zunächst schwarz, dann weiß, was genug Licht spendete, um Domino seine Umgebung erkunden zu lassen.

»Glücklich?«, fragte Monicas Stimme von oben.

»Zufrieden«, antwortete Domino der Decke.

»Gut.«

Der Projektor wurde ausgeschaltet, und Domino stand abermals im Dunkeln. Dann eine Explosion von Licht, die ihn blinzeln und seine Augen abschirmen ließ.

Der Raum wurde jetzt bis in den letzten Winkel ausgeleuchtet. Vier hohe Wände, alle aus beigefarbenem Holz. Zwei Türen: die, durch die er hereingekommen war, und eine ihr direkt gegenüber. An der Decke, wie erwartet: Kameras. Sie beobachtete ihn. Er sah keine Lautsprecher, aber die Stärke und Klarheit ihrer Stimme verrieten ihm, dass sich welche im Raum befanden. Außerdem konnte sie *ihn* hören. Lautsprecher *und* Mikrofone.

Ein weiteres seltsames Detail war ein einzelnes direkt in der Deckenmitte eingelassenes Viereck von der Größe einer kleinen Tür. Es erinnerte Domino an die Leitertüren, durch die man auf Dachböden gelangte. War sie dort oben?

»Das ist also das Vorspiel-Zimmer«, sagte Monica. »Kommentare?«

Domino zuckte die Schultern. »Irgendwie nichtssagend. Du solltest vielleicht mal einen Innenarchitekten engagieren.«

Er hörte sie lachen. »Stimmt, meine Baufirma hat es nicht so mit Inneneinrichtung, aber was sie macht, macht sie extrem gut. Ich bin mit dem Ergebnis hochzufrieden.«

»Wussten sie, was sie gebaut haben?«

»Oh ja. Da du im Auto so pikiert warst, gebe ich es nur ungern zu, aber mit Moneten und Mösen kann man so gut wie alles auf der Welt kaufen.«

»Selbstachtung offenbar nicht.«

Weiteres Gelächter. »Der war ziemlich gut. *Wie auch immer* ... Ich entlohne meine Bauarbeiter großzügig. Als sie hier fertig waren, habe ich jedem von ihnen fünfzig Riesen extra angeboten.«

»Das war lieb von dir.«

»Nein, nein – das war keine Prämie für die bereits erledigte Arbeit. Es war für einen neuen Auftrag.«

»Einen Pool?«

»Da ist sie wieder, diese hartgesottene Schlagfertigkeit. Köstlich. Nein – ich habe jedem fünfzig Riesen dafür geboten, dich totzuschlagen.«

Die Schlösser in der Stahltür am anderen Ende des Raumes knackten.

»... und noch mal zwanzig für denjenigen, der es schafft, dir den Kopf abzureißen und ihn mir zu bringen.«

Die schwere Tür glitt auf. Drei muskulöse Männer betraten den Raum. Einer von ihnen trug einen großen Hammer.

»... Keine einfache Aufgabe, wenn man nichts als einen Hammer und seine bloßen Hände hat. Vergesst nicht, Jungs, der Kopf muss unversehrt sein. Für unappetitlichen Brei gibt's kein Geld.«

Die Männer verteilten sich in Dreiecksformation und schlichen, der mit dem Hammer an ihrer Spitze, vorwärts. Die Stahltür hinter ihnen schob sich mit einem lauten Knall zu, dem ein dreimaliges schnelles Klicken folgte. Sie waren eingeschlossen.

»... Ach, scheiß drauf, wisst ihr was? Bringt mir einfach seine fette Birne; ist mir egal, wie sie aussieht.«

Der Mann an der Spitze stürmte los.

54

Domino war unzählige Male mit Messern und stumpfen Gegenständen attackiert worden. Mehr als nur ein paar Narben zeugten davon, dass er schon früh gelernt hatte, optisch eindrucksvolle Abwehrmethoden wie das Umklammern von Handgelenken lieber Actionfilmen zu überlassen. Da funktionierten sie wenigstens.

Was Domino anging, war das Einzige, was in solchen Situationen *tatsächlich* funktionierte, ein Gegenangriff – so lange und so heftig, bis die Angreifer bewusstlos oder tot am Boden lagen.

Der Mann mit dem Hammer sprang vor. Domino tat das Gleiche. Sie stießen zusammen. Dominos Bewegung nahm der Attacke den Schwung. In schneller Folge ließ Domino drei Kopfstöße auf seinen Gegner niedergehen, deren dritter und letzter den Mann benommen zu Boden schickte, wobei der Hammer seinem Griff entglitt.

Der zweite Mann hechtete nach dem gefallenen Hammer. Domino sah ihn kommen und trat den Hammer beiseite. Der Mann rutschte mit ausgestreckten Armen auf dem Bauch bis zu der Stelle, an der gerade eben noch der Hammer gelegen hatte. Er sah mit beinahe entschuldigendem Blick zu Domino auf. Domino trat ihm ins Gesicht und schickte ihn ins Land der Träume.

Der dritte Mann verfiel in eine unsichere Boxerposition und begann, Domino zu umkreisen. Er rief dem benebelten Mann auf dem Boden, der den Hammer gehalten hatte, etwas auf Russisch zu. »Vstavay! *Vstavay!*«

Domino konnte Russisch: Der Mann drängte den anderen, sich aufzurappeln und ihm zu helfen. Domino sah kurz nach dem Benommenen – er stützte sich auf ein Knie und versuchte wie ein umgekippter Säufer, wieder Fuß zu fassen.

Mit drei mächtigen Schritten hatte Domino den Benebelten erreicht und seinem Kopf wie einem Football einen Tritt verpasst. Damit waren zwei Männer außer Gefecht.

»Vstavay!!!«

»Tebe pizd'ets, suka«, sagte Domino.

Der Mann erstarrte, die Hände noch immer in lahmer Boxerstellung erhoben, einen Ausdruck von Unglauben und Furcht im Gesicht.

Alter, du hast verschissen, hatte Domino gesagt.

Der Mann, der die Sache offenbar schnell hinter sich bringen wollte, stürmte mit einem ungestümen Schwinger vor, den Domino meilenweit kommen sah.

Domino ließ den Hieb über seine linke Schulter abrollen und konterte mit einer akkurat aufs Kinn platzierten kurzen Rechten. Der Mann war weggetreten, bevor er auf dem Boden aufschlug. Er landete mit dem Gesicht voraus und zuckte.

Domino beugte sich vor und drehte den Mann auf die Seite, damit er nicht an seiner eigenen Zunge erstickte. Dann sah er zur Decke hinauf. »War's das? Sind wir hier fertig?«

»Nicht ganz«, erklang Monicas Stimme von oben. »Wenn du den Schlüssel für den nächsten Raum willst, müssen alle Russen tot sein.« Sie lachte. »Ist mir soeben spontan eingefallen.«

Domino schaute nacheinander auf die bewusstlos vor ihm liegenden Männer hinab. Dann richtete er den Blick wieder zur Decke.

»Sie wollten *dich* töten, Domino. Und hast du etwa den armen Ben vergessen? Vergessen, was die liebreizende Kathy von dir denken wird, wenn du so versagst wie bei Amy und Carrie und Caleb?«

»Warum kommst du nicht aus deinem Versteck gekrochen, und wir regeln die Sache hier und jetzt?«

»Du willst, dass ich runterkomme und mich dir zum Zweikampf stelle?«

Domino spreizte einladend die Arme.

»Du hast gerade drei große Kerle – einen davon mit einem verfluchten *Hammer* – in weniger als einer Minute erledigt. Hältst du mich für eine Vollidiotin?«

»Das ist demnach dein ausgefeilter Plan? Typen zu mir reinschicken, die für dich kämpfen, bis mich einer von ihnen besiegt?«

»Selbstverständlich nicht. Ich habe dir doch gesagt, dass das hier nur das Vorspiel-Zimmer ist. Welches du nicht verlassen wirst, bevor sie tot sind. Du bleibst da drin, solange es eben dauert. Ich bin sicher, du kennst doch die Dreierregeln fürs Überleben, Mr. Marine?«

»Ja, und?«

»Die erste Prüfung hast du bestanden – drei Stunden schutzlos in der Wildnis. Und um die nächste Regel musst du dir keine Sorgen machen – ich würde niemals so tief sinken, dir drei Minuten lang die Atemluft zu rauben. Das wäre enttäuschend und auch ein bisschen antiklimaktisch, nicht wahr?«

Einer der drei Männer regte sich.

»Und dir für drei Wochen die Nahrung zu entziehen, wäre angesichts der *letzten* Regel irrelevant. Wie steht's, Domino? Denkst du, du hältst drei Tage ohne Wasser durch?«

Der nächste Mann rührte sich. Monica redete weiter.

»Sieht aus, als würden sie aufwachen, Großer. Wie wäre es, wenn wir eine neue Regel aufstellen? Ja, das gefällt mir ...« Eine Pause. »Okay, hier ist die komplette Liste: Man kann nicht länger als drei Stunden schutzlos in der Kälte durchhalten. Man kann nicht länger als drei Minuten ohne Luft auskommen. Man kann nicht länger als drei Tage ohne Wasser überleben. Man schafft es nicht länger als drei Wochen ohne Essen. *Uuuund* ... du kannst den nächsten Raum nicht betreten, solange die drei Russen noch am Leben sind.« Lautes Lachen.

Inzwischen waren alle drei Männer wieder einigermaßen wach. Benebelt und verwirrt, aber bei Bewusstsein.

»Ich würde mich sputen, wenn ich du wäre«, sagte sie. »Im Augenblick sind sie leichte Beute. Willst du, dass sie sich wieder aufrappeln?«

»Bringt der Schlüssel zum nächsten Raum mich näher an Ben heran?«

»Jawohl, mein Herr.«

»Was ist mit dir?«

»Was soll mit mir sein?«

»Näher zu dir?«

»Vielleicht.«

Domino trat zu dem herumliegenden Hammer, hob ihn auf und schlug den drei Männern nacheinander die Schädel ein.

»Gib mir den beschissenen Schlüssel.«

55

»Das war echt kaltblütig, Mr. Taylor.«

Domino ließ den blutverschmierten Hammer fallen und schaute zur Decke auf. »Schlüssel.«

Ein klirrendes Geräusch von oben. Ineinandergreifende Zahnräder? Domino war auf alles gefasst.

Das einer Dachbodenluke ähnelnde Viereck in der Decke öffnete sich unter dem Knarzen eines Getriebes.

Jetzt war eine rechteckige Öffnung erkennbar. Leider ohne Leiter. Ein Poltern wie von einem sperrigen Gegenstand, der einen Wäscheschacht hinunterstürzt, und dann fiel ein kleiner weißer Leinensack aus der Decke und landete vor Dominos Füßen. Auf dem Sack prangte ein Smiley.

»Willst du nicht reinschauen?«

Domino sah zu der eckigen Öffnung in der Decke hinauf. Die Zahnräder ächzten wieder und die Schiebetür schloss sich langsam.

Er hob den Sack auf, der mit zu einem kräftigen weißen Bindfaden verschnürt war. Domino lockerte den Knoten, öffnete den Sack und schüttelte den Inhalt heraus.

Zwei Gegenstände erschienen: ein Schlüsselbund und eine Wasserflasche. Domino bückte sich und schnappte nach den Schlüsseln. Dem Wasser schenkte er keine Beachtung.

»Keinen Durst?«

»Glaubst du, ich führe meinem Körper etwas zu, das von dir stammt?«

»Vergiss die Regel nicht, Domino: drei Tage ohne Wasser ...«

»Ich kann meine eigene Pisse trinken.«

»Bis dir die Pisse ausgeht.«

»Ich trinke nichts, was du mir gibst.«

»Glaubst du wirklich, ich würde dich so früh vergiften? Du bist gerade mal mit dem Vorspiel-Zimmer fertig. Wo zur Hölle bleibt da der Spaß?«

Domino bückte sich erneut und griff sich die Flasche. Er ging zu einem der Männer hinüber, öffnete die Flasche, schüttete den Inhalt über das Gesicht des Toten und warf die leere Flasche dann in eine Ecke, wo der hohle Plastikbehälter nach einem leise klappernden Aufprall schnell ausrollte.

»Siehst du?«, sagte Monica. »Sein Gesicht ist nicht weggeschmolzen. Du hättest es trinken können.«

Domino packte die Schlüssel und machte sich auf den Weg zur nächsten Tür.

»Dieser nächste Raum ist eventuell ein bisschen weniger aufregend als das Vorspiel-Zimmer«, sagte Monica, »aber weitaus anstrengender. Du treibst doch gerne Sport, oder?«

56

Am Bund befanden sich drei Schlüssel, einer für jedes Schloss über und unter dem Türgriff. Es kostete Domino ein wenig mehr als eine Minute, bis er herausgefunden hatte, welcher wo hineinpasste, aber dann war die Tür offen, und seine Belohnung, der zweite Raum in Monicas Labyrinth, lag vor ihm.

Domino trat hinein. Dort herrschte keine Finsternis wie im Vorspiel-Zimmer. Es war zwar schummerig, aber hell genug, dass Domino sich einen kurzen Überblick verschaffen konnte.

Viel gab es nicht zu sehen. In der Mitte des Raumes stand ein einsames Laufband. Das war auch schon alles. Außerdem war es warm – deutlich wärmer als zuvor.

Domino näherte sich dem Laufband. Es sah sehr hochwertig aus, wie etwas, das ein Fitnessstudio der Spitzenklasse im Angebot hatte. Normalerweise verzichtete Domino auf Laufbänder; er bevorzugte es, durch die freie Natur zu joggen.

Die Stahltür hinter ihm glitt zu, und dem mittlerweile vertrauten schweren Knall folgte unverzüglich das dreimalige Klacken der Schlösser, ebenso prompt und rhythmisch wie zuvor, als die drei Männer hindurchgetreten waren. Das war für Domino durchaus aufschlussreich. Von Hand konnte man die Schlüssel der schweren Tür kaum so rasant, präzise getaktet und routiniert bedienen.

Als Monica Domino im Vorspiel-Zimmer eingeschlossen hatte, war kein *Schepper! Schepper! Schepper!* der Verriegelungen zu hören gewesen. Darüber hinaus hatte sie die Tür langsam zugleiten lassen, jedenfalls ohne das laute Knallen wie bei den letzten beiden Malen. Die Schlösser hatten sich nicht gleichmäßig verriegelt, was vielleicht der Suche nach dem jeweils nächsten Schlüssel geschuldet gewesen war. Dies verriet Domino, dass einige der Türen und Schlösser ferngesteuert waren. Was dem Vorhaben, sich während des Aufschließens gegen eine der Türen zu werfen und sie gegen den Widerstand der- oder desjenigen dahinter aufzustemmen, einen empfindlichen Dämpfer versetzte.

Aber die letzte Tür? Die des Raumes, in dem Ben festgehalten wurde? Die, die ganz offensichtlich nach *draußen* zum Lexus führte? Die kleine Kelly hatte sie mit der Videokamera in der Hand geöffnet. Es schien sich also nicht um ein schweres Burgtor, sondern um eine ganz normale Tür zu handeln. Er wäre in der Lage, sie aufzubrechen – *wenn* er so weit kam.

Domino gab sich keinerlei Illusionen darüber hin, dass Monica ihn abservieren würde, sollte er es durch ihr Labyrinth des Wahnsinns und bis zu Ben schaffen. Es war nicht vorgesehen, dass er das Ziel erreichte. Es war vorgesehen, dass er starb. Ben ebenfalls. Monica mochte sich irgendwelchen versponnenen Richtig-und-Falsch-Vorstellungen verpflichtet fühlen, wenn es darum ging, ihre Spielchen zu spielen, aber das bedeutete noch lange nicht, dass sie bereit war, wegen dieser Vorstellungen zu verlieren.

Diese Wahrheiten erschütterten Domino nicht im Geringsten. Sie waren vielmehr hilfreich. Keine falschen Hoffnungen. Er wusste um seine Lage, um seine Chancen. Er würde ihr Spiel weiterhin mitspielen, würde nicht aufgeben (auf keinen verdammten Fall), und er würde schlussendlich einen Ausweg für sich und Ben finden. Das waren keine Durchhalteparolen; es waren blanke Tatsachen.

Oh, und bevor er sich davonmachte, würde er Monica außerdem noch das Herz aus der Brust reißen. Auch das war Fakt.

Die Lautsprecher über seinem Kopf brummten. »Wie steht's um deine Kondition?«

Domino legte eine Hand auf das Laufband. »Was ist das?«

»Ein Laufband, Dummerchen.«

Domino hob den Blick. Ein Schweißtropfen rollte ihm ins Auge und brannte dort. Er neigte den Kopf und trocknete sich mit dem Handrücken die Augen. Dann wischte er sich mit dem Saum seines Hemdes über die feuchte Stirn.

»Wird's langsam warm da unten?«

Domino hatte es beim Betreten des Raumes bereits bemerkt und spürte jetzt noch deutlicher, dass es immer *wärmer* im Raum wurde. Der Geruch von frischem Holz, der sich mit der trockenen Hitze verband, erinnerte an eine Sauna. Monica schien Dominos Gedanken zu lesen.

»Stell dir das einfach als große Sauna vor. Gut gegen verstopfte Poren.«

»Also, worum geht es? Soll ich so lange rennen, bis ich nicht mehr kann?«

»Äh, nein – du rennst, bis *ich* sage, dass du nicht mehr kannst.«

Domino schaute zur Decke auf. »Willst du runterkommen und mich dazu zwingen?«

Auf einer der vier Wände, direkt vor dem Laufband, zeigte sich abermals die gigantische Projektion eines vertrauten Bildes: der an einem Stuhl festgebundene Ben, Handgelenke und Knöchel gefesselt, nach wie vor mit freiem Oberkörper, nach wie vor die grausamen Schnitte in der Brust. Er war nicht wie zuvor mit einem Lappen geknebelt – sein Mund war vollständig von einem großen Stück Klebeband verdeckt.

Kelly, die Auszubildende, stand wie vorhin hinter Ben. Sie hatte die Arme hinter dem Rücken.

»Kelly?«, sagte Monica. »Würdest du Domino bitten, für mich auf das Laufband zu steigen?«

Kelly zog eine große Plastiktüte hinter dem Rücken hervor. Sie hielt sie der Kamera entgegen wie ein Zauberkünstler dem Publikum seinen leeren Zylinder. Die Plastiktüte war durchsichtig.

Kelly stülpte Ben die Plastiktüte über den Kopf und zurrte sie nach hinten fest. Bens verzerrte Züge traten unter dem transparenten Kunststoff hervor. Sein panisches Schnappen nach Luft war überaus deutlich zu erkennen. Das Plastik war nicht zufällig durchsichtig.

Domino sprang auf das Laufband, sah auf die Schalttafel hinab und schlug wahllos auf irgendwelche Knöpfe.

Nichts geschah.

Er wandte den Blick zum Film an der Wand. Ben würgte noch immer in der Tüte, Tränen liefen in Strömen aus seinen weißen, hervorquellenden Augen, eine Plastikblase an seiner Nase wuchs und schrumpfte, wuchs und schrumpfte in hektischem Rhythmus, Kelly war mit Feuereifer dabei, grinste und kicherte gelegentlich, während sie Bens verzweifelte Versuche unterband, die Tüte abzuschütteln.

Domino haute auf weitere Knöpfe. »Ich kriege das verkackte Ding nicht in Gang!« Er richtete die Augen auf die Filmprojektion. »Sag ihr, dass sie aufhören soll! *Sag ihr, dass sie aufhören soll!*« Wieder schlug er auf das Bedienfeld des Laufbandes. *»Ich kriege das Scheißding nicht in Gang!!!«*

»Du kannst aufhören, Kelly«, sagte Monica.

Domino sah augenblicklich auf. Kelly zog Ben die Tüte vom Kopf. Bens Nasenlöcher flatterten, als er krampfhaft Sauerstoff durch die viel zu kleinen Öffnungen einsaugte.

Das Gerät piepte. Das Band unter Dominos Füßen setzte sich in Bewegung. Erst lief er ganz langsam, bevor er nach und nach Fahrt aufnahm. Das Tempo hielt sich allerdings in Grenzen. Ein strammer Marsch.

Obwohl auch sein Zorn zur Erhöhung seiner Körpertemperatur beigetragen hatte, spürte Domino, dass der Raum sich weiter erwärmte. Und auch bezüglich des Laufbandes rechnete er nicht damit, dass es bei dieser moderaten Geschwindigkeit blieb.

57

Dreißig Minuten auf dem Laufband. Das Strammer-Marsch-Tempo war unverändert geblieben, aber im Raum wurde es heißer und heißer. Seine Kleidung war schweißgetränkt. Er dachte an die Flasche Wasser, die er verschmäht hatte, bereute es für den Bruchteil einer Sekunde, sie nicht an sich genommen zu haben, dann marschierte er weiter. Bevor er Monica die Genugtuung verschaffte, würde er tatsächlich seine verdammte Pisse saufen. Sie runterkippen und genießerisch in die Kameras an der Decke schmatzen, als verkoste er soeben den edelsten aller Weine.

Bis dir die Pisse ausgeht, hatte sie gesagt.

Wird sie nicht. Und wenn, dann bist du bis dahin längst verreckt, Schlampe.

»Alles klar da unten?«, fragte Monica. »Du wirkst ein wenig … feucht.«

Domino schwieg. Er hielt den Kopf gesenkt und trabte weiter.

»Möchtest du deinen Kumpel noch mal sehen?«

Dominos Kopf schnellte empor. Wieder erschien die Projektion auf der Wand. Da war Ben, in unveränderter Lage. Kelly stand hinter ihm, die Arme hinter dem Rücken verborgen. Er wusste, dass sie mit der Plastiktüte in der Hand auf ihren Einsatz wartete.

Domino legte seine Hände auf den Handlauf, um sich Halt zu verschaffen, bevor er zur Decke hinaufschaute. »Was soll der Scheiß?«, stieß er keuchend hervor.

»Ansporn«, antwortete Monica.

»Ich brauche keinen zusätzlichen Ansporn. Ich hab's kapiert.«

Das Laufband piepte erneut.

Domino beugte den Kopf über das Schaltpult. Über den rechteckigen Bildschirm lief ein Reigen pixeliger Smiley-Gesichter.

Die Geschwindigkeit des Laufbandes erhöhte sich. Kein zügiges Gehen mehr; jetzt befand sich Domino im Laufschritt.

»Immer noch alles gut?«, wollte Monica wissen. »Gib mir Bescheid, wenn du aufgeben willst. Verlieren ist keine Schande, Domino. Ich bin sicher, dass Kathy dir irgendwann verzeihen würde. Amy hat dir ja auch Patrick verziehen, nicht wahr?«

Leck mich, leck mich, leck mich ...

Weiteres Piepsen. Das Tempo stieg. Jetzt rannte er fast. Durch die Anstrengung und die trockene Hitze brannten Lunge und Kehle, als hätte er Rauch eingeatmet.

»Ich weiß ja nicht, Leute, aber er scheint mir etwas ermattet zu sein ...«

Neuerliches Piepsen. Volle Laufgeschwindigkeit. Die trockene Hitze war nicht länger Rauch, sondern Feuer in seinem Hals.

»... wird er es durchstehen, oder muss der große Domino Taylor eine weitere geliebte Freundin enttäuschen?«

Leckmichleckmichleckmichleckmichleckmich ...

Am Rande seines Blickfeldes blitzten violette Punkte auf. Diese violetten Punkte waren ihm nur allzu vertraut. Er hatte sie unzählige Male während des Extremtrainings beim Korps vor Augen gehabt – und immer unmittelbar vor einer Ohnmacht.

Wenn du ohnmächtig wirst, ist er tot, wenn du ohnmächtig wirst, ist er tot, wenn du ohnmächtig wirst …

Domino wurde ohnmächtig. Er brach, Gesicht nach unten, auf dem Gerät zusammen, schlitterte auf dem Band rückwärts und fiel auf die Seite.

»Er ist am Boden!«, heulte Monica auf. *»Domino Taylor ist am Boden!«*

Domino kam sofort wieder zu sich und versuchte, auf die Beine zu kommen. Die violetten Blitze waren noch da und schickten ihn erneut auf die Matte – diesmal allerdings, ohne dass er das Bewusstsein verlor.

Das Geräusch dumpfen Weinens. Domino sah zur Übertragung an der Wand auf, sah, wie Ben unter der Plastiktüte gegen das Ersticken ankämpfte, sah, wie Kelly es genoss.

Domino brüllte auf und erhob sich. Das Laufband lief noch immer mit Höchstgeschwindigkeit. Er packte die Stangen des Handlaufs und setzte die Füße in sicherer Distanz zu dem rasenden Riemen auf die Kanten. Er musste den richtigen Moment erwischen. Sprang er zu früh oder kam zu weit hinten oder vorne auf, riskierte er einen neuerlichen Sturz.

Denk nicht nach, mach es einfach.

Das tat er, nahm den Schwung des Bandes perfekt auf – und rannte wieder.

»Los, runter damit!«, schrie er Richtung Wand. Da er immer noch leicht benebelt war, vermied er einen Blick zur Decke. *»Runter damit!!!«*

Kelly riss Ben die Plastiktüte vom Kopf. Abermals flatterten seine Nasenflügel, als er angestrengt nach Luft schnappte.

Als sich sein Atem schließlich beruhigte, brach Ben in Tränen aus.

»Da sehen wir es wieder«, sagte Monica. »In einer Sekunde schützt einen die selige Betäubungswirkung des Schocks davor, durchzudrehen, in der nächsten muss man praktisch eine Operation ohne Narkose über sich ergehen lassen. Das kann äußerst ernsthafte psychische Folgen haben, stimmt's? Stimmt's, Domino? Domino?«

Ihre in gönnerhaftem Ton vorgetragenen sadistischen Sticheleien waren unerträglich. Er lief schneller in der Hoffnung, sein unablässig gegen die Strapazen protestierender Körper würde alles andere ausblenden.

»Ich frage mich, ob er die Mühe überhaupt wert ist«, fuhr Monica fort. »Woher weißt du, dass er nicht schon über den Jordan ist? Domino? Vielleicht hat's ihn schon erwischt? Wie Patrick? Domino? Hörst du? Tot wie Patrick? Domino?«

Domino hüpfte vom Laufband, strauchelte und drehte sich um die eigene Achse. Als er sich gefangen hatte und festen Boden unter den Füßen spürte, wandte er sich schwankend um, hob das Trainingsgerät in die Luft wie ein tobender Riese ein Haus und schleuderte es von sich, sodass das Laufband mit markerschütterndem Donnern gegen die Wand hinter ihm schlug.

Das genügte ihm nicht. Er stürzte sich auf das Objekt seines Zorns, zertrampelte es, vernichtete es, wobei er jedem Tritt ein unflätiges Mantra vorausschickte. *»Fick dich!«* Stampf. *»Fick dich!«* Stampf. *»Fick dich!«* Stampf.

Er hörte erst auf, als er gänzlich außer Atem war. Domino fiel vor dem zerschmetterten Laufband auf die Knie und ließ den Kopf hängen. Als ihm dämmerte, zu was seine rasende Wut ihn verleitet hatte, drehte er sich schließlich zögerlich zur Wand, auf die die Projektion geworfen wurde. Er rechnete mit dem Schlimmsten.

Schweiß tropfte von seinen Brauen. Er wischte ihn ab. Seine Sicht war durch Erschöpfung und Überhitzung verschwommen. Er sah keine Tüte über Bens Kopf. Er sah Kelly mit aufgerissenen Augen glotzen, wie gelähmt angesichts dessen, was sie soeben erlebt hatte. Mit Ben verhielt es sich ähnlich, nur dass Domino im entsetzten Blick des Jungen zusätzlich Verzweiflung auszumachen glaubte. Verzweiflung darüber, dass der eigensüchtige Jähzorn seines vermeintlichen Retters sein Schicksal besiegelt hatte – du bist schuld, Domino. Herzlichen Dank.

Kelly erwachte aus ihrer Benommenheit und machte sich augenblicklich daran, die Plastiktüte über Bens Kopf zu ziehen.

»Nein«, sagte Monica.

Kelly erstarrte. Die Hände mit der Tüte verharrten reglos in der Luft. »Nein?«

»Nein. Dieser Raum ist erledigt.«

Die Luke in der Decke öffnete sich, und der vertraute weiße Sack mit dem Smiley fiel zu Boden.

Domino stützte sich auf und kroch langsam auf den Sack zu. Er schnürte ihn auf und fand das Gleiche wie zuvor: einen Schlüsselbund und eine Flasche Wasser. Es verlangte ihn stärker nach dem Wasser als nach Sauerstoff, aber er wollte es nicht trinken. Es war ihm keineswegs entfallen, mit wem er es zu tun hatte. Monica schien für den Moment eine Art Barmherzigkeit zu zeigen, aber Domino wusste, dass sie Hintergedanken hatte. Es war nichts als Käse. Ihre Barmherzigkeit war lediglich Käse für eine hundertzwanzig Kilo schwere afroamerikanische Maus.

Und er würde ihren Käse fressen. Er würde ihn fressen und alles erdulden, bis er einen Ausweg fand – im ständigen Bewusstsein, dass ihm der Eisenbügel der Mausefalle bei jedem Bissen ins Genick schlagen konnte. Oder, um es präziser auszudrücken: wann immer ihr danach zumute war.

Hoch oben im Kontrollraum lächelte Monica, als sie beobachtete, wie Domino die Wasserflasche öffnete und ausschüttete. Sie zündete sich eine Zigarette an, lehnte sich zurück und lächelte noch breiter, als sie über seinen unerwarteten Ausraster nachdachte. Dieser war in der Tat sehr früh gekommen.

Alles lief einfach perfekt.

58

Domino betrat den dritten Raum. Die Stahltür glitt hinter ihm zu. Sofort darauf klickten die drei Schlösser in schneller Folge.

Automatisch. Keine Frage.

Er stand in schwärzester Finsternis. Bevor die Tür zugeknallt war, hatte er ein im Zentrum des Raumes hängendes dickes Seil ausmachen können.

Die Lautsprecher summten, und eine Sekunde später war Monicas Stimme zu hören. »Hallihallo, Kuschelbär. Kelly und ich müssen für den nächsten Raum noch ein bisschen was vorbereiten. Macht es dir etwas aus, noch ein wenig abzuhängen? Ben hat sicher nichts dagegen.«

Domino dachte an das Seil, dass er in der Mitte des Raumes erblickt hatte. *Abhängen,* hatte sie gesagt. *Ben hat nichts dagegen.*

Hatte sie vor, ihn aufzuhängen? Oder Ben? Ihre Wortwahl war kein Zufall. Das war sie selten.

Er bewegte sich durch die Dunkelheit vorwärts, Schritt für Schritt, in kleinen Halbkreisen, die Arme nach dem Strick ausgestreckt. Als er ihn fand, schloss er eine Hand fest darum und betastete ihn mit der anderen.

Ein Turnhallen-Kletterseil, schoss ihm als Erstes durch den Kopf. Exakt die Sorte Seil, an der man als Kind im Sportunterricht hochkletterte. Dicke Fasern, zu einem verdammt soliden und nahezu reißfesten Strang verflochten. Auf den Hindernisparcours der Armee hatte es Dutzende solcher Seile gegeben. Man konnte einen ausgewachsenen Elch daran aufhängen.

War er der Elch? Ben? Der war alles andere als ein Elch. Was mochte der Junge auf die Waage bringen? Siebzig Kilogramm? Für ein solches Gewicht benötigte man kein derart starkes Seil. Und eigentlich auch für jemanden von Dominos Kaliber nicht.

Ging es vielleicht ums Klettern? Sie hatte ihm im vorigen Raum eine sportliche Aufgabe gestellt, also warum nicht auch hier? Vielleicht ließ sie ihn wie einen blöden Schimpansen den Strick rauf- und runterkraxeln, bis sie genug hatte.

Aber worin bestand dabei die Gefahr für Ben?

(*»... abhängen ... Ben hat nichts dagegen.«*)

Sie will ihn tatsächlich aufhängen. Wenn ich vom Seil falle, hängt sie ihn auf, bis ich erneut zu klettern beginne.

Was der Sache an Originalität fehlte, wurde auf jeden Fall durch Grausamkeit wettgemacht.

Als das Licht anging und sich für Domino schließlich ein vollständiges Bild der ganzen furchtbaren Angelegenheit ergab, war das Wort Grausamkeit so unbrauchbar wie alle anderen.

Für die Aufgabe, die vor ihm lag, gab es keine Worte.

59

Das Licht ging an. Dominos Augen folgten dem Verlauf des Seiles bis hoch zur Decke. Es war dort oben nicht festgeschraubt oder sonst wie befestigt, sondern hing von einer Art Flaschenzug herab, einer Vorrichtung ähnlich eines Krans, mit der man Heuballen auf den Dachspeicher einer Scheune beförderte.

Nur dass er nirgends eine Scheune entdecken konnte. Der Flaschenzug verlief unter der Decke entlang und verschwand in einem Loch in der Wand. Die »Heuballen« mussten sich im nächsten Raum oder irgendwo draußen befinden, je nachdem, wie weit der Arm des Krans reichte. Er wusste es nicht.

»Entschuldige bitte«, tönte Monicas aus dem Nirgendwo erklingende Stimme. »Wir brauchten etwas mehr Vorbereitungszeit.«

Domino ließ den Blick prüfend durch den Raum schweifen. Nichts, bis auf ihn und den Strick. »Also, wie funktioniert das hier?«, fragte er.

»Dein Eifer überrascht mich – immerhin hast du bei der letzten Prüfung aufgegeben.«

»Ich habe nicht aufgegeben.«

»Nein? Von meiner Warte sah es eindeutig so aus.«

»Vielleicht bist du zu weit weg. Komm doch einfach näher.«

»Netter Versuch. Leider hab ich hier alle Hände voll zu tun. Wir haben nämlich unseren allerersten Anrufer in der Leitung …« Eine Pause, ein Klicken, dann: »Nur zu, Sie sind live auf Sendung.«

»Hallo?« Die Stimme einer Frau.

»Hallo!«, gab Monica heiter zurück. »Wer ist am Apparat?«

»Ich wollte eigentlich mit Domino Taylor sprechen«, sagte die Frau. »Man hat mir versichert, Sie hätten Informationen über meinen Sohn?«

Dominos Kopf schnellte mit vor Überraschung weit aufgerissenen Augen Richtung Decke.

»Ihr Sohn heißt *Ben*, ist das richtig?«, fragte Monica.

»Ja, das ist richtig.«

»Kathy!«, schrie Domino. »Kathy, leg sofort auf!«

»Sie kann dich nicht hören, Domino.«

»Kathy, leg verdammt noch mal sofort auf!!!«

»Und ich spreche mit Kathy Lennox?«, fragte Monica. »Der Schauspielerin?«

»Es – Verzeihung, ist Domino zu sprechen?«

»Ja, ist er.«

Ein kurzes Schweigen. »Mit *wem* spreche ich noch gleich?«

»Sind Sie wirklich *die* Kathy Lennox?«, fragte Monica.

»Ich werde jetzt auflegen.«

Das Brummen eines weiteren Lautsprechers ertönte.

»Wir haben jetzt Domino Taylor in der Leitung. Domino?«

Domino biss sich in die Wange, bis er Blut schmeckte.

»Domino?«, fragte Kathy.

»Er ist hier, Miss Lennox – ich kann ihn *sehen.*«

Domino spuckte Blut auf den Boden. »Leg auf, Kathy.«

»Was ist los? Ist mit Ben alles in Ordnung?«

»Dem geht es gut; beende einfach das Gesprä…«

»Offensichtlich«, schaltete Monica sich ein, »haben Mr. Taylor und ich unterschiedliche Vorstellungen von der Definition des Wortes ›gut‹.«

»Wie bitte? Domino, was zum Teufel geht da vor sich? Wo *bist* du?«

»*Bitte*, Kathy, leg einfach auf.«

»Der Grund dafür, warum ich Sie heute in unsere Runde eingeladen habe, Miss Lennox, ist der, dass Ihre Mitarbeit in Dominos gegenwärtiger Lage sehr wertvoll sein könnte.«

»Kathy, hör nicht auf sie. Leg jetzt auf. Hörst du mich? *Leg sofort ...*«

Der zugeschaltete Lautsprecher verstummte.

»... auf.«

»Domino?«

»Pardon, Miss Lennox, es scheint, als hätte Mr. Taylor keine Lust mehr auf eine Plauderei. Doch zurück zu Dominos misslicher Lage und Ihrer etwaigen Hilfestellung.«

»Ich verstehe gar nichts.«

»Ganz einfach: Domino ist ein Versager. Ein Drückeberger. Gerade eben hat er die Chance vertan, auf einem simplen Laufband das Leben Ihres Sohnes zu retten.«

»Was?«

»Es ist wahr, Miss Lennox. Er hat sich statt zu laufen dafür entschieden, das Laufband in einem Wutanfall zu *zerstören* und damit Ihren Sohn zu einem langsamen und qualvollen Erstickungstod verdammt.«

»Oh mein Gott«, sagte Kathy. »*Oh mein Gott*, ist mein Sohn ...?«

»Tot? Nein, nein. Allerdings finde ich, dass Sie mir dafür danken müssen. Eigentlich *sollte* er – wenn man Dominos Regelbrüche in Betracht zieht –, längst tot sein, aber ich habe ihn verschont. War aber eine knappe Sache.«

Kathy begann zu weinen.

»Ich bitte Sie, Miss Lennox, reißen Sie sich zusammen. Einen zweiten Versager kann ich heute wirklich nicht brauchen.«

Domino schritt im Raum hin und her wie ein Irrer in seiner Gummizelle. Monicas letzter Satz brachte ihn dazu, lautstark mit der Faust gegen eine der Stahltüren zu hämmern.

Monica wechselte die Leitung. »Wenn du dir an dieser Tür die Hand brichst, wird deine nächste Aufgabe noch viel schwerer zu bewältigen sein.«

»FICK DICH!«

Sie schaltete wieder auf Kathy Lennox um. »Also, Miss Lennox, um Domino dabei zu unterstützen, die ...«

»Sie gehören zu den Entführern«, unterbrach Kathy sie mit brüchiger Stimme. »Mein Sohn ist in Ihrer Gewalt.«

Monica zögerte einen Moment lang. »Ich ... ich bin aufrichtig sprachlos. Sind Sie *tatsächlich* erst jetzt darauf gekommen?«

Erneut fing Kathy zu weinen an.

»Wie dem auch sei«, fuhr Monica fort. »Ich werde Ihnen eine Reihe von Fragen stellen, Miss Lennox. Bitte antworten Sie zügig und wahrheitsgetreu. Domino wird mithören, da ich davon ausgehe, dass auch er davon profitieren kann.«

Domino starrte in nervöser Anspannung zur Decke hinauf. Adrenalin und Erschöpfung ließen sein Herz wild in der Brust pochen. Er hatte Kopfschmerzen wie bei einem schlimmen Kater.

»Ihr Sohn wäre im Alter von acht Jahren beinahe ertrunken, richtig?«, fragte Monica.

»Ich ... woher wissen Sie ...?«

»Zügig und wahrheitsgetreu, Miss Lennox.«

»Ja.«

»Ihr Exmann sollte auf ihn aufpassen?«

»Ja.«

»Diese Rockstars hängen wirklich an ihrem Heroin, stimmt's?«

»Ja.«

»Der Presse wurde eine ganze Menge vorenthalten – Ihr Ex hatte einen guten Anwalt, wie ich annehme –, aber ich konnte trotzdem so einiges in Erfahrung bringen. Ben wäre ausgerechnet in einem *Whirlpool* beinahe ertrunken, ist das richtig?«

»Ja.«

»Eine Halskette, die Mr. Heroin ihm geschenkt hatte, verfing sich im Abfluss am Boden der Wanne?«

»Ja.«

»Wie lustig. Er scheint meinem Vernehmen nach nicht der Erste gewesen zu sein, dem so etwas passiert. Ist nicht so ungewöhnlich, wie man meinen könnte.«

Kathy schwieg.

»Wie lange war er unter Wasser?«

»Wir wissen es nicht genau.«

»Er hatte Wasser in der Lunge.«

»Ja.«

»Demnach lange genug.«

»Ja.«

»Mr. Heroins Freundin hat ihn gefunden?«

»Ja.«

»Waren Sie zu jenem Zeitpunkt noch verheiratet?«

»Ja. Ich war weg, bei Dreharbeiten.«

»Sie haben einen Film gedreht?«

»Ja.«

»Was heißt, dass er in Ihrer Abwesenheit eine andere gevögelt und beinahe Ihren Sohn ermordet hat.«

Ein kurzer Moment der Stille. »Ja. Was hat all das zu tun mit …?«

»Wissen Sie, was meiner Ansicht nach das Allerschrecklichste für Ben gewesen sein musste? So dicht unter der Oberfläche zu ertrinken. Die Rettung über sich zu sehen – vielleicht konnte er sogar eine Hand oder ein Bein aus dem Wasser strecken, aber dennoch völlig hilflos zu sein. In nur ein paar Zentimeter tiefem Wasser zu ersaufen.«

»Worauf zur Hölle wollen Sie hinaus?«

»Kann er sich gut an den Vorfall erinnern?«

»Ja.«

»Ist er wasserscheu?«

Schweigen, dann die offenkundige Lüge. »Nein.«

»Nein? Ich habe den starken Eindruck, dass er ziemlich Schiss vor Wasser hat.«

An der Wand hinter Domino erschien die Projektion. Er wirbelte herum. Als er Kathy schreien hörte, wusste er, dass sie ebenfalls zusah, auf welchem Weg auch immer.

Ben baumelte in einem Geschirr über einem Wasserbecken. Das gläserne Becken hatte die Form eines großen Zylinders, war zweieinhalb Meter hoch und bis zum Rand mit Wasser gefüllt. Bens Handgelenke und Knöchel waren mit Ketten gefesselt, und an den Ketten um seine Knöchel hing ein Gewicht von der Größe und Form einer schwarzen Bowlingkugel. Das Geschirr war wie ein Fallschirm auf seinen Rücken geschnallt. Dieses Mal trug Ben weder Knebel noch Pflaster. Er schluchzte krampfartig. Kelly stand neben dem Becken. Sie winkte in die Kamera. »Hi, Miss Lennox.«

»BEN! OH MEIN GOTT!«

Ben hob den Kopf, als er die Stimme aus dem Lautsprecher vernahm. Sein Leib wand sich leicht im Geschirr. »Mom?«

»OH BENNY, OH HERR IM HIMMEL …«

»Mom?« Die Neugier brachte seine Tränen zum Versiegen.

»Sie ist nicht hier, Ben«, sagte Monica, »aber sie kann dich sehen. Sie kann auch Domino sehen. *Sollte* sie jedenfalls. Augenblick bitte … Kathy, können Sie Domino jetzt sehen?«

Zwischen heftigem Schniefen und stoßweisem Atmen brachte Kathy ein schwaches Ja hervor.

»Kathy, hör mir zu. Du darfst nichts von dem glauben, was diese Frau dir erzählt. Sie ist vollkommen verrückt. Sie …«

Monicas Lachen schnitt ihm das Wort ab. »Sie muss nicht glauben, was ich ihr erzähle. Sie hat ja Augen im Kopf.«

»Ich meine, dass ich angeblich aufgegeben und Ben im Stich gelassen hätte. Ich habe *nicht* aufgegeben, Kathy.«

»Schwaaachsiiinn …«, sang Monica.

»Ist mir egal«, schaltete Kathy sich ein. »Rette ihn jetzt.« Sie begann abermals zu weinen. »Lass ihn bitte nicht sterben, Domino.«

(*… lass mich bitte nicht sterben, Dom…*)

Domino brüllte und stampfte mit dem Fuß auf. »GOTTVERFLUCHT!«

»Ist ein weiterer Tobsuchtsanfall im Anmarsch?«, erkundigte Monica sich.

»Was muss ich tun? Sag mir, was ich tun soll, du verrückte Dreckfotze, damit ich es erledigen und dich töten kann.«

Monica lachte erneut. »Ich denke, es erklärt sich weitgehend von selbst, wenn wir erst mal angefangen haben. Sind alle bereit? Kann jeder gut sehen?«

»Ja«, antwortete Kelly als Einzige.

»Dann wollen wir mal.«

Wiederholtes eisernes Scheppern, schwerer und lauter als das der Türschlösser. Ben fiel in das Wasserbecken und sank bis zum Grund.

Kathy kreischte.

Das Seil in Dominos Raum schoss ruckartig aufwärts. Er stürzte vor und konnte es gerade noch erwischen. Dann zog er, wobei er die Videoprojektion an der Wand im Blick behielt. Je stärker er zog, desto höher wurde Ben aus dem Becken gehievt. Kurz darauf hatte Domino den Jungen vollständig aus dem Wasser befreit und bis zu der Stelle hochgezogen, an der er vor dem Tauchgang gehangen hatte. Es war nicht besonders schwierig, aber auch nicht gerade leicht.

Der klatschnasse, hustende und hin und her pendelnde Ben rief erneut nach seiner Mutter. Kathy brachte als Antwort nur ein Schluchzen zustande.

»Okay?!«, bellte Domino an Monicas Adresse. »Sind wir fertig?«

»Äh, *wohl kaum.* Du wirst ihn über Wasser halten müssen, Süßer.«

»Wie lange?«

In der oberen rechten Ecke des Bildschirmes erschienen die Digitalziffern eines Countdowns. Neunundfünfzig Minuten. Die Sekunden wurden runtergezählt.

»Eine Stunde?«, platzte es aus ihm heraus.

»Findest du, dass das zu wenig ist?«

Domino wickelte sich das Seil um einen seiner Unterarme. Ben wurde immer schwerer. »Eine Stunde«, sagte er.

»Ich mach mal Mittagspause«, sagte sie. »Die Leitung zwischen dir und Kathy bleibt so lange offen. Ciao.«

Domino stellte die Füße um, damit er besseren Halt bekam und leichter im Gleichgewicht bleiben konnte. Das Seil schnitt ihm bereits in den Unterarm und brachte ihn dazu, seine Strategie zu überdenken.

Er wechselte zu einem beidhändigen Griff und lehnte sich mit seinem ganzen Gewicht nach hinten. Dann sah er zum Zeitmesser. Es dauerte weniger als eine Minute, dann spürte er, wie sich seine Hände verkrampften. Zwei Minuten und der Strick brannte wie Feuer in seinen Handflächen.

Und das waren nur seine Hände. Seine Rückenmuskulatur würde das keine Stunde lang aushalten. Zu Hause schaffte er locker zwanzig Klimmzüge – keine Kleinigkeit für einen Mann seiner Statur.

Das hier war etwas ganz anderes. Um im Bild zu bleiben: Er musste es schaffen, sein Kinn eine Stunde lang auf Klimmzugstangenhöhe zu halten. Herrgott, könnte er überhaupt auch eine Stunde an der Stange *hängen*? Er hatte natürlich noch seine Beine zur Unterstützung, aber die waren nach dem verdammten Laufband-Raum ziemlich weich.

Denk nach, verflucht noch mal. Denk nach.

Kathy meldete sich. Sie weinte nicht mehr, aber ihre Stimme klang hohl. »Bitte lass meinen Sohn nicht ertrinken, Domino.«

Wenn es sein musste, würde er sich das verdammte Seil zwischen die Zähne klemmen.

60

Der Countdown stand erst bei neunundvierzig Minuten, und Dominos Hände waren kaum mehr als arthritische Klauen. Seine Handinnenflächen fühlten sich an, als läge glühende Kohle darin.

Seinem Rücken ging es nicht besser. Er wechselte des Öfteren sowohl die Stellung als auch seinen Griff wie ein Mann, der verzweifelt versucht, beim Tauziehen die Oberhand zurückzugewinnen. Es verschaffte nur kurze Erleichterung. Maximal dreißig Sekunden.

Und dann kam ihm mit einem Mal die Idee. Sie traf ihn schlagartig, wie der zielsicher geschwungene Gürtel seiner Mutter früher seinen Kopf getroffen hatte. Diese Strafe hatte er verdient. Er hätte früher darauf kommen müssen.

Er würde das verdammte Seil hinaufklettern und daran hängen bleiben.

Was war das Erste, was einem als Kind im Sportunterricht beigebracht wurde, wenn der Oberkörper zu schwach war? *Vergiss deine Beine nicht.*

Ja, seine Beine waren dank Laufband und Flüssigkeitsmangel wie aus Gummi, aber er würde ja nicht tatsächlich klettern müssen, nur so lange, bis er mit seinen Füßen eine Schlaufe gebildet hatte. Er würde auf dem gottverdammten Seil *stehen*. Und wenn er erst einmal stand, müssten seine Hände nichts weiter tun, als die Balance zu halten.

Also begann er zu klettern. Ein Kinderspiel. In weniger als einer Minute hatte Domino eine Stufe aus Seil unter dem Fuß.

Und dann wurde er nach oben gezogen wie in einem provisorischen Fahrstuhl. Die Videoübertragung zeigte, wie Ben parallel zu seinem Aufstieg immer tiefer sank.

Ben, die Ketten, die Eisenkugel, all das wog mehr als er.

Domino kletterte vom Seil und packte es erneut. Seine Handflächen fühlten sich an, als wären sie von aufgeplatzten, mit Schmirgelpapier bearbeiteten Blasen übersät – und genau so war es ja mehr oder weniger auch.

Er schaute zur Zeitanzeige hinüber. Vierundvierzig Minuten. Bens Unterleib war eingetaucht. Das war nicht schlimm, solange sein Kopf über Wasser blieb. Domino musste nur Bens Kopf über Wasser halten. Er konnte seinen Griff durchaus ein bisschen lockern, solange Bens Kopf nur über der Oberfläche blieb.

Dreiundvierzig Minuten.

Neununddreißig Minuten. Domino hatte sich den Strick inzwischen abermals um die Unterarme gewickelt und zog in regelmäßigen Abständen in unterschiedliche Richtungen. Seine Schulter drohte, sich auszurenken.

Kathy war die ganze Zeit über eigenartig still gewesen. Entweder war sie nicht mehr in der Leitung, oder sie wollte ihn nicht ablenken.

Dreißig Minuten. Monica war vom Mittagessen zurückgekehrt.

»Noch dreißig Minuten«, sagte sie. »Die reißt du locker ab.« Sie gluckste. »Entschuldige, ich liebe meine kleinen Wortspiele.«

Dominos Schulter stand in Flammen und drohte, jeden Moment ausgerenkt zu werden. Aus seinen Handinnenflächen quoll Eiter. Sein Kreuz fühlte sich an, als wäre es in eine Schraubzwinge gespannt.

»Wie geht's, Kathy?«, sagte Monica. »Kathy?«

»Was?«

»Wie geht es Ihnen?«

»Sie können mich mal.«

Monica lachte.

Fünfzehn Minuten.

Dominos linke Schulter versagte den Dienst. Er ächzte und ließ das Seil los. Ben tauchte wieder ins Wasser. Kathy schrie.

Domino sah zur Videoproduktion an der Wand hinüber. Ben war unter Wasser, hatte die Wangen aufgebläht, die Augen aufgerissen und strampelte nutzlos in seinem Ketten-Kokon. Er war schlagartig eingetaucht und hatte daher keine Zeit gehabt, ordentlich Luft zu holen. Es würde nicht lange dauern, bis Wasser in seine Lungen drang.

Domino hatte sich schon einmal die Schulter ausgerenkt. Eine ernste Sache. Ohne Hilfe oder viel Geduld würde sie sich nicht wieder einrenken – und beides stand ihm nicht zur Verfügung.

Mit dem rechten Arm ergriff er das Seil und zog. Es bewegte sich ein Stück. Ein kleines Stück. Er zog kräftiger, weit genug, um mehr Spielraum zu haben und es sich um den Oberkörper schlingen zu können. Sein linker Arm hatte zwar keine Kraft mehr, verfügte aber noch immer über fünf gesunde Finger. Wenigstens eine kleine Hilfe.

Ein weiterer mächtiger Ruck am Seil, und die Schlinge wurde noch etwas größer.

Nachdem er dies zwei weitere Male wiederholt hatte, konnte er das Seil zur Hälfte um seine Brust wickeln. Er schaute zur Wand hinüber. Aus Bens Mund und Nase stiegen Blasen. Er bekam keine Luft mehr. Bald würde er Wasser inhalieren.

Mit dem Seil um die Brust ließ Domino sich auf alle viere fallen, wobei ihm der Schwung des Sturzes wertvolle zusätzliche Zentimeter schenkte. Ein weiterer Kontrollblick zur Übertragung. Bens Kopf befand sich über Wasser.

Doch Ben samt Gewicht waren schwerer als Domino. Es würde nicht lange dauern, bis er nach vorne gezogen wurde.

Du musst kriechen. Mit Beinen, Armen, Händen, Fingern, den verdammten Lippen und der Zunge, DU MUSST KRIECHEN!

Er kroch. Seine Beine und der rechte Arm erledigten die Hauptarbeit, der schlaffe linke Arm wurde mitgeschleift und schickte ab und an eine Schmerzwelle durch seinen Körper, wenn die malträtierten Gelenke und Nerven gegeneinander mahlten.

Domino versuchte nicht, Ben höher zu ziehen. Er musste ja nur seinen blöden Kopf über Wasser halten. Und das gelang ihm. Vorläufig. Doch er konnte diese Position nicht ewig halten. Bens Gewicht würde ihn zurückziehen. Noch … wie lange …?

… er schielte auf die Digitalanzeige. Zehn Minuten. Er musste noch zehn Minuten dagegen ankämpfen. Das war zu schaffen.

Das Gewicht zog ihn rückwärts.

Fünf Minuten.

Domino krallte sich in den Betonboden und stieß sich mit beiden Beinen ab. Er schaffte es, sich einen Zentimeter nach vorne zu bewegen.

Dann rutschte er zwei Zentimeter zurück.

Seine Finger kratzten über den Zement. Er glitt einen weiteren Zentimeter zurück, und der Nagel seines Zeigefingers knickte um und riss aus dem Nagelbett.

Er grub die Zehen in den Boden und warf seinen Leib nach vorne. Das Seil um seine Brust zog ihn wie der gierige Tentakel eines Riesenkraken zurück.

Domino hörte Kathys Schrei. Er machte sich nicht die Mühe, sich zur Projektion umzudrehen. Er wusste auch so, dass Bens Kopf wieder untergetaucht war.

Domino brüllte auf und warf sich erneut nach vorne. Ein Zentimeter. Er klatschte die blutigen Hände auf den Zementfußboden und tastete nach einem Riss, einer Unebenheit, nach irgendetwas, das ihm Halt geben konnte. Seine linke Schulter fühlte sich an, als würde ein glühender Schürhaken unablässig die frei liegenden Nervenenden kauterisieren.

Kathy schrie ununterbrochen, rief Dominos Namen, den Namen ihres Sohnes.

Domino versuchte mit aller Gewalt, auf die Beine zu kommen, befürchtete jedoch, dabei nach hinten auf den Rücken gerissen zu werden und das Seil zu verlieren. Was unweigerlich Bens Tod bedeutet hätte.

Aber in seiner augenblicklichen Position konnte er rein gar nichts ausrichten.

Domino quälte sich auf die Beine. Er schob sich das Seil, das um seine Brust gewickelt war, wie einen Sicherheitsgurt über die rechte Schulter. Dann stemmte er den Oberkörper gegen Bens Gewicht, bis er sich beinahe im rechten Winkel zum Boden befand, und stapfte voran, jeder Schritt schwer wie Blei, jeder Zug am Seil wie der eines Mannes, der seine Seele der Hölle zu entreißen versucht.

Er schaffte es. Bens Kopf war aufgetaucht, wie Domino realisierte, als er Kathy keuchen und dann vor Erleichterung aufschreien hörte.

Nun war Domino überzeugt davon, dass er durchhalten würde. Es blieben weniger als fünf Minuten. Einarmig oder nicht, fünf verdammte Minuten waren zu schaffen.

Der Countdown sprang auf null.

Kathy heulte abermals erleichtert auf.

Monica startete den Countdown aufs Neue.

61

»NEIN!!!«, schrie Kathy Lennox.

Domino spähte über die Schulter. Der Zeitmesser zeigte erneut neunundfünfzig Minuten und zählte abwärts. Er verlor das Gleichgewicht. Das Seil löste sich von seiner Schulter, und er landete schwer auf dem Hintern.

Sie schummelte.

Er hatte gewonnen, sie hatte verloren.

Sie hatte sich in Betrügereien geflüchtet.

Genau das sagte er ihr. Er kam sich wie ein Kind auf dem Schulhof vor, brüllte es aber dennoch heraus. *»Betrügerin! Beschissene BETRÜGERIN!«* Das von rechtschaffenem Zorn beseelte Kind in ihm wütete weiter. *»Du hast verdammt noch mal verloren! Du hast VERLOREN!!!«*

»Revanche für das Laufband«, sagte Monica. »Betrachte es als Lebenslektion über die Konsequenzen des Aufgebens.«

Domino rappelte sich in Sekundenschnelle auf und stürmte mit der ausgerenkten Schulter voran auf eine der Wände zu. Der Schmerz, den der Aufprall auslöste, war ein Lichtblitz, eine dringende Warnung seines Körpers. Er ignorierte die Blitze und ließ seine Schulter wieder und wieder gegen die Wand krachen. Jeder Aufprall brachte seine brachiale Bewegungstherapie dem Erfolg, ihn jedoch auch einer Ohnmacht näher.

Mit einem letzten Krachen rastete das Schultergelenk ein. Er rannte zurück zum Seil, packte es mit beiden Händen und zog. Adrenalin und Wut verliehen ihm eine Kraft, die weit über die hinausging, die er aufgebracht hatte, als Ben zum ersten Mal untergetaucht war.

Ben schoss wie ein Wassermann aus dem Becken, bis die an der Decke angebrachte Kranvorrichtung seinen Aufstieg bremste. Sein Körper schaukelte und drehte sich im Geschirr, und das Kanonenkugel-Gewicht an seinen Fesseln schwang wie ein gigantisches Pendel hin und her.

Dominos Schulter wurde erneut ausgerenkt.

Das Adrenalin tat sein Bestes, den Schmerz auszublenden, war aber kaum wirkungsvoller als ein Heftpflaster. Das Seil entwand sich seinen geschundenen Händen, und Ben stürzte ein weiteres Mal ab.

Diesmal ertönte allerdings kein Platschen, sondern ein donnerndes Krachen.

Domino hatte sich aufgrund der Qualen, die seine Schulter ihm bereitete, von der Wand weggedreht, weshalb er Bens Sinkflug nicht mitbekommen hatte.

Jetzt wandte er sich um und erkannte die Ursache für das statt des Platschens erfolgte Krachen.

Als Ben hinabgestürzt war, hatte die Kanonenkugel die Oberseite des Wasserbeckens getroffen. Durch Dominos kräftigen Zug waren Ben *und* die Kugel ins Baumeln geraten. Als seine Schulter den Geist aufgegeben hatte, war die Eisenkugel offenbar gegen den Beckenrand geknallt und hatte einen Sprung hinterlassen, bevor sie mit Ben zusammen ins Wasser gerollt war.

Inzwischen zog sich der Riss im Zickzack von seinem Ursprung am Rand aus über die gesamte Länge des Beckens. Wasser sickerte bereits hindurch.

Domino zögerte keine Sekunde.

Wieder krachte er unter entsetzlichen Schmerzen gegen die Wand, bis sich die Schulter einrenkte.

Dann zum Seil. Jetzt kam es darauf an. Wenn seine Schulter ihn erneut im Stich ließ ...

Domino grunzte wie ein Schwergewichtheber vor seiner persönlichen Bestleistung und zerrte mit einer solchen Gewalt am Strick, die unglaublicherweise sogar seine unmenschliche Anstrengung von vor wenigen Augenblicken in den Schatten stellte.

Wieder schoss Ben delphingleich zusammen mit der Eisenkugel aus dem Becken und zur Decke, wo er hin und her schwang. Domino behielt die pendelnde Kugel im Blick und wartete auf den richtigen Moment.

Der Moment kam. Domino ließ los. Ben und die Kugel fielen.

Die Kugel landete exakt auf derselben Stelle wie vorhin. Der ursprüngliche Riss verwandelte sich in ein Netzwerk, das sich knackend über die Seite des Beckens ausbreitete.

Einen Augenblick lang geschah nichts. Der Druck stieg. Wasser spritzte aus den Sprüngen, erst einzelne Tropfen, dann ein Sprühregen, schließlich in kräftigen Strahlen, bis das Becken schließlich nachgab. Eine Explosion aus Glas und Wasser war auf der Videoübertragung zu sehen. Kelly kreischte auf und sprang außer Sicht.

Als sich das Chaos lichtete, lag Ben in einer Riesenlache aus Wasser und Glassplittern, hustend, zitternd und immer noch gefesselt, aber am Leben.

Dominos Schulter hatte sich im Laufe des explosiven Finales ein weiteres Mal verabschiedet. Der Schmerz ließ ihn auf die Knie sinken. Er rollte sich auf den Rücken und blieb liegen wie ein hinter der Ziellinie kollabierender

Marathonläufer. Sein Körper war am Ende, aber Ben war am Leben.

Er richtete die Augen zur Decke. »Willst du wissen, welche Lebenslektion ich dir erteilt habe?«

»Wenn du jetzt ›Ehrlich währt am längsten‹ sagst, muss ich kotzen.«

Domino schloss die Augen, lächelte und schüttelte den Kopf. »Semper fi, Miststück. Für immer treu.«

Monica stöhnte. Die Luke in der Decke öffnete sich, und der Leinenbeutel mit dem Smiley fiel heraus.

62

Monica lehnte sich in ihrem Stuhl zurück, legte die Beine auf das Schaltpult des Kontrollzentrums und schob sich eine Zigarette zwischen die Lippen. Sie hielt das Feuerzeug unter die Zigarettenspitze und entzündete es, als Kelly Blaine den Raum betrat.

»Was?«, sagte sie, während die Feuerzeugflamme still auf ihren Einsatz wartete.

»Was war da unten los?«, fragte Kelly.

Monica nahm den Daumen vom Reibrad, und die Flamme erlosch. Sie nahm die nicht angezündete Zigarette aus dem Mund und legte sie aufs Schaltpult, als ekelte sie sich plötzlich davor.

»Wer hat dich hier raufgebeten?«, fragte sie.

Kelly runzelte die Stirn. »Hä?«

»Deine Aufgabe lautet, den Jungen im Auge zu behalten.«

Kelly schniefte. »Er ist nach wie vor angekettet, halb ertrunken und gelähmt vor Angst. Wo soll er schon hin?«

»Unwichtig. Ich habe dir befohlen, bis auf Weiteres bei ihm zu bleiben.«

»Ich will doch nur wissen, was los ist.«

»Er hat noch zwei Räume vor sich, bevor er auf Ben stößt. Sein Körper ist hinüber, sein Verstand auf dem Weg dorthin. Alles läuft bestens.«

»Es könnte aber besser laufen.«

Monica zog eine Augenbraue hoch und wirbelte auf dem Drehstuhl zu Kelly herum. »Ach ja?«

Kelly trat einen Schritt zurück. »Na ja, irgendwie schon. Sie haben ihn diesen Raum gewinnen lassen. Und Sie haben zugelassen, dass er im Laufband-Zimmer aufgegeben hat.«

Monica stand auf und machte einen Schritt auf Kelly zu. »*Er* hat im Laufband-Zimmer aufgegeben; ich habe gar nichts zugelassen. Und das *weiß* er auch. Nichts, was für diesen Raum geplant war, hätte mehr Schaden anrichten können als die Schuldgefühle, die er jetzt verspürt.«

Kelly setzte zu einer Erwiderung an, doch Monica brachte sie mit einem weiteren Schritt vorwärts zum Schweigen. »Beim Seilziehen wollte ich ihn auf keinen Fall gewinnen lassen. Womöglich habe ich seinen Einfallsreichtum unterschätzt.«

»Na bitte, genau das meine ich«, sagte Kelly. »Das war nicht das erste Mal, dass Sie ... etwas unterschätzen.«

Monica machte einen weiteren Schritt vor. Sie waren nur noch Zentimeter voneinander entfernt. Monica legte Kelly eine Hand auf die Schulter. »Worauf willst du hinaus?«

Kelly ließ den Kopf sinken. »Vergessen Sie's.«

Monica massierte sanft Kellys Schulter. »Bist du mit unserer Abmachung unzufrieden?«

Kelly schüttelte den Kopf, den Blick starr zu Boden gerichtet. Monicas Hand löste sich von Kellys Schulter und streichelte die Wange des Mädchens. Zwei zärtliche Finger hoben sanft Kellys Kinn, bis ihre Augen sich trafen.

»Würde es dir dann etwas ausmachen, zurück nach unten zu gehen und Ben zu bewachen? Domino steht kurz davor, den nächsten Raum zu betreten. Dort kann er sich eine kleine Auszeit gönnen; ich werde mich dir in Bälde anschließen.«

Kelly nickte hastig, drehte sich um und machte sich ohne ein weiteres Wort auf den Weg.

Monica ging zum Schaltpult zurück, setzte sich und hob die Zigarette auf. Sie rollte sie zwischen Daumen und Zeigefinger, starrte sie an, rekapitulierte die Unterhaltung mit Kelly.

(*»Das war nicht das erste Mal, dass Sie ... etwas unterschätzen.«*)

Monica brach die Zigarette entzwei und warf sie zu Boden.

63

Domino machte den Leinensack auf. Wasser und Schlüssel, wie gehabt.

Er gierte nach dem Wasser. Er *brauchte* das Wasser. Er rief sich Monicas Behauptung ins Gedächtnis, dass ihn zu vergiften ihr jeglichen Spaß rauben würde. So befremdlich das auch klingen mochte – er glaubte ihr. Sie würde ihn nicht vergiften. Das war zu einfach. All dieser aufwendige Humbug wäre für die Katz gewesen, wenn er nach dem ersten Raum und einem Schluck Wasser tot umfiel.

Doch vielleicht bestand der Trick darin, dass die erste Flasche *nicht* vergiftet war. Auch die zweite nicht oder die dritte. Er hatte einen Schlüsselbund in der Hand, was bedeutete, dass mindestens noch ein Raum auf ihn wartete. Würde sie ihn vergiften und sich damit um die Gelegenheit bringen, ihn in diesem Raum weiter leiden zu sehen? Wohl kaum.

Dann trink das Wasser, dachte er. Worin lag der Sinn, diese Tortur zu überleben und dann an Dehydrierung zu krepieren?

Nein. Das Wasser war zu einem Symbol geworden, einem Zeichen seiner Willensstärke. Monica versorgte ihn lediglich damit, um seine Marter so weit wie möglich in die Länge zu ziehen, und auch wenn er keineswegs die Absicht hatte zu verdursten, diesen Gefallen wollte er ihr nicht tun. Er würde das Spiel gewinnen. Irgendwie würde er siegen. Er würde Ben befreien. Er würde sie töten. *Dann* würde er ihr verfluchtes Wasser trinken.

»Immer noch keinen Durst?«, fragte Monica.

Domino spähte zur Decke hinauf, öffnete die Flasche und leerte ihren Inhalt auf den Boden. »Geht schon.«

»Wie mannhaft. Du wirst schon deine Gründe dafür haben. Wäre allerdings eine Schande, wenn du an Wassermangel verreckst, bevor wir durch sind. Vergiss nicht, drei Tage.«

»Bis jetzt war's nur einer.«

»Aber ein ganz schön anstrengender, oder? Das könnte die Drei-Tage-Regel eventuell etwas verkürzen.«

»Ich werde keine drei Tage hier verbringen.«

»Nein? Das wäre mir neu.«

Domino nahm die nächste Tür ins Visier. »Also, was kommt jetzt?«

»Kathy?«, sagte Monica. »Könnten Sie uns verraten, was sich hinter Tür Nummer vier befindet? *Kathy?* Mir scheint, wir haben sie verloren, Domino.«

Domino schwante Übles.

Monica lachte. »Ich meine, dass wir die *Verbindung zu ihr* verloren haben, Schätzchen. Glaubst du, ich kann gleichzeitig hier und in Upstate New York sein? Obwohl ich ihr eigentlich einen Besuch abstatten könnte, wenn ich hier fertig bin ... nur so zum Spaß.«

»Das wäre ein wahres Kunststück«, gab Domino zurück.

»Warum? Weil ich – warte, lass mich raten – *tot* sein werde?« Sie lachte. »Diese Harter-Kerl-Masche wird zunehmend vorhersehbarer. Und für den anstehenden Raum müssen wir die liebreizende Miss Lennox sowieso nicht in der Leitung haben, Mr. Taylor.«

Dominos Blick schweifte zur Tür, die in den nächsten Raum führte. »Und was wird Mr. Taylor da erwarten?«

»Eine Pyjamaparty«, sagte Monica mit hörbarem Lächeln.

64

Domino trat in das nächste Zimmer. Die Metalltür schlug hinter ihm zu. Die Schlösser rasteten lautstark ein.

Nichts. Nackte Wände. Eines registrierte er jedoch sofort: Der Boden war weich. Nicht so weich wie ein Bett, aber auf alle Fälle etwas ganz anderes als der beschissene Beton, der seinen Fingernagel auf dem Gewissen hatte. Er kniete sich nieder und drückte die Faust seines unversehrten Armes in den Boden, der gute zwei Zentimeter nachgab. Wie eine Gymnastikmatte, dachte er.

Was hatte sie doch gleich gesagt? *Pyjamaparty?*

»Fühlt es sich gut an?«, fragte Monica.

»Worum geht's?«, wollte Domino wissen.

Monica seufzte. »Weißt du, ein kleines Vorspiel hin und wieder kann eine Frau sehr glücklich machen.«

Domino erwiderte nichts darauf.

Sie seufzte erneut. »Na schön. Was weißt du über das SERE-Trainingsprogramm unseres geschätzten US-Militärs? Und verschwende keine Zeit damit, die Kenntnis davon zu leugnen.«

Domino runzelte die Stirn. »Es dient zur Vorbereitung auf eine eventuelle Gefangennahme mit Verhörsituationen. Worauf willst du hinaus?«

»Nun sei doch nicht so ungeduldig. Du bist wirklich einer von der schnellen Truppe, nicht wahr?«

Domino ließ den Blick wie schwer gelangweilt abschweifen.

»Hast du gewusst«, sagte Monica, »dass einige von den Seelenklempnern, die mit den SERE-Trainingsmethoden vertraut waren, die Vernehmungsoffiziere in Guantanamo und ähnlichen Einrichtungen ausgebildet haben?«

Dominos Interesse war wieder geweckt, aber er zeigte es nicht.

»Das Problem war«, sagte Monica, »dass sie der Sache ihren eigenen originellen kleinen Dreh verpasst haben. All die Methoden, die die guten Jungs schützen sollten, hat man dazu missbraucht, den bösen Jungs Feuer unterm Arsch zu machen.«

»Was nie bewiesen werden konnte«, sagte Domino.

»Natürlich nicht. Mein Favorit war die Operation Sandmann, auch als das ›Vielfliegerprogramm‹ bekannt. Schlafentzug, mein lieber Domino. Sie verlegten einen Gefangenen stündlich von einer Zelle in die andere, tage-, manchmal sogar wochenlang. Da hat man es sich gerade gemütlich gemacht, die Lider werden schwer, und *ZACK!* Hoch mit dem Hintern! Zeit zum Umziehen!«

Sie legte eine kurze Schweigepause ein.

»Verglichen mit anderen Foltermethoden klingt das zunächst harmlos. Schlafentzug. Wie schlimm kann das schon sein? Ich meine, ist doch nichts weiter als Wachbleiben, oder?« Erneut hielt sie inne. »Allerdings ist es unzähligen Aussagen von Kriegsgefangenen auf der ganzen Welt zufolge die bei Weitem schlimmste Folter, der sie sich je ausgesetzt sahen. Sie wären lieber gestorben.«

Abermals schaute Domino gelangweilt drein. »Das ist alles? Du willst mich hier drin wach halten?«

»Ja.«

»Kommst du dann runter und weckst mich? Bitte komm runter und weck mich.«

»Das wird nicht nötig sein. Ich kann mir den Luxus, dich wochenlang hier rumhängen zu lassen, nicht leisten; ich muss mich mit wenigen Tagen zufriedengeben. Also habe ich das Ganze etwas optimiert. Guck mal, wo du stehst.«

Domino schaute an sich hinunter. Er erkannte nichts als den dunklen Mattenboden. »Und?«

»Meiner Schätzung nach dauert es noch zwanzig Sekunden, bis du dich entscheiden wirst, den Standort zu wechseln.«

»Hä?«

»Reagierst du empfindlich auf Lärm und Licht? Egal, spielt keine Rolle. Auch wenn das nicht der Fall wäre ...«

Domino runzelte die Stirn.

Dann fing der Spaß an.

Ein schrilles Kreischen, wie er es in seinen mehr als vierzig Lebensjahren nicht gehört hatte. Die ins Aberwitzige verzerrte Karikatur eines Alarmsignals. Eine Sirene auf Speed.

Und Licht. Die Augen zu schließen bedeutete keinen Schutz, nur Qual für die Lider; das grelle Weiß brannte sich unbarmherzig durch sie hindurch.

Domino fiel auf die Knie und bedeckte mit beiden Händen ... alles. Sein gesamter Körper vibrierte, seine Sinnesorgane flehten nach erlösender Stille.

Die auch kam. Nicht, dass er sie sofort wahrnahm; seine überforderten Ohren und Augen, in denen der Wahnsinn noch nachhallte, spielten ihm weiterhin böseste Streiche. Als die Nachwirkungen endlich abklangen, erhob er sich und stand da, eine Schulter schief herabhängend, ein ehemals baumstarker Mann, der durch die Hölle gegangen war und dessen jetzige Körperhaltung nichts als das sehnliche Verlangen nach Ruhe und Erholung zum Ausdruck brachte.

Er konnte nur dort stehen und abwarten.

»Unter deinen Füßen befinden sich Sensoren. Wenn du auch nur eine Sekunde länger als zehn Minuten auf einem Fleck stehen oder liegen bleibst, passiert das, was du soeben erlebt hast. Ich schätze, dass du heute schon seit gut zwölf Stunden auf den Beinen bist. Ich gönne dir noch sechsunddreißig weitere, bevor es Wasser und Schlüssel gibt. Das scheint mir fair und angemessen. Gute Nacht.«

Das Licht ging aus.

65

In Dominos Ohren klingelte es fortwährend. Vor seinen Augen zuckten noch immer schmerzhafte Blitze, die sich ihm wie Migräneattacken tief in die Stirn bohrten.

Sechsunddreißig Stunden. Im Ganzen achtundvierzig, wenn man die zwölf Stunden, die er bereits ohne Schlaf hinter sich hatte, hinzurechnete. Und diese zwölf waren, um es milde zu formulieren, ziemlich beschissen gewesen.

Monica hatte recht. Schlafentzug war grausam. Es war die Hürde, an der potenzielle Kandidaten für Sondereinsatzkommandos am häufigsten scheiterten. Hartgesottene Kerle, die zuvor die zermürbendsten Prüfungen hinter sich gebracht und dann den einfachen Befehl bekommen hatten, wach und aufmerksam zu bleiben, erlagen irgendwann ihrer Müdigkeit.

Domino konnte achtundvierzig Stunden schaffen, trotz seines gebeutelten und geschundenen Körpers. Er hatte das beim Korps mehrere Male durchgehalten, mitunter noch länger.

Da hattest du allerdings Wasser, dachte er. *Und du warst nicht so …*

(*was?*)

… ausgelaugt.

(*das ist nicht der Punkt, wie du sehr wohl weißt*)

Und was dann?

(*die Angst, erneut zu versagen*)
Leck mich, ich werde nicht versagen.
(*dann reiß dich verdammt noch mal zusammen*)
Das werde ich …
(*und das ist nicht körperlich gemeint*)
Das werde ich …
(*ich spreche von deinem Kopf*)
Das werde ich …
(*denn auf den hat es der Sandmann bekanntlich abgesehen*)
DAS WERDE ICH.
(*Operation Sandmann …*)
»DAS WERDE ICH!«

»Was wirst du?«, fragte Monica.

Domino schüttelte energisch den Kopf. »Fick dich«, murmelte er.

Monica lachte. »Um dich höflich darauf aufmerksam zu machen – die zehn Minuten sind fast um.«

Domino ging zum anderen Ende des Raumes. Wartete. Kein blendendes Licht, keine ohrenbetäubende Sirene.

Gut.

Jetzt musste er nichts weiter tun, als sich sechsunddreißig Stunden lang alle zehn Minuten zu bewegen – ohne Wasser.

66

Reiß den Fußbodenbelag auf. Die Sensoren sind unter dem Mattenboden, also reiß ihn auf und zerstöre die Sensoren.

Domino ging auf die Knie und bohrte mit den Fingern seines gesunden Armes in einer Ecke.

Das Material war widerstandsfähig und zu dick, sodass er mit den Fingern nicht viel erreichen konnte.

Seine Zähne.

Er drückte sein Gesicht in den Bodenbelag, quetschte die Nase hinein, nagte und kaute wie eine Ratte, bohrte sich tiefer hinein, bis seine Nase schmerzte. Seine Zähne versuchten, irgendetwas zu fassen zu kriegen, das sie herausreißen konnten. Vergeblich.

Domino stand auf und wischte sich den Mund. Seine Lippen waren trocken und rissig, die Mundhöhle verklebt.

»Hungrig?«

Er schenkte ihr keinerlei Beachtung und durchmaß bedächtigen Schrittes in großem Radius den Raum.

67

Er hätte das Wasser wenigstens irgendwie untersuchen, daran schnüffeln oder es mit der Zungenspitze prüfen sollen oder so etwas.

Du hast gesagt, du würdest deine eigene Pisse trinken.

Aber er musste nicht pissen. Es *gab* nichts zu pissen.

Seine Zunge fühlte sich geschwollen an, und sein Kopf schmerzte. Seine spröden Lippen waren taub wie auf sein Gesicht geklebte Gummiprothesen.

Vom Herumlaufen und aufgrund der vorausgegangenen Strapazen wurden seine Beine allmählich steif. Bald würde er kriechen müssen.

Er hätte das Wasser wenigstens mal probieren sollen.

68

Er war eine geraume Weile gekrochen. Alle paar Minuten ein paar Meter. Hin und wieder vergaß er seine linke Schulter und belastete sie, wodurch der Schmerz erneut aufflammte. Doch das war gut so. Der Schmerz hielt ihn wach.

Sollte er versuchen, die Schulter wieder einzurenken? Wenn er es bis zu Ben geschafft hatte, würde er zwei gesunde Arme brauchen. Wenn er es bis zu *ihr* geschafft hatte.

Nein – die Überlegung war so sinnlos wie …

(*wie lange ist das jetzt schon her?*)

… zuvor. Er hatte sich das Gelenk zu oft ausgekugelt. Das Scheißding konnte nur noch von einem Arzt mit Vorschlaghammer an seinen angestammten Ort zurückverfrachtet werden.

Vielleicht sollte er sich hinlegen und herumrollen?

Inzwischen war es schwierig geworden, den Mund zu öffnen, weil er so ausgetrocknet war. Sein Atem stank wie Müll in der Sonne.

Jetzt konnte es nicht mehr so lange dauern, bis das Wasser und die Schlüssel von der Decke fielen.

(*du willst das Wasser wirklich trinken?*)

Nein. Vielleicht. Ich probiere es – vielleicht.

69

Der kreischende Alarm und das blendende Licht rissen Domino aus dem Schlaf. Sein Kopf und seine Augen und seine Ohren und sein Verstand schrien unisono und qualvoll auf.

Auf allen vieren schleppte er sich zur gegenüberliegenden Ecke des Raumes, während er stumm darum betete, dass das Bombardement aufhörte.

Was es auch tat. Er spürte es noch Minuten später.

War er eingeschlafen? Nein – war er nicht. Dessen war er sich ganz sicher.

»Aber ich habe nicht geschlafen!«, wollte er herausbrüllen. Er brachte das »Aber« zustande, und dann versagte seine Stimme, gefolgt von trockenem Husten, das seine wunde Kehle aufriss.

Du wirst das Wasser trinken müssen. Und das weiß sie. Das Miststück weiß es.

»Du weißt es, nicht wahr?«, sagte er an niemanden gerichtet. »Tja, ist mir inzwischen scheißegal. Ich trinke dein verficktes Wasser, aber nur, weil *ich* es will; nicht, weil du es sagst. Kapiert?«

Wie viel Zeit war vergangen? Er war *tatsächlich* eingeschlafen. Tief in seinem Inneren wusste er, dass er eingedöst war. Er erinnerte sich daran, mit seiner Ex im Bett gelegen zu haben. Sie hatte das Licht noch angehabt und gelesen. Er hatte seine Augen für eine Sekunde – *nur eine*

Sekunde – lang geschlossen, und sie hatte ihn wach gerüttelt und behauptet, er schnarche. *Ausgeschlossen, ich bin noch nicht mal eingeschlafen!,* hatte er gesagt. Und dennoch war es so gut wie jeden Abend so gelaufen. Weil er tatsächlich eingeschlafen war und geschnarcht hatte.

Er *war* eingeschlafen.

Steh auf. Raff dich wieder hoch auf die Beine. Jetzt kann es nicht mehr lange dauern.

70

Das Knarzen des Getriebes von oben. Die Decke würde sich öffnen. Das Wasser würde kommen. Die Zeit war um. *Gott* sei Dank, die Zeit war um.

Er starrte an die Decke, wartete und leckte sich mit seiner ausgedörrten Zunge unbewusst über die Lippen.

Die Deckenluke blieb geschlossen. Aber er hatte doch das Räderwerk gehört, oder? Das bedeutete, dass es irgendwo klemmte. Die Luke steckte fest.

»Monica!«, schrie er unter dem Protest seiner wunden Kehle. »Monica, die Luke hängt fest.«

Sie antwortete nicht.

»Monica, die Tür klemmt! Die Deckenluke geht nicht auf … *Monica!*«

Der letzte Ausruf ihres Namens löste einen weiteren Hustenanfall aus, und die Schmerzen machten ihn nur noch wütender. »Du betrügst schon wieder. Du betrügst schon wieder«, sagte er in weicherem Tonfall, als der Husten abflaute.

(*bist du sicher, die Deckenluke gehört zu haben? Vielleicht hast du geschnarcht, ohne es zu merken, und dich dann selbst geweckt*)

Die Sirene ist gar nicht losgegangen. Und ich bin auf den Beinen.

(*du hast schon mal im Stehen geschlafen*)

Ich bin aber nicht eingeschlafen.

(*was wohl die Ex sagen würde, wenn sie hier wäre? Sei einfach dankbar, dass es lediglich ein Augenblick war. Trotzdem bewege ich mich weiter, nur zur Sicherheit*)

Domino schlurfte seitwärts. Seine Beine gaben nach, und er fiel der Länge nach hin. Seine Schulter schlug lautstark Alarm.

»Ich habe nicht geschlafen – sie hat wieder gemogelt.« Er sah zur Decke hoch. »Ich weiß, dass du da bist, und ich weiß, dass du schon wieder schummelst. Du schummelst ... du bist eine Betrügerin ...«

71

Nicht, dass ich durstig oder müde wäre … ich bin durstig UND müde, und der Durst macht die Müdigkeit schlimmer. Aber das ist mir bewusst. Und wenn es mir bewusst ist, komme ich damit klar. Es ist eben so, wie es ist. Und ich komme damit klar. Durstig und müde. Kein Problem. Durstig und müde.

Er rieb sich mit seinen malträtierten Händen die Augen und blinzelte heftig.

Sie wird nicht gewinnen. Auch wenn ich das Wasser trinke, sie wird nicht gewinnen. Das Wasser wird mich wach und frisch und wieder stark machen. Sie wird nicht gewinnen. Bin nur durstig und müde. Durstig und müde …

»Dom?«

Er wirbelte herum und versuchte mit wild aufgerissenen Augen, die Dunkelheit des Raumes zu durchdringen.

Niemand.

Wer hat meinen Namen gesagt?

(*du warst es*)

Nein, war ich nicht.

(*wer dann?*)

Sie *muss es gewesen sein.*

(*klang nicht so, als wäre es von oben gekommen*)

Es ist niemand hier.

(*Patrick hat dich immer Dom genannt*)

Das ist völlig verrückt.

(*der Sandmann will sich deinen Verstand krallen ...*)

Meinem Verstand geht es prima. Patrick ist tot.

(*tatsächlich?*)

JA. Ich habe ihn sterben sehen.

»Dom.«

Domino drehte sich erneut energisch herum. Jemand war bei ihm im Raum; er nahm eine flüchtige Bewegung aus dem Augenwinkel wahr.

Sein inzwischen manisch-eulengleich geweiteter Blick suchte jeden Winkel, jeden Zentimeter des Raumes ab.

Es war niemand hier.

Auf einmal kam ihm ein Gedanke, der eiskalte Finger über sein Rückgrat kriechen ließ. *Dass er tot ist, heißt nicht, dass er nicht mehr da ist.*

»Es tut mir so leid. Du sollst wissen, wie leid es mir tut. Das musst du wissen«, sagte er leise. Er lehnte sich mit der Stirn an die Wand und schloss die Augen. »Das musst du wissen ...«

72

Domino hörte abermals das Deckengetriebe knarren. Er kroch auf den Knien alle paar Minuten hin und her. Seine Beine waren Pudding.

»Hältst du mich einmal zum Narren, schäm dich«, sagte er, ohne aufzuschauen.

Doch der Sack fiel direkt neben ihm zu Boden. Oder doch nicht? Er konnte ihn sehen. Er blinzelte und blinzelte, und der Beutel war immer noch da.

»Hältst du mich einmal zum Narren, schäm dich«, wiederholte er.

»Was zum Geier redest du da?«, fragte Monica.

Domino sah sich verwundert im Raum um. »Bist du hier?«

»Die Zeit ist um, Domino. Wie fühlst du dich?«

»Du glaubst, ich wüsste es nicht«, sagte er. »Doch ich weiß es.«

»Was weißt du?«

»Alles.«

»Schön für dich. Sollen wir dann weitermachen?«

Domino schielte erneut zum Beutel hinüber.

Nimm es. Trink es. Aber nicht, weil sie es sagt.

»Nicht, weil du es sagst«, sagte er.

»Alles klar ...«

Domino berührte den Sack. Er war wirklich da. Er schnürte

ihn auf und griff sich die Wasserflasche, ohne den Schlüsseln Beachtung zu schenken.

Prüfe es.

Er drehte die Verschlusskappe auf und warf sie weg. Hielt sich die offene Flasche unter die Nase und schnupperte. Er roch nichts.

Er tunkte seinen kleinen Finger in den schräg gehaltenen Flaschenhals und führte ihn dann an seine geschwollene Zunge. Er probierte. Wartete ab … tunkte ein und probierte abermals. Wartete ab …

Es war einfach nur Wasser.

»Hast du vor, die komplette Flasche auf diese Art zu leeren? Falls ja, kann ich unterdessen ein Nickerchen machen.«

»Nicht, weil du es sagst.« Er hob die Flasche an die Lippen, trank gierig und musste unverzüglich würgen. Das lag nicht an irgendeinem Gift, sondern daran, dass sein ausgedörrter und wunder Rachen von der plötzlichen Flüssigkeitszufuhr völlig überfordert war. Er hätte es besser wissen müssen.

Als der Hustenanfall endete, trank er in langsamen kleinen Schlucken. Es war wie ein Regenguss nach einer langen Trockenperiode.

Nachdem er ausgetrunken hatte, schmiss er die leere Flasche in die Ecke. »Nicht, weil du es sagst.«

Er stand auf und schüttelte die Beine. Bald würde er sich wesentlich besser fühlen. Viel munterer. Was hatte sie gesagt? Noch ein Raum bis zu Ben?

(*verlässt du dich tatsächlich auf ihre Worte?*)

Nein, aber ich werde gewinnen … Ich werde verdammt noch mal gewinnen.

»Ich gewinne«, sagte er, bückte sich, nahm die Schlüssel und schaute zur Decke hoch. »Noch ein Raum bis zu Ben?«

»Korrekt, Sir.«

»Wenn das gelogen ist, ist es mir auch egal, weißt du?«, meinte er.

»Warum sollte ich lügen?«

»Weil du eine Betrügerin bist.«

»Ach komm, das eine Mal. Bist du wirklich so nachtragend?«

Er schüttelte neuerlich seine Beine aus. Danach schüttelte er energisch den Kopf, um ihn freizubekommen. Es ging ihm schon bedeutend besser. »Du wirst verlieren.«

»Das hast du bereits gesagt. Sollen wir jetzt fortfahren?«

»Von mir aus.«

Domino betrat den letzten Raum vor Ben.

73

Die Metalltür glitt hinter ihm zu. Die Schlösser rasteten eines nach dem anderen ein. Das Zimmer war leer. Kein Laufband, kein Seil, kein Mattenboden. Am anderen Ende des Raumes befand sich die letzte Tür. Dahinter war Ben – wenigstens hatte sie das behauptet.

Er hörte ein Kind weinen. Nur schwach und weit entfernt, aber es war eindeutig vernehmbar.

»Hallo?«

Jetzt klang das Weinen ein wenig lauter. Ben war es nicht; es handelte sich um das Jammern eines kleinen Kindes.

»Hallo?«

»Daddy?«, antwortete die Stimme eines kleinen Mädchens. Es war nicht im Raum, aber ganz in der Nähe.

»Wer spricht da?«

»Daddy?« Jetzt die Stimme eines kleinen Jungen, ähnlich nahe wie die des Mädchens.

»Wer spricht da?«

Erneutes Weinen und Wehklagen – diesmal noch lauter.

Domino eilte zur Tür, die zu Ben führte. Je näher er kam, desto weiter wich die Tür vor ihm zurück. Er blieb abrupt stehen. Wie war das möglich?

Er trat einen Schritt vor, und die Tür entfernte sich. Er machte zwei Schritte, und die Tür entfernte sich weiter.

Er wandte sich zur hinter ihm liegenden Tür um, durch die er hereingekommen war. Sie hatte sich in Luft aufgelöst.

Zurück zu Bens Tür. Verschwunden.

Sein panischer und verwirrter Blick jagte durch den Raum.

»Daddy?«

Wieder wirbelte er herum. Die Tür war wieder da. Beide Türen waren wieder da.

»Daddy?«

Domino rannte zu Bens Tür, hob die Faust, um dagegenzuhämmern, bemerkte, dass sie in einem von Monicas Säcken steckte, dass der Smiley ihn anlächelte, ihn dann urplötzlich mit erschrockenen Augen ansah und der Strichmund in seinem gelben Gesicht zu sprechen anfing. »Daddy?«

Domino schüttelte wie wild seine Hand, als hätte sich ein wildes Tier daran festgebissen.

Die Kinder fingen abermals zu weinen an. Domino blickte auf seine Hand, und der Smiley weinte ebenfalls.

Domino stürzte zur anderen Tür, versuchte, dem unwirklichen Schauspiel, das sich seinen Augen bot, davonzulaufen.

An der Tür stand Amy. Er kam so schlagartig zum Stehen, dass er beinahe umgekippt wäre.

»*Amy?* Amy, was …?«

Amy kehrte ihm den Rücken zu.

Er taumelte vorwärts, packte ihre Schulter und drehte sie herum. Ihr Gesicht war das des Smileys. Domino stolperte einen Schritt zurück, zögerte kurz und berührte es dann mit den Fingerspitzen. Das Gesicht zerrann unter ihnen wie Farbtropfen auf einem feuchten Aquarell.

Domino schloss die Augen. »Es ist nicht echt. Nichts davon.« Er öffnete sie wieder. Amy war noch immer da, ebenso wie das Smiley-Gesicht. Diesmal grinste es bösartig.

Domino schloss seine Augen erneut. »Das ist *nicht* real.« Er öffnete sie. Amy war verschwunden.

»Daddy?«

Domino schaute hinab. Carrie und Caleb schmiegten sich um seine Taille und sahen mit leerem Blick zu ihm auf. Er zuckte zusammen und trat zurück.

Das war unmöglich. *Unmöglich.*

Er wandte sich von den beiden Kindern ab. *»Das ist unmöglich!«*

Monicas unverkennbare Stimme, begleitet von Gelächter. »Übrigens, die ersten drei Flaschen waren nicht vergiftet. Du hättest sie bedenkenlos trinken können!«

Die Wände begannen zu … atmen. Er konnte es hören und sehen – mit jedem Atemzug pulsierte das Holz wie geschmeidiger Teig. Er schaute auf und sah die Decke durchhängen und absacken – derselbe weiche Teig anstelle der vormals festen Struktur. Instinktiv duckte er sich und ging dann in die Hocke.

Komm wieder hoch, du dämlicher Volltrottel, es ist nicht real.

Er sprang auf, stolperte, fing sich und rief dann laut: »Es ist nicht real! Ich weiß, dass es nicht real ist!«

»So ein Trip kann sich zum Guten oder zum Schlechten entwickeln, je nachdem, in welcher geistigen Verfassung man sich befindet. Wie steht es um deine geistige Verfassung, Domino? Immer noch die gleichen intensiven Schuldgefühle?«

»NEIN.«

»Echt? Ich kenne da zwei bezaubernde Kinder, die ihren Vater fürchterlich vermissen.«

»Daddy? Daddy? Daddy? Daddy?«, kam es abwechselnd von dem Jungen und dem Mädchen.

»Das sind sie nicht! Du spielst irgendeine ... Aufnahme ab, das sind sie nicht!«

Das Weinen kleiner Kinder.

Jetzt das Weinen einer erwachsenen Frau – heftiges Schluchzen.

Domino ließ den Kopf hängen und schüttelte ihn.

»Wie sehr liebst du mich?«

Dominos Kopf fuhr hoch. Es war eindeutig Amys Stimme.

»Zu sehr.« Das war Patricks Stimme – ebenfalls ganz eindeutig.

»*Wie* sehr?« Amy.

»Dreimal sehr.« Patrick.

Unmöglich, unmöglich, unmög...

Der Raum verfinsterte sich.

Eine der Wände flackerte und leuchtete auf. Eine Projektion, wie zuvor.

Und doch ganz anders.

74

Domino schaute ungläubig zu, wie Patrick mit Caleb auf den Schultern gegen den Fußball trat.

Dann verschwand Patrick, doch Caleb schwebte weiterhin auf unsichtbaren Schultern in der Luft.

»Daddy?«

Ein abrupter Schnitt zur Totalen eines Friedhofes. Eine Nahaufnahme von Patricks Grabstein.

LIEBEVOLLER EHEMANN, VATER,
SOHN UND RETTER

Wieder das Kinderweinen.

Das Schluchzen der Frau.

Und die sich verändernde Grabsteininschrift …

LIEBEVOLLER EHEMANN UND VATER.
TOT WEGEN DOMINO

Domino wandte sich von der provisorischen Leinwand ab und schloss die Augen. Er konnte hören, wie die Filmszenen wechselten; jetzt waren sie zurück auf dem Spielplatz. Amys Stimme, die Stimmen der Kinder – alle lachten und freuten sich. Patricks tiefe Stimme, deren eigenes Lachen sich hin und wieder dazwischenmischte.

Das ist ein Trick; es ist alles nur ein Trick. Nichts davon ist real.

(*doch, es ist real*)

Hä?

(*Patrick ist tot*)

Sei still.

(*Amy hat den Ehemann verloren*)

Sei still.

(*die Kinder haben den Vater verloren*)

SEI STILL! Warum zum Teufel erzählst du mir das?

Domino öffnete die Augen und wandte sich wieder dem Film zu, in der Hoffnung – die teuflische Ironie dabei entging ihm völlig –, er würde ihn von seinen geistigen Trugbildern ablenken.

Ein Picknick. Der Fußball war weggepackt. Die Familie saß nun auf einer großen Decke zusammen. Patrick äußerte etwas Unverständliches, woraufhin Amy ihm den Ellenbogen in die Seite stupste. Patrick fiel hintenüber, riss sie mit sich zu Boden und küsste sie, während sie lachend protestierte.

Jetzt war Patrick wieder verschwunden. Amy lag auf dem Rücken, lachte und wehrte einen Unsichtbaren ab.

Ein neuerlicher abrupter Schnitt zum Grabstein. Wieder die veränderte Inschrift:

LIEBEVOLLER EHEMANN UND VATER.
TOT WEGEN DOMINO

Weinende Kinder. Die schluchzende Frau.

Der Film stoppte mit einem Mal, als wäre ein Schalter umgelegt worden. Im Raum war es erneut stockfinster.

»Daddy?«

»Wie sehr liebst du mich?«

»Zu sehr.«

»*Wie* sehr?«

»Dreimal sehr.«

»Daddy?«

Domino schwankte und stolperte ins tiefschwarze Dunkel. Die Augen zu schließen machte die Sache nur noch schlimmer; hinter seinen Lidern wurden die soeben gesehenen Bilder, die ihm das Herz zerrissen, unbarmherzig immer wieder aufs Neue abgespielt.

Er öffnete die Augen, und da waren die Kinder. In der Ecke, um irgendetwas herumgruppiert. Domino trat näher heran. Carrie und Caleb drehten die Köpfe zu ihm herum.

»Mit Daddy stimmt was nicht«, sagte Carrie.

»Er will nicht mit uns spielen«, sagte Caleb.

Domino sah über die Kinder hinweg auf Patricks grau verfärbte Leiche, die mit aufgerissenen toten Augen ausgestreckt auf dem Fußboden lag.

Bruder und Schwester schauten sich an.

»Das kommt daher, dass er tot ist, Doofmann«, erklärte Carrie Caleb.

»Ist er nicht!«

»Doch, ist er wohl. Er ist tot. Daddy will nicht spielen, weil er tot ist.«

Ohne den Blick von Caleb zu nehmen, zeigte Carrie mit dem Finger auf Domino. »Frag *ihn*! Er ist derjenige, der Daddy hat sterben lassen.«

Caleb schaute zu Domino auf. »Du hast meinen Daddy sterben lassen?«

Jetzt schaute Carrie Domino an. Sie verschränkte die Arme vor der Brust und schnaubte. »Etwa *nicht*?«

Domino geriet ins Stottern. »Ich … ich habe nicht …«

»Dom …«, sagte Patrick.

Domino zwängte sich zwischen die Kinder hindurch und kniete sich neben seinem Freund nieder. »Ich bin hier, Bruder.«

Patricks tote Augen wurden lebendig. »Können wir jetzt gehen?«, fragte er. »Ich will nach Hause. Ich vermisse Amy. Ich vermisse meine Kinder. Ich will nach Hause.«

Domino nickte nachdrücklich, während Tränen über seine Wangen liefen. »Genau das machen wir jetzt, Bruder.« Er ging in die Hocke und nahm Patrick in die Arme. »Genau das machen wir jetzt.«

Er wandte sich Carrie und Caleb zu, ihren Vater in seinen Armen. »Kinder, macht die Tür auf. Wir bringen euren Daddy nach Hause.«

Carrie und Caleb wechselten belustigte Blicke.

»Er ist tot, Dummkopf«, sagte Carrie.

»Genau, *Dummkopf*«, ergänzte Caleb.

Erneut wechselten die Kinder einen amüsierten Blick und brachen dann in Gelächter aus.

»Macht die Tür auf!«, rief Domino laut.

Die Kinder hörten zu lachen auf. Jetzt wirkten sie genervt.

»Scheiße, welche Tür denn?«, fragte Carrie.

Caleb lachte.

Domino spähte, von Carries obszöner Wortwahl schockiert, Richtung Tür. Sie war verschwunden.

Er sah wieder zu den Kindern. Sie waren verschwunden.

Er sah auf seine Arme hinab. Patrick war verschwunden.

Domino drehte sich wie von Sinnen in sämtliche Richtungen. Der Raum war nach wie vor schwarz wie die Nacht.

»Hallo?«, rief er. »Wo seid ihr …?«

(*du hast doch nicht wirklich geglaubt, dass sie hier sind, oder?*)

»Hab ich nicht … hab ich nicht«, murmelte er bei sich.

(*du weißt, was hier abläuft. Warum unternimmst du nichts dagegen?*)

»Ich habe nicht … mir war nicht …«

»Mit wem redest du?«, fragte Amy.

Domino wirbelte herum. Amy stand vor ihm.

(*sie ist nicht real*)

»Du bist nicht real.«

Amy runzelte die Stirn und sah an sich herab. »Bin ich nicht?«

Domino schlug nach ihr. Er traf, und sie wurde nach hinten gegen die Wand geschleudert und rutschte daran zu Boden. Dann bedeckte sie ihr blutendes Gesicht mit beiden Händen.

Domino hastete zu ihr. »Amy! Amy, es tut mir so leid …«

Amy nahm die Hände vom Gesicht und leckte mit aufreizendem Grinsen das Blut davon ab. Als sie aufstand, war sie plötzlich nackt. Stöhnend und mit vor Verzückung geschlossenen Augen rieb sie sich Blut über Brüste und Leistengegend, als wäre es eine Art perverses Gleitmittel.

»Hast du eine Ahnung, wie *lange* es her ist, seit ich das letzte Mal gefickt wurde?«, fragte sie, während sie mit einer Hand ihre Brust knetete und sich mit zwei Fingern der anderen zwischen den Beinen bearbeitete.

»Amy …«

»Bitte, Domino …«, keuchte sie und masturbierte heftiger. »Mich zu ficken ist das *Mindeste*, was du tun könntest.«

»Amy, hör auf.«

Amy stöhnte lauter, die beiden Finger bewegten sich schneller. *»Biiiitte …«*

»HÖR AUF!«

Ein Blinzeln, und Amy war wieder bekleidet. Keine Spuren von Blut. Sie sah wütend aus. »Du lässt also meinen Mann sterben und weigerst dich jetzt, meine Bedürfnisse zu befriedigen? Was für ein Mann *bist* du eigentlich?«

Domino drückte fest die Augen zu und legte sich die Hände auf beide Schläfen. »Du bist nicht real.«

Keine Reaktion.

Er öffnete die Augen und erkannte den Grund dafür. Patrick war wieder da, am anderen Ende des Raumes. Amy und die Kinder rannten auf ihn zu. Sie trafen sich in liebender Umarmung. Patrick bedeckte jeden Zentimeter von Amys Gesicht mit Küssen, bevor die Eltern sich hinabbeugten und Carrie und Caleb die gleiche Behandlung zuteilwerden ließen. Amy weinte vor Freude. Patrick weinte vor Freude. Die Kinder umklammerten ihren Vater an der Hüfte und weinten vor Freude.

Dominos Herz schwoll in seiner Brust. Wieder stiegen Tränen in ihm auf.

Vereint ging die Familie zur Tür. Und dort *war* eine Tür, eine große offene Tür. Amy trat als Erste hindurch. Dann Carrie. Dann Caleb. Dann …

Die Tür schloss sich mit einem ohrenbetäubenden Knall, das Knacken der Schlösser folgte unverzüglich, und Patrick war eingesperrt. Auf der Stelle traktierte er die Tür mit Schlägen. Domino konnte Amy und die Kinder auf der anderen Seite dagegenhauen und schreien hören.

Hilf ihm.

(*nur wie?*)

Patrick wandte sich von der Tür ab und Domino zu. Er breitete mit verwirrter Miene die Hände aus. Zwei Kugeln schlugen in seine Brust, ließen Blut hervorspritzen und ihn hintenüber auf dem Boden zusammenbrechen.

Domino stürzte vor und sank abermals neben seinem Freund auf die Knie.

(*was soll all die Mühe?*)

Patrick hustete Blut. Domino wollte auf die Wunde drücken, doch seine Hände drangen in Patricks Oberkörper, zerquetschten sein Brustbein, machten alles nur noch schlimmer. Aus Patricks Mund sprudelte Blut wie aus einem Springbrunnen in die Luft und Domino mitten ins Gesicht.

»Oh mein Gott! Oh Herr im Himmel!«, sagte Domino und zog die Hände aus dem Brustkorb seines Freundes.

Das Loch in Patricks Brust weitete sich wie ein auf glühende Kohle treffendes Blatt Papier. Das Fleisch kräuselte sich, schmolz und wurde vor Dominos Augen nach und nach weggefressen.

Amys Schrei riss Dominos Kopf ruckartig herum. Die Tür stand wieder offen. Amy und die Kinder waren zurück. Domino glotzte sie hilflos an. Er hob in aller Unschuld die Hände; sie troffen von Patricks Blut und Innereien.

»Du bringst ihn noch mal um!«, schrie Amy.

Domino schüttelte unaufhörlich den Kopf.

Carrie und Caleb krallten sich an Amy fest und heulten.

Patrick röchelte und würgte an seinem eigenen Blut. Amy schubste Domino aus dem Weg. Sie und die Kinder umlagerten Patricks sterbenden Körper. Domino konnte nichts anderes tun, als hilflos auf dem Hintern zu sitzen und zuzusehen.

Schließlich richtete Amy sich auf. Ihre Kleidung war jetzt vom Blut ihres toten Mannes durchtränkt. Sie drehte sich langsam um und baute sich vor Domino auf, während die Kinder hinter ihr noch immer weinten und ihren toten Vater umklammert hielten.

»Du hast ihn noch mal umgebracht«, sagte sie.

Domino konnte nur mit offenem Mund und aufgerissenen Augen hilflos den Kopf schütteln.

Amy zerrte die Kinder von ihrem Vater weg. Sie schrien und traten unter Protest und riefen nach ihm. Als sie beide fest am Arm gepackt hielt, zog sie sie durch die offene Tür, hinter der ihre Schreie langsam verklangen, bis Stille herrschte.

Die Tür schlug zu. Die Schlösser knackten. Domino kroch zu Patrick. Er war noch nicht tot. Domino wiegte ihn zärtlich in den Armen. Mit verblassendem Blick sah Patrick zu ihm auf. »Ich hasse dich«, sagte er. Und starb – abermals.

Domino ließ Patricks Kopf vorsichtig auf den Boden sinken und rollte sich auf den Rücken. Er starrte an die Decke und sah einen kreisrunden schwarz-violetten Wirbel in der Dunkelheit auftauchen. Die Spirale wurde größer. Die Decke war eine Galaxie, der rotierende Kreis ein lockendes, alles verschlingendes Schwarzes Loch. Domino streckte den gesunden Arm danach aus und hoffte, es möge ihn verschlucken und weit weg von hier bringen.

Was für ein Mann bist *du eigentlich?*

Er streckte den Arm weiter aus, wünschte sich verzweifelt, dass das Loch ihn verschlang.

Ich hasse dich.

Die Tür, die zu Ben führte, knackte und ging dann auf. Ein großes Rechteck aus Licht erschien. Das Schwarze Loch verflüchtigte sich, Dominos Leib erschlaffte, und sein Arm klatschte kraftlos auf den Beton. Er rollte sich dem Rechteck aus Licht entgegen, blinzelte, starrte es an, wünschte sich, es wäre ein weiteres ihn verschlingendes Portal.

Monicas schlanke Silhouette erschien im Rahmen des leuchtenden Rechteckes, als sie sich gegen den Türpfosten lehnte. Sie pfiff und rief Domino wie einen Hund herbei, während sie sich sanft auf den Oberschenkel schlug. »Hierher, mein Junge!«

Domino kroch Richtung der Tür, die zu Ben führte.

75

Auf allen vieren kroch Domino in den Raum, in dem sich Ben, wie zuvor an einen Stuhl gefesselt und geknebelt, befand.

»Hierher, mein Junge!«, sagte Monica erneut und klopfte auf ihre Schenkel.

Domino kroch weiter. Monica näherte sich, beugte sich vor und ergriff Dominos Kinn. Sie hob es an und starrte ihm in die Augen.

(*steh auf*)

»Immer noch erweitert«, sagte sie lächelnd. »Was hast du dort drin gesehen, kleiner Freund?«, fragte sie und deutete mit dem Kinn in Richtung der offen stehenden Tür.

(*STEH AUF*)

Domino schwieg. Er sah sich um, und sein Blick blieb immer wieder an Ben hängen. Wann immer das geschah, stöhnte und jammerte Ben in grässlicher Verzweiflung. Dann richtete Domino den Blick auf Monica.

»Anscheinend hattest du dort oben eine ganze Menge zu erledigen!« Monica tippte mit dem Zeigefinger gegen seine Stirn.

Domino setzte sein Schweigen fort.

Kelly trat hinzu. »Ist sein Hirn jetzt Mus oder was?«

Monica schüttelte den Kopf. »Vielleicht ein wenig weichgekocht. Er war auf einem echt üblen Trip, nicht wahr, mein Bester?« Sie tätschelte ihm den Kopf.

»Haben Sie ihm LSD verabreicht?«

»Nein. Einen selbst gemixten Cocktail. Wenn ich ihm LSD gegeben hätte, wäre er zu nichts mehr zu gebrauchen.« Erneut packte sie ihn am Kinn und grinste ihn an. »Wir wollen doch, dass er *mitbekommt*, wer ihm die Scheiße aus dem Leib prügelt, oder?«, sagte sie in zuckersüßem, üblicherweise Babys, Welpen und Kätzchen vorbehaltenem Tonfall. »Nicht wahr? Ja, das wollen wir ... ja, das wollen wir *uuuunbedingt* ...«

Etwas sagte Domino, dass er sich ihrem Griff besser entziehen sollte.

Monica lächelte und wandte sich Kelly zu. »Du kannst gehen.«

»Was?«

»Du kannst gehen«, wiederholte Monica.

»Wieso?«

»Weil ich dich nicht brauche. Das hier ist Privatsache.«

»Ich will zugucken.«

»Dann mach das vom Kontrollzentrum aus.«

»Und wenn was passiert?«

Monica trat Domino ins Gesicht. Er grunzte und fiel auf die Seite. »Hast du noch nie zuvor einen verängstigten Hund geschlagen? Die wehren sich nicht.« Sie trat Domino in die Rippen. *»Nicht wahr?«,* fragte sie ihn mit der Baby-Welpen-Kätzchen-Stimme. *»Nicht wahr?«* Sie trat ihn erneut. »Nein, das *tun* sie nicht ...« Sie trat ihn noch einmal. »Nein, das *tun* sie *nicht* ...« Sie trampelte auf seiner Hand herum.

»Und warum darf ich dann nicht bleiben?«, fragte Kelly. »Wenn doch nichts passieren kann ...«

Monica sah Kelly in die Augen. »Jetzt geht das schon wieder los, ja?«

»Wovon reden Sie?«

»In meinem ganzen Leben«, sagte Monica, »in meinem ganzen Leben musste ich nie jemandem irgendwas zweimal erklären. Nur bei dir musste ich eine Ausnahme machen. Was soll ich nur davon halten?« Sie fixierte Kelly mit gespenstischer Ruhe.

Kelly hielt dem Blick stand.

»Ich habe dir danach Ben versprochen, stimmt's?«, sagte Monica.

Kelly nickte.

»Hast du vor, die Hand zu beißen, die dich füttert?«

»Nein.«

»Sind wir dann hier fertig?«

Kelly nickte.

»Gut. Und jetzt verpiss dich bitte.«

Kelly drehte sich um und ging … durch die Tür, die nach draußen führte. Die Nachtluft wehte herein und strich über Dominos feuchte Haut, bevor die Tür zuschlug.

(*es ist die Tür, die nach draußen führt. Die stinknormale Tür*)

Hä?

Die Stimme in seinem Kopf erklang leise und von weither, wie aus dem Inneren einer Höhle heraus.

(*die gottverdammte normale Tür, die nach draußen führt. Jetzt KOMM HOCH*)

Monica drehte Domino mit einem Fuß auf den Rücken. Sie drückte ihm die Schuhspitze gegen die Kehle und trat zu. »Gib Laut, Hündchen. *Gib Laut!*«

Domino hustete und entwand sich ihrem Schuh. Monica zog ein Messer mit kurzer Klinge und rammte es mehrmals in seinen Oberschenkel. Domino stöhnte auf und umklammerte sein Bein.

Monica fuchtelte mit dem blutigen Messer in der Luft herum und kicherte. »Oh Mann, das wird ein wunderschöner Abend. Ein *laaanger*, wunderschöner Abend.«

Ben brüllte etwas in seinen Knebel. Monica wirbelte herum. »Kann ich dir helfen?«

Ben sah sie mit finsterer Miene an. Er war zornig. Erneut brüllte er etwas in seinen Knebel.

»Nun, das ist mal eine besondere Überraschung. Ich hatte dich schon abgeschrieben.« Ohne hinzusehen – sie hatte die Augen immer noch auf Ben gerichtet –, warf Monica das blutverschmierte Messer auf die hölzerne Wand zu ihrer Rechten, in der es mit einem entschiedenen *Fupp!* stecken blieb. Dann zog sie eine Pistole aus dem Gürtel und schlich langsam auf Ben zu. Ihr Grinsen war so sinnlich-betörend wie grausam.

Sie hielt die Mündung an Bens Gesicht und streichelte damit über seine Haut. Bens Wagemut verpuffte auf der Stelle. Seine Augen folgten dem Pistolenlauf. Er winselte.

»Tja, das war eine recht kurze Darbietung. Kelly hat mir erzählt, dass es mit deinem Stehvermögen nicht weit her ist.« Sie ließ den Lauf sein Gesicht und dann seine Brust bis zu seinem Schritt hinuntergleiten. Dort hielt sie inne. »Eine wirksame Therapie für voreilige Typen wie dich, oder?« Sie grinste. »Ein Pistolenschuss gegen vorzeitigen Samenerguss?«

Ben flehte in seinen Knebel, wand sich hilflos im Stuhl, verzweifelt darum bemüht, die Waffe zwischen seinen Beinen loszuwerden.

(*KOMM HOCH*)

Komm hoch ...

(*DAS HIER IST REAL*)

Das hier ist real ...

(*MIT DEINEN SCHEISS-SCHULDGEFÜHLEN KANNST DU DICH IN DEINER BESCHISSENEN FREIZEIT BESCHÄFTIGEN*)

Ja …

Ben flehte lauter, heulte Wortsalat in seinen Knebel.

(*RETTE DIESEN JUNGEN*)

Rette den Jungen …

(*HOCH MIT DIR, SOLDAT*)

Ja doch …

(*FÜR IMMER TREU*)

Domino ballte die Fäuste und biss die Zähne zusammen.

Semper fi, Miststück.

Domino wälzte sich auf die Knie und setzte sich auf die Fersen. Er schaute geradewegs zu Ben und nickte kurz. Seine Miene war völlig ausdruckslos.

Ben erwiderte Dominos Blick mit ängstlichem Staunen, was Monica nicht verborgen blieb. Sie drehte sich zu Domino um.

»Hat das kleine Hündchen Männchen machen und betteln gelernt?« Sie richtete die Pistole auf ihn.

Du kannst sie nicht frontal angreifen. Sie ist bewaffnet und zu gut ausgebildet. Meine Schulter ist im Arsch und mein Bein auch bald.

»Mach Männchen für mich«, sagte Monica.

Spiel mit.

Domino setzte einen geistesabwesenden Blick auf.

»Mach schon …«, sagte sie.

Domino gaffte sie weiterhin an.

Monica näherte sich ihm ganz langsam und zielte mit der Pistole zwischen seine Augen. »Hmmm … wie man sich auf die Seite rollt, weißt du schon …« Wie ein Peitschenschlag traf ihr Fuß seinen Kiefer und warf ihn erneut zu Boden. Domino war benommen, aber nicht ausgeknockt. »… was kommt als Nächstes?«, fügte sie hinzu. »Sich totstellen?« Sie stand über ihm, und der Lauf der Waffe wies auf seinen Kopf. »Aber dann wärst du *wirklich* tot, nicht wahr? Das würde mir den ganzen Abend versauen.« Auf einmal wandte sie sich ab und schlenderte davon.

War das meine Chance? Nein – sie war im Vorteil. Wenn ich auch nur gezuckt hätte, hätte sie mich erschossen. Nur Geduld.

Monica kratzte sich mit dem Pistolenlauf am Kopf. »Sich totstellen, ohne tot zu sein. Hmmm …« Ihr Blick glitt zu Ben. Sie spazierte zurück an seine Seite, und Ben wimmerte erneut flehentlich in seinen Knebel. »Ach, halt den Rand, du Weichei«, sagte sie, griff hinter Bens Stuhl und zog einen Baseballschläger aus Aluminium hervor.

Der Baseballschläger hinter Ben war Domino bislang nicht aufgefallen. Allerdings konnte er angesichts seines Zustandes froh sein, dass ihm überhaupt irgendetwas auffiel.

Monica ließ den Schläger an ihrem Bein hinabbaumeln, als sie zu Domino zurückschlenderte. Sie schob sich die Pistole in den Hosenbund und hob den Schläger mit beiden Händen. »Den hatte ich eigentlich für deine Knie vorgesehen. Inzwischen bin ich allerdings der Meinung, dass dich ein paar leichte Schläge auf den Hinterkopf lehren könnten, wie man sich totstellt.«

Gleich ist es so weit. Warte, bis sie vortritt und zum Schlag ausholt. Dann hast du sie.

Monica wog den Schläger in den Händen, als wollte sie ihre Entscheidung nochmals überdenken.

Mach schon, Miststück – na los. Komm näher.

Monica betrachtete nach wie vor den Schläger, dessen schweres Ende kleine Kreise in die Luft schrieb, während sie ein ums andere Mal ihren Griff justierte.

Mach schon.

Monica kniff die Augen zu Schlitzen zusammen, als sie den Griff fest umschloss.

Jawoll. Komm zu Papa.

Ein plötzliches *Wusch!* erklang, und die Tür nach draußen stand in Flammen.

Monica wirbelte herum. »Was zur Hölle?« Sie eilte zur Tür.

Der Gedanke, sie zu schnappen, während sie sich auf die brennende Tür konzentrierte, kam ihm viel zu spät; Domino war ebenso abgelenkt wie sie.

Das Feuer hatte sich am Türrahmen hochgefressen und züngelte jetzt die Wände entlang. Monica nahm sich den Unterarm vor die Augen und tastete nach dem Türgriff. Die Hitze der Flammen trieb sie etliche Male zurück. Schließlich bekam sie den Knauf zu fassen und drehte ihn ohne Erfolg. Man konnte die Tür von beiden Seiten zusperren – um gewisse Leute drinnen und alle anderen draußen zu halten.

Monica zählte nun zu diesen gewissen Leuten.

Rasend vor Zorn fischte sie ihren eigenen Schlüssel aus der Hosentasche und griff wieder nach dem Türgriff, nur um ihre Hand mit schmerzverzerrter Grimasse vor den züngelnden Flammen in Sicherheit zu bringen.

»Miststück! Verfluchtes Miststück!«

Monica trat von der Tür zurück und zog die Pistole. Sie feuerte mehrere Schüsse auf das Türschloss ab, bis der Griff lose herabhing. Sie trat einmal, zweimal und dann ein drittes und letztes Mal dagegen. Die Tür flog auf und enthüllte den nächtlichen Wald dahinter. Vor diesem nächtlichen Wald konnte Domino in einiger Entfernung gerade eben noch einen fliehenden Schatten ausmachen.

Monica fluchte erneut, sprang geduckt durch den brennenden Türrahmen und jagte der rennenden Gestalt hinterher.

76

Mit der Pistole in der Hand sprintete Monica hinter Kelly her. Das nächtliche Dunkel und der dichte Wald der Pines begünstigten die Flucht des verräterischen Miststücks.

Ich werde sie nicht töten. Nur verwunden. Sie zurückschleifen. Neben Domino aufbauen. Sie beide unendliche Qualen erleiden lassen. Ich hatte vor, ihr ein kurzes und schmerzloses Ende zu bereiten. Jetzt nicht mehr.

Sie feuerte im Laufen drei Schüsse ab, allesamt in die Richtung, in der sie Kelly vermutete – sehen konnte sie sie nämlich nicht mehr.

Miststück Ratte Fotze Aas.

Monica blieb stehen. Keuchend suchte sie mit weit aufgerissenen Augen die unmittelbare Umgebung ab. Überall nichts als Wald und Dunkelheit.

»Willst du dich die ganze Nacht in den Pines verstecken!?«, rief sie. »Du verdammtes blödes Dreckstück! Du hältst niemals bis morgen durch! Und falls doch, was dann? *Was dann?* Du bist mein *Eigentum,* du dreckige dumme Schlampe!« Sie gab drei weitere Schüsse ab. *»DU GEHÖRST MIR!«*

Monica machte auf dem Absatz kehrt und ging zurück. Sie konnte den lodernden Lichtschein in der Ferne erkennen. Scheiße, was, wenn sie verbrannten? Das durfte nicht geschehen. Sie rannte los. Nun würde sie Domino ins Freie schleifen müssen und dort ihr Spiel mit ihm treiben. Das war genauso gut. Ihr Meisterwerk hatte seinen Zweck erfüllt; Domino war sowohl physisch als auch psychisch gebrochen. Es machte keinen Unterschied, ob sie ihn drinnen oder draußen zu Tode folterte. Und sie hatte sowieso vorgehabt, am Ende alles abzufackeln.

Die kleine Fotze hat einen der Benzinkanister in die Pfoten bekommen. Ich sollte sie verbrennen. Ja – das wäre nur angemessen. Die Schlampe soll brennen.

Monica hatte die Tür erreicht. Das Feuer hatte sich bereits über einen nicht unerheblichen Teil des Gebäudes ausgebreitet, aber bislang gab es keinen ernsthaften Grund zur Sorge. Sie hatte genug Zeit, bevor sie unerwünschten Besuch bekam. Mehr als genug.

Monica schirmte ihr Gesicht ab und sprang durch die brennende Tür. Bens Stuhl war leer. Der *Raum* war leer. Ben und Domino waren verschwunden. Schlimmer noch: Auch der Pick-up-Laster der Russen war verschwunden, was sie bemerkte, als sie wieder nach draußen hastete.

Monica drehte vollkommen durch.

77

Domino hatte Monicas Messer benutzt, um Ben zu befreien und den Pick-up-Ford kurzzuschließen. Das war der leichte Teil gewesen. Mit Drogen im Blut mitten im Nirgendwo die nächste befestigte Straße zu finden? Das war nicht ganz so leicht.

»Wissen Sie, wohin Sie fahren?«, fragte Ben vom Beifahrersitz aus.

»So ungefähr«, log Domino.

»Wo ist die Wahnsinnige?«

»Das weiß ich nicht.«

Der Truck fuhr in einen Graben und machte einen Satz. Ben zuckte vor Schmerzen zusammen. Domino unterdrückte seine eigenen. Er dankte Gott und dem lieben Jesuskindlein, dass der Laster ein Automatikgetriebe hatte und er nicht mit einem Arm steuern und gleichzeitig schalten musste.

»Was ist da hinten geschehen? Warum hat das Haus plötzlich gebrannt? Warum haben ...?«

»Scheiße, interessiert dich das wirklich? Halt einfach die Klappe, Ben. Nimm's mir nicht übel, aber halt bitte die Klappe.«

Ben nickte.

Domino sah Scheinwerfer im Rückspiegel aufleuchten. »Scheiße.«

»Was?« Ben schaute in den Seitenspiegel. »Wer ist das?«

Domino beachtete ihn nicht und trat aufs Gas. Vor ihnen lag nichts als eine schmale Straße mit dichtem Wald auf beiden Seiten. Wäre sie dumm genug, ihn auf diesem engen Pfad mit einem Lexus herauszufordern? Er würde sie mit dem Truck zermalmen. Er würde ...

Domino nahm den Fuß vom Gaspedal und verlangsamte das Tempo.

»Was machen Sie denn?«, wollte Ben wissen.

Domino ignorierte ihn und hielt den Blick auf den Rückspiegel gerichtet. Die Scheinwerfer wurden immer größer.

Wenn sie sich mir an den Arsch hängt, um mir die Reifen zu zerschießen, steige ich auf die Bremse und schicke sie durch die verdammte Windschutzscheibe.

Die Scheinwerfer rasten näher. Jetzt war der undeutliche Umriss eines Autos zu erkennen – ungefähr zwanzig Meter hinter ihnen. Sie war in Schussweite; er musste vorsichtig sein.

Wenn sie dumm genug ist, uns zu überholen, um durch die Fenster zu ballern, schere ich aus und schubse sie von dieser mickrigen Straße.

Zehn Meter.

Komm schon, Miststück ... Versuch's nur.

Die Scheinwerfer waren jetzt unmittelbar hinter ihnen.

Domino stieg in die Eisen, und der Laster kam schlitternd zum Stehen. Schotter und Erde spritzten auf.

Der Lexus wich mit einem geschickten Manöver aus, als hätte er den plötzlichen Stopp erwartet, und schoss dann an ihnen vorbei.

Domino staunte offenen Mundes den immer kleiner werdenden Hecklichtern des Lexus nach, bis sie außer Sicht waren.

»War sie das?«, fragte Ben keuchend.

Domino nickte verdutzt.

»Warum ist sie an uns vorbeigefahren? Wohin will sie?«

Eisiger Schrecken fuhr in Dominos Adern. »Lieber Gott im Himmel, nein.«

78

Amy öffnete die eisgekühlte Flasche Pinot Grigio, goss sich ein großzügiges Glas ein und platzierte die Flasche dann auf dem Couchtisch. Sie wickelte sich in eine Decke, nahm ihr Glas, kuschelte sich in das Sofa, griff sich die neben ihr liegende Fernbedienung und drückte auf Play.

Das Video von ihr und Patrick in Avalon startete. Sie lächelte und nahm einen kräftigen Schluck Pinot.

Ihr Handy klingelte.

»Och nee, nicht jetzt«, brummelte sie, stellte das Glas auf den Tisch, schälte sich aus der Decke und ging in die Küche.

Das Mobiltelefon auf der Arbeitsfläche leuchtete. Sie griff danach und prüfte die Identität des Anrufers auf dem Display. Vorwahl 732? Wo zum Geier war das? Sie ließ den Anruf unbeantwortet und kehrte auf die Couch und zu ihrem Ausflug nach Avalon mit Patrick zurück.

79

»Geh verdammt noch mal ran, Amy!«, brüllte Domino in die Sprechmuschel des Münztelefons.

Er wählte erneut. Das Freizeichen ertönte, bis abermals die Mailbox ansprang.

»KACKE!«

Die wenigen Gäste im Diner warfen verstohlene Blicke zu Domino herüber. Domino war grundsätzlich eine imposante Gestalt, und jetzt sah er aus wie eine imposante Gestalt, die mit einer Nashornherde zusammengestoßen war. Sein Begleiter, ein junger Weißer, erweckte seinerseits den Eindruck, eine Runde mit den Nashörnern geschwommen zu sein.

Domino wählte die Nummer aufs Neue.

»Hallo?« Amy klang genervt.

»Amy, Gott sei Dank.«

»Domino? Wo ...?«

»Sei still und hör zu. Sie lebt. *Monica lebt.*«

»Was!?«

»Nimm die Kinder, und dann verlasst ihr auf der Stelle das Haus.«

»Die Kinder sind nicht hier; sie sind bei ihren Großeltern.«

»Okay, okay, prima. Perfekt. Lass sie dort. Aber *du* machst dich jetzt vom Acker. Spring in den Wagen und hau ab. Sie hat ziemlichen Vorsprung und drückt auf die Tube – inzwischen ist sie womöglich nur noch eine Stunde von dir entfernt. Ruf von unterwegs die Polizei an und sag ihr, dass die überlebende Fannelli-Schwester auf dem Weg zu dir ist. Sie werden in null Komma nichts da sein.«

»Domino …«

»Mach schon, Amy!«

»Okay.«

Domino legte auf und wandte sich Ben zu. »Pass auf. Du rufst deine Mutter an und erzählst ihr, wo du bist. Sag ihr, dass du in Sicherheit bist. Dann bittest du den Geschäftsführer hier, die Polizei zu benachrichtigen; die wird dich abholen. Verstanden?«

Ben nickte.

»Du bist jetzt in Sicherheit, Ben. Tu, was ich dir gesagt habe.«

Domino setzte sich Richtung Ausgang in Bewegung.

»Und wo wollen *Sie* hin?«, fragte Ben.

Domino ignorierte ihn und ging.

80

Nachdem Amy das Gespräch mit Domino beendet hatte, stand sie einfach nur da, kaum in der Lage, sich zu rühren. Sie verspürte keine Angst. Vielmehr überraschte es sie selbst, wie ruhig und gefasst sie war. Wären die Kinder nicht über Nacht bei den Großeltern, sondern bei ihr gewesen, wäre sie längst auf der Straße und würde Dominos Anweisungen ganz genau Folge leisten.

Doch sie war allein. Und Monica kam, um sie zu holen.

Und sie wird immer wieder kommen, dachte sie. *Was auch passieren mag, sie wird immer wieder kommen. Es wird nicht aufhören … niemals.*

Amy ging zum Sofa zurück und griff sich die Weinflasche.

81

Monica parkte zwei Straßen entfernt und legte den Rest des Weges zu Fuß zurück. Da die Möglichkeit bestand, dass Domino Amy telefonisch gewarnt hatte, war es nicht ausgeschlossen, dass die Polizei auf sie wartete. Genauso gut konnte es sein, dass Domino und Ben es nicht aus den Pines herausgeschafft hatten, dass Domino den Truck in seinem geschwächten Zustand vor einen Baum gesetzt hatte, bevor er Amy per Telefon hatte warnen können.

Wie auch immer, es spielte keine Rolle. Monica würde Amy in die Finger bekommen und töten. Ihre Kinder töten. Danach Kelly aufspüren und sie töten. Dann käme Domino an die Reihe. Sie würde sie alle töten.

Sie schlich sich zum Haus und duckte sich hinter einem in der Auffahrt eines Nachbarhauses geparkten Wagen. In Amys Einfahrt waren weder Streifenwagen noch Zivilfahrzeuge zu erkennen. Auch nicht am Straßenrand oder sonst wo in der Nähe. Vielleicht hatte sie mit der letzten und unwahrscheinlichsten Variante ihrer Mutmaßungen ins Schwarze getroffen: Domino hatte es nicht bis zu einem Telefon geschafft.

Das wäre natürlich großes Glück.

Das Schleichen ging in feste, zielsichere Schritte über. Ihre Wut, ihre Gier nach Blut drängten alle Vorsicht und Zurückhaltung in den Hintergrund. Sie hatte ohnehin die besseren Karten. Wenn irgendwo Polizisten lauerten, würden sie schließlich nicht einfach so losballern.

Monica hingegen schon.

Sie war jetzt bis zur Seite des Hauses vorgedrungen. Bis auf einen flackernden Schimmer im Wohnzimmer war alles dunkel. Der Fernseher. Monica blieb stehen, hielt den Atem an und lauschte. Es war eine ruhige, windstille Vorstadt-Sommernacht. Heuschrecken, Zikaden und Grillen zirpten im Chor. In der Ferne bellte ein Hund.

Und das war alles. Ihr geschultes Gehör nahm sonst nichts von Belang wahr. Sie konnte sich eines Grinsens nicht erwehren, als sie zum Wohnzimmerfenster trat, über das der Schein des Bildschirmes flimmerte. Sie riskierte einen raschen Blick. Sah die Rückseite des ihr durch die Überwachung von vor wenigen Wochen bekannten Sofas. Sah die obere Hälfte von Amy, die es sich auf dem Sofa gemütlich gemacht und die Decke wie einen kuscheligen Kapuzenpullover über Kopf und Schultern gebreitet hatte. Auf dem Couchtisch standen eine leere Flasche Wein und daneben ein leeres Glas.

Und das Beste – *das Allerbeste* – war, dass Amy einen Videofilm von sich und Patrick am Strand anschaute.

Monicas Grinsen wurde breiter. Sie würde in Amys Haus eindringen, Amy außer Gefecht setzen und dann die Kinder aus den Betten zerren. Sie würde die Kinder vor ihren Augen fesseln und Amy zwingen, eine Münze zu werfen – um zu entscheiden, welches Kind zuerst starb.

Wenn beide Kinder erledigt waren, würde sie Amy mit irgendeinem dazu tauglichen Küchenwerkzeug bei lebendigem Leib den Kopf abschneiden. Den Kopf würde sie für Domino aufbewahren, zusammen mit einer ganz speziellen Mitteilung:

Tut mir leid, Domino, aber ich habe in dieser Krisensituation irgendwie den Kopf verloren.

Monica verschluckte ein Glucksen, eilte zur gläsernen Küchenschiebetür und zog ihre Autoschlüssel hervor. An dem Schlüsselbund befand sich ein Glasschneider, mit dem sie ein Quadrat in die Scheibe ritzte, das groß genug für ihre Hand war. Sie tippte vorsichtig gegen das Viereck, griff durch die entstandene Öffnung, entriegelte die Tür, schob sie auf und trat ein. Falls die Alarmanlage aufheulte, blieben ihr wahrscheinlich um die sechzig Sekunden, bis die Notrufleitstelle anrief und fragte, ob alles in Ordnung war. Eine an den Kopf gehaltene Pistole und die Drohung, ihre Kinder zu töten, wären für Amy Ansporn genug, um dem Anrufer zu versichern, dass es sich um falschen Alarm handelte.

Nur dass keinerlei Alarm ertönte.

Vielleicht hatte sie ihn beim Reinkommen nicht ausgelöst?

Monica fiel die leere Weinflasche auf dem Couchtisch ein. Möglicherweise hatte Amy in ihrer Trunkenheit vergessen, die Alarmanlage zu aktivieren?

Vielleicht war Monica das alles auch einigermaßen scheißegal?

Sie eilte Richtung Wohnzimmer. Sah Amy auf dem Sofa. Stürzte vor und drückte ihr den Pistolenlauf an den Hinterkopf.

»Buona sera, Amy.«

Amy bewegte sich nicht.

Schlief sie?

Monica schlug Amy gegen die Schläfe. Amy kippte zur Seite und rollte dann vom Sofa, wobei die kapuzengleich arrangierte Decke von ihrem Kopf und ihrer Schulter glitt.

Monicas Blick fiel auf eine Art Schaufensterpuppe. »Was zum …?«

Amy trat aus der Küche und feuerte acht Pistolenkugeln auf Monica ab. Monica wurde über das Sofa geschleudert und brach neben der Puppe zusammen. Zwei Kugeln hatten sie in die Beine, drei in den Rücken und drei gar nicht getroffen. Sie lag am Boden, atmete pfeifend und hustete Blut.

Amy näherte sich vorsichtig, die Waffe ständig auf Monica gerichtet.

Monicas bis zum Rand mit Blut gefüllter Mund lächelte zu Amy auf. »Nun schau dich einer an …«

»Schau mich an.«

»So etwas nennt man vorsätzliche Tötung oder schlicht Mord, Amy.«

Amys Hand umschloss die Pistole fester. »Das weiß ich, Monica.«

Sie röchelte und rang nach Luft. »Vielleicht sind wir uns doch ziemlich ähnlich.«

Amy zuckte gelassen die Schultern. »Mit dem Unterschied, dass ich nicht kurz davor bin, den Löffel abzugeben.«

Amy schoss Monica ins Gesicht.

82

Domino ließ den Truck mit laufendem Motor in Amys Zufahrt stehen und stürmte zur Vordertür.

Wo ist die Polizei? Wo ist die gottverdammte Polizei?

Er erreichte den Eingang und drückte mit dem Daumen wiederholt auf die Klingel.

Amy öffnete die Tür.

Domino schob sich hinein, packte sie mit seinem unversehrten Arm an der Schulter und musterte sie von oben bis unten. Sie hielt ein Glas Wein in der Hand.

Dann entzog sie sich seinem Griff. »Mit ist nichts passiert, Domino.«

Er schaute sie mit großen Augen und verwirrtem Blick an. »Wo ist die Polizei?«

»Ich habe sie nicht angerufen.«

Dominos Gesichtszüge entgleisten vollständig. Dann zeigten sich Spuren von Ärger darin. »Du hast *was*?«

Amy schwieg und nippte an ihrem Wein.

Domino trat vor und griff erneut nach ihrer Schulter. »Hast du mich nicht richtig verstanden oder was? Monica *lebt.*«

Amy entwand ihre Schulter ein zweites Mal seinem Griff, drehte sich um und ging Richtung Wohnzimmer. »Nein. Nicht mehr.«

Amy und Domino standen über Monicas leblosem Körper.

»Herrgott im Himmel. Du kannst dir gar nicht vorstellen, wie dumm das war.«

Amy zuckte mit den Achseln. »Es ist passiert.« Sie leerte ihr Weinglas in einem kräftigen Zug (aus gegebenem Anlass war eine brandneue Flasche Pinot entkorkt worden) und stellte es auf dem Couchtisch ab.

»Dir war doch klar, mit wem du es zu tun hattest«, sagte er. »Eigentlich müsstest du jetzt hier vor mir liegen.«

»Richtig«, sagte Amy. »*Mir war klar, mit wem ich es zu tun hatte.* Ich hatte nicht vor, mir für den Rest meines Lebens Sorgen um die Sicherheit meiner Kinder zu machen.«

»Genau deswegen hättest du die Polizei rufen sollen. Die Jungs vom FBI sind extrem scharf darauf, diese Frau in die Finger zu kriegen. Sie wären vor der Tür gestanden, bevor du aufgelegt hättest.«

»Wir wissen beide, dass Monica durch niemanden zu stoppen war. Die Bundesbeamten hätten lediglich das Unvermeidliche hinausgezögert.«

»Also hast du dich dafür entschieden, es ganz alleine mit einer geübten Profikillerin und Massenmörderin aufzunehmen? Hast du mal an die Kinder gedacht? Was wäre geschehen, wenn sie *dich* umgebracht hätte?«

»Ich habe an *nichts anderes* als an meine Kinder gedacht.«

Domino schüttelte den Kopf. »Dämlich. Das war gottverdammt dämlich.«

Amy zuckte abermals mit den Schultern. »Es ist passiert.«

Domino setzte sich aufs Sofa, wobei er vor Schmerzen das Gesicht verzerrte.

»Nebenbei«, sagte Amy. »Du scheinst nicht besonders gut in Form zu sein.«

»Ich bin auch nicht gut in Form. Erzähle ich dir alles später. Erst mal müssen wir den nächsten Schritt überlegen.«

»Was gibt's da zu überlegen? Das Miststück ist tot. Diesmal wirklich und wahrhaftig tot. Rufen wir das FBI an und geben wir ihnen, was sie wollen.«

»Wir müssen uns einen Grund dafür überlegen, warum du einen Anruf von mir bekommen hast, in welchem dir mitgeteilt wurde, die Polizei zu rufen und sofort aus dem Haus zu verschwinden, du jedoch *nicht* die Polizei gerufen hast, *nicht* aus dem Haus verschwunden bist, dem Miststück stattdessen *über eine Stunde* lang aufgelauert hast, um sie anschließend zu erschießen. Das sieht stark nach Vorsatz aus.«

Amy schnaubte. »Das hat sie auch gesagt.«

»Wie bitte?«

»Vergiss es. Hör mal, keiner weiß, was du am Telefon gesagt hast. Vielleicht hast du mich nur gewarnt, dass sie *in diesem Moment* auf dem Weg zu mir ist. Die Frau, die meinen Mann und *mehrere* Polizeibeamte auf dem Gewissen hat, befand sich auf dem Weg zu meinem Haus, um mich und meine Familie zu töten. Das macht sie zu einem unbefugten Eindringling, und ich hatte verdammt noch mal das Recht, mich zu verteidigen.«

»Es ging aber nicht um *diesen Moment*. Es war vor mehr als einer Stunde.«

»Was weißt du über Todeszeitpunkte?«, fragte sie.

»Einiges.« Er stieß einen langen Seufzer aus. »Laut meinem Kumpel Hock, der übrigens Bulle ist, gibt es eine alte Regel: Nur zwei Leute kennen den exakten Todeszeitpunkt – der Mörder und das Opfer. Ein altes Sprichwort, das immer noch Gültigkeit besitzt.« Er spähte zu Amy hinüber. »Ich schätze, du *könntest* sie wenige Augenblicke nach unserem Gespräch getötet haben.«

Amy nickte.

»Du *hattest* jedes Recht auf Selbstverteidigung.«

Amy nickte.

»Ich bezweifele *stark*, dass die Jungs vom FBI sich bezüglich entsprechender Nachforschungen besondere Mühe geben, insbesondere wenn es um ein Stück Scheiße wie sie geht. Sie sind wahrscheinlich viel zu beschäftigt damit, eine Party für dich zu schmeißen.«

Amy nickte und grinste.

Domino seufzte erneut. »Also: Ich habe dich angerufen, Monica ist kurz darauf aufgetaucht, und du hast schneller geschossen als sie.«

»Klingt glaubhaft und wasserdicht.«

Domino warf Amy einen verschlagenen Seitenblick zu. »Wie erklärst du den Kopfschuss aus nächster Nähe?«

Amy hob die Hände und spreizte die Finger. »Sie war noch nicht tot, nachdem ich zum ersten Mal auf sie geschossen habe; sie hat nach ihrer Pistole gegriffen; ich habe noch mal auf sie geschossen.«

Jetzt war es Domino, der grinste. »Eins noch: Wir rufen jetzt die Polizei und tun so, als sei all das soeben geschehen, ja?«

»Ja, und?«

»Wie bin *ich* dann so schnell hergekommen? Ich habe dich von New Jersey aus angerufen.«

»Ich dachte, sie wären zu beschäftigt damit, meine Party zu planen?«

Domino verzog wieder das Gesicht, als er sich vom Sofa wuchtete. »Ja, mein Erinnerungsvermögen ist durch die Folter und die Drogen und den tagelangen Wasser- und Essens- und Schlafmangel *in der Tat* ein wenig getrübt ...«

Amy runzelte die Stirn und öffnete den Mund, um etwas zu sagen.

»... aber je länger ich darüber nachdenke, desto überzeugter bin ich, dass ich den Anruf nur wenige Kilometer entfernt von hier getätigt habe.« Er lächelte Amy an. »Wer verschwendet schon Zeit damit, Telefonate zurückzuverfolgen, wenn es eine Party zu planen gibt?«

Die Falten auf Amys Stirn glätteten sich trotz des Running Gags nicht. »Folter und Drogen? Kein Essen, kein Wasser, kein Schlaf? Was zum Teufel hat sie mit dir gemacht?«

»Das wirst du erfahren, wenn ich es der Polizei berichte. Tief in den Pine Barrens im südlichen Jersey gibt es einen abgedrehten kleinen Vergnügungspark, den sie sich garantiert näher anschauen wollen ... wenn noch was davon übrig ist. Ben wird meine Aussagen bestätigen.«

»Wer ist Ben?«

»Erkläre ich dir später. Weißt du was, schalt einfach die Nachrichten ein. Ich bin sicher, dass die Medien bereits Wind von der Sache bekommen haben.«

»Hä? Was du sagst, ergibt keinen Sinn.«

»Ja, kann sein, dass ich immer noch ein bisschen breit bin.« Er ging Richtung Küche. »Komm, bringen wir es hinter uns. Ich muss mich dringend aufs Ohr hauen.«

83

San Francisco, Kalifornien

Sechs Monate später

Karl Stamp fuhr knapp zwanzig Stundenkilometer über dem Tempolimit. Ein lüsternes Grinsen umspielte seine Mundwinkel, als sein Blick die Rosen und die berühmt-berüchtigte kleine blaue Tasche auf dem Beifahrersitz streifte.

Tiffany. Sie liebte Tiffany. Tiffany stachelte sie jedes Mal zu Höchstleistungen an. Seine Freunde zogen ihn damit auf, nannten ihn einen Sugar-Daddy; er bezahlte für Sex; sie ließ sich bezahlen. Karl kümmerte das nicht. Er war fünfzig, übergewichtig und kahl. Sie war neunzehn, unfassbar sexy und eine Göttin im Schlafzimmer. Sie konnte so lange bei ihm bleiben und sich von ihm verwöhnen lassen, wie sie verdammt noch mal wollte. Und er hoffte sehr, dass es für immer war.

Karl bog in die lange Einfahrt seines extravaganten Wohnsitzes und stoppte den Wagen. Er fuhr nicht in die Garage, weil er sie an der Vordertür überraschen wollte. Wenn sie öffnete, würde er grinsend die Rosen und die kleine blaue Tiffany-Tasche hinter dem Rücken hervorziehen.

Er malte sich ihre Reaktion aus. Die Überraschung, gefolgt vom Grinsen, gefolgt von den ungläubig vor den Mund geschlagenen Händen. Dann würde sie in seine Arme fliegen, ihren zarten Leib gegen seine Wampe pressen. Und dann ... ja, *dann* würde sie vielleicht mit einem schmutzigen Grinsen an Ort und Stelle vor ihm auf die Knie gehen, um ihm einen zu blasen.

Allein die Vorstellung ließ Karls Erektion wachsen. Er eilte mit den Rosen und dem blauen Täschchen zur Haustür.

»Karl Stamp?«

Karl wirbelte herum. Auf dem Rasen seines Vorgartens stand ein großer Farbiger, flankiert von zwei Polizeibeamten.

»Können wir Sie kurz sprechen?«, fragte der große schwarze Kerl.

Christina hatte sich auf dem Sofa breitgemacht, rauchte eine Zigarette und zappte durch die Kanäle. Sie trug nichts als T-Shirt und Höschen. Keinen BH. Der Fettsack war bald daheim, und sie wusste, dass sie ihm in dieser Aufmachung außerordentlich gut gefiel.

Wenigstens brachte er ihr eine Überraschung mit. Der Vollidiot hatte sich an diesem Morgen nicht direkt verplappert, aber er war ein erbärmlicher Lügner. Sie hoffte nur, dass es etwas Wertvolles war und nicht irgendein romantischer Käse wie Pralinen oder Blumen. Die letzte Halskette, die er ihr gekauft hatte, hatte ihr mehr als drei Riesen eingebracht. Ihrer Einschätzung nach müsste sie noch weitere zehn ansparen, um die Zwischenzeit zu überbrücken, bis sie sich den nächsten vielversprechenden Trottel geangelt hatte.

Es klingelte. Christina quittierte die Störung mit einem ärgerlichen Murmeln, drückte die Zigarette aus und ging zur Tür. Als sie öffnete, sah sie Domino Taylor mit einem Dutzend Rosen in der Hand vor sich stehen.

»Hallo, Kelly.«

ENDE